本书受到作者主持的以下基金项目资助：

1.国家社科基金"二十世纪美国文学的城市化主题研究"（项目编号：14BWW068)

2.教育部人文社科规划项目"托妮·莫里森作品的历史书写研究"（项目编号：12YJA752013)

3.江苏省社科基金"托妮·莫里森的历史编撰元小说研究"（项目编号：11WWD015)

4.江苏省博士后基金"后现代视阈中诗学和历史的同构性：托妮·莫里森研究"（项目编号：1302107B)

5.江南大学自主基金重点项目"二十世纪美国文学的城市化主题研究"（编号：JUSRP51415A)

托妮·莫里森作品的后现代历史书写

荆兴梅◎著

中国社会科学出版社

图书在版编目(CIP)数据

托妮·莫里森作品的后现代历史书写/荆兴梅著.—北京:中国社会科学出版社,2014.11

ISBN 978 - 7 - 5161 - 5048 - 1

Ⅰ.①托… Ⅱ.①荆… Ⅲ.①莫里森,T.—小说研究

Ⅳ.①I712.074

中国版本图书馆 CIP 数据核字(2014)第 266270 号

出 版 人	赵剑英	
责任编辑	李炳青	
责任校对	周　昊	
责任印制	李寡寡	

出　　版　中国社会科学出版社

社　　址　北京鼓楼西大街甲 158 号 (邮编 100720)

网　　址　http://www.csspw.cn

中文域名:中国社科网　　010 - 64070619

发 行 部　010 - 84083685

门 市 部　010 - 84029450

经　　销　新华书店及其他书店

印　　刷　北京市大兴区新魏印刷厂

装　　订　廊坊市广阳区广增装订厂

版　　次　2014 年 11 月第 1 版

印　　次　2014 年 11 月第 1 次印刷

开　　本　880×1230　1/32

印　　张　7.25

字　　数　200 千字

定　　价　28.00 元

目　录

"记忆重现"和莫里森的历史叙说
（代序）

　　在当今外国文学研究界，托妮·莫里森是个热门话题，甚至有点热得发烫。谈及她的作品及作品研究，人们常会用"炙手可热"、"铺天盖地"等略带夸张的表述。稍加查索就能发现，国内的莫里森研究专著已不下 10 部，还有为数众多的研究论文，国外的研究成果更是不计其数。在美国文学史上，包括梅尔维尔、惠特曼、海明威、福克纳在内的"热门"作家，都曾一度遭受批评界和阅读界的"冷落"，而莫里森从 20 世纪 70 年代亮相之后，一直处于热切的关注之下，高温不退。但是这种热度不是"炒"出来的，而是由于她地位的特殊性，让文学界对她的作品注入了持久的热情。

　　第一，莫里森是美国黑人文学中具有里程碑意义的作家，重要性不言而喻。自从哈莱姆文艺复兴拉开美国黑人文学的序幕之后，20 世纪 40 年代和 50 年代形成了一个小高峰，出现了理查德·赖特、拉尔夫·艾里森、詹姆斯·鲍德温等几位杰出的作家，使美国非裔文学书写崛起为美国文学中一支不可忽视的力量。但随后的几十年中，黑人文学始终没有出现一名具有号召力的标志性人物——直到莫里森的地位被确立，成为美国黑人文学的旗帜。

　　第二，莫里森具有让人投以关注的多重身份：她是诺贝尔文学奖获得者，贴上了品牌标签，自然吸引眼球；她是少数族裔作家，在当今文坛边缘走向中心、成为中心的时代，非主流的声音得到了更多的重视；她是女性作家，随着女权、女性主义批评热潮走到了前沿；她也是后现代小说家，起步于后现代文学形成大势的年代。来自不同的方面的注意力，都停留在她的身上。人们从历史、种族、心理、性别、民俗、文体叙事等各个角度和侧面对她进行研究，挖掘作品的深层政治文化内涵和美学价值。

最重要的是，莫里森的小说包容广大，串联了几百年美国黑人历史中的重大事件，回写历史的创伤，掂量今天的处境，思考民族的未来：《宠儿》讲述的是 17 世纪北美大陆黑奴的生活；《最蓝的眼睛》的背景是黑人离开南方农业社会向北方城市的大迁徙；《秀拉》表现"祖父条款"护佑下的种族隔离制度；《爵士乐》将黑人青年带进了勃然兴起的消费时代；《天堂》追溯了从 19 世纪末开始近 100 年的黑人历史。莫里森通过虚构故事激活记忆，展开了一幅浸透着血泪、印刻着磨难、洋溢着不屈不挠斗争精神的美国黑人历史画卷。她评点历史，介入政治，既抨击历史延展中无处不在的种族歧视，又揭示歧视文化被内化后黑人扭曲的心理。

正是在小说与历史的交映地带，荆兴梅的研究找到了出发点。莫里森通过边缘人的视角讲述历史进程中小人物的遭际，通过小叙事重构历史，颠覆宏大叙事。这种对历史的反观和反思具有当下性和现实意义。小说家选择历史进程中被主流意识形态淹没、隐藏、删改的素材，进行创意性的历史再书写，与泛化的、整体的、知识化的权威历史形成冲突，打破历史书写客观性和真实性的神话，凸显历史叙事文本建构的实质，展现真相的多面性。荆兴梅的解析指向官方历史背后隐伏的权力关系，也强调对抗性书写所体现的作家良知和意图。

从奴隶贩卖到南方种植园，再到废奴之后依然顽固存在的种族歧视，几百年历史记忆构成的精神创伤，深深刻写在荆兴梅选择作为研究对象的 7 部长篇小说中。像莫里森这样的作家，通过小说参与历史阐释的话语权之争，把被边缘化的弱势群体请上历史讲台，赋予他们言说的机会，诉说他们个人经历过、感受到的不同的历史。这种个人史与美国黑人的重大历史事件形成呼应，又与主流历史话语形成矛盾与冲突，呈现出事情的另一面。莫里森在小说中再现的，不是连贯完整的历史过程，而是个人化的记忆片段。历史磨难伴随着并融入了美国黑人的集体记忆，留下了难以抹去的阴影。

荆兴梅将她的考察置入海登·怀特的后现代历史叙事学和琳达·哈钦的后现代主义诗学的理论框架之下。海登·怀特和琳达·哈钦都为后现代理论库贡献了重要的思想。虽说两人的研究对象不同，前者基于对 19 世纪欧洲经典历史哲学的考察、后者关注的是文学流派的演变，但怀特的新历史主义和哈钦的后现代诗学殊途同归，在提出历史的语言学转向和文学的历史呈现和政治介入中，共同表达了对被普遍接受为事实的历史本质的质疑，都强调历史的书写本质和文本背后的权力关系，挑战其客观性和真实性，揭示历史书写和文学书写背后共有的政治图谋。但荆兴梅的研究并不囿于怀特和哈钦的理论，也穿行于福柯、德里达、马尔库塞、詹明信、鲍德里亚的后现代理论之间，轻车熟路，表现了很好的驾驭能力和宽阔的理论视野。

莫里森在用虚构文本对美国黑人历史的某些侧面进行再现的过程中，借助了各种后现代表现手段，将丰富的想象注入其中。她的小说创作始于后现代文艺思潮汹涌澎湃的年代，常被归入后现代小说家的阵营，但她与美国主流后现代作家如托马斯·品钦、唐纳德·巴塞尔姆等又明显不同。她博采众家之长，叙述风格独树一帜，既继承了前辈黑人作家如拉尔夫·埃利森和詹姆斯·鲍德温的文学传统，又巧妙结合了前辈白人作家海明威的简约直白和福克纳的繁复玄秘；既有现实主义的描摹和再现，又让现代主义的意识流在文本中涌动；既建构了完整生动的故事，又采用各种叙事手段打破线性陈述，对情节进行碎片化处理。仅从文体风格上看，她的小说具有后现代色彩，但不是最典型的后现代作家。不管如何定义，她的作品中都留有鲜明的时代印记。

本书聚焦于托妮·莫里森作品的"后现代历史书写"研究。"后现代历史书写"指向两个互相关联的方面：一是后现代文化意识；二是后现代叙事风格。前者体现在莫里森小说文本自我指涉的元小说特征和多声道叙述方面。她揭示历史书写和文学书写同样难以避免的虚构特质，又让各种声音交会，展现真相的多样性和多重解读的可能性，揭穿"既定"历史背后主流意识形态运作的本质。后者体现在她的反传统文体风格之上。她肢解故事，用倒叙、插叙、夹叙的手法，将拆散的片段串联在一起，重新组合，进行陌生化处理，让故事悬念众生，又借助象征、意象和神话，虚实相间，让故事在现实层面和想象层面同时展开，把故事写到深处。莫里森小说叙事的后现代特性，使她的故事变得奇诡，同时变得丰富。

这种自我指涉、多重话语交织、与历史互文的书写，创造了文学作品的厚重感和纵深感，同时也造成了叙事文本的复杂性和意义的不确定性，给小说留下了巨大的阐释空间。荆兴梅是一位善于处理复杂情境的青年学者，在相关当代文学文化理论的统领下，她从新历史主义的视角出发，对莫里森的主要作品进行深刻且富有见地的阐释，在对文本的精细解读中建立自己的观点，充分体现了说理、求证、解析、推断和著述的能力。她是一名具有强烈学术自觉的知识女性，孜孜以求，总是希望读得更多、想得更深、做得更好。这部即将出版的莫里森研究著作，给这位炙手可热的大作家又添了一份热度。莫里森的作品是值得下工夫细细品味的，而荆兴梅为我们提供了一个很好的解读视角和有价值的思考基点。

虞建华

2014 年元月于上海外国语大学文学研究院

引　言

　　美国作家托妮·莫里森（1931—　），于 1993 年获得诺贝尔文学奖，从而奠定了世界著名作家的声誉。她是历史上第一位获此殊荣的黑人女作家，从《最蓝的眼睛》（*The Bluest Eye*，1970）开始，先后出版了《秀拉》（*Sula*，1973）、《所罗门之歌》（*Song of Solomon*，1977）、《柏油孩子》（*Tar Baby*，1981）、《宠儿》（*Beloved*，1987）、《爵士乐》（*Jazz*，1992）和《天堂》（*Paradise*，1998）等长篇小说，可以毫不夸张地说，在众多著名后现代作家中她仍然属于佼佼者。

　　美国黑人文学有着源远流长的历史传统，20 世纪 20 年代末开始的"哈莱姆文艺复兴"，让黑人小说走进主流文学的视界。兰斯顿·休斯首先在诗歌领域掀起狂飙，1940 年理查德·赖特以长篇小说《土生子》横空出世，标志着黑人文学的成熟阶段；拉尔夫·埃里森的《隐身人》被认为是 50 年代最有影响力的小说之一；阿历克斯·哈利发表于 60 年代以后的《根》，引发了黑人民族"寻根"的热潮。莫里森遵循着前辈黑人作家的足迹，在成长和求学过程中汲取了深厚的养分，最终继承、发展并超越了他们中的所有人。她自始至终描摹着黑人民族的精神世界，探讨他们的喜怒哀乐，也不回避他们的缺陷，对本民族的自信和自强抱有热切的希望，对各种肤色的人们平等和谐相处持乐观主义态度。

摘取世界文坛最高奖项的莫里森很快成为了炙手可热的研究对象，其作品和声誉带来的轰动效应至今方兴未艾。国内外学者从方方面面探索作家的创作历程、挖掘作品的深层内涵和美学价值，呈现出百花齐放的局面。本书试图另辟蹊径，从后现代历史书写的角度来把握莫里森的写作脉络，凸显其中"文学性"和"历史性"交相辉映的独特视野。课题的相关理论主要涉及美国历史哲学家海登·怀特的后现代历史叙事学，以及加拿大文艺理论家琳达·哈钦的后现代主义诗学，莫里森的作品被放置于上述理论框架中加以考察，将大大拓展其人、其作的分析视角和阐释空间。

第一节　海登·怀特的后现代历史叙事学

旧历史主义具有源远流长的理论传统，它其实与"艺术是生活之镜"的现实主义文艺宗旨一脉相承。亚里士多德在《诗学》中确立了"模仿说"和"再现论"的创作原则，可以说对后来很长时段内的文学写作方向一锤定音。依照这种理念，作家的首要任务是确保描述内容与现实世界之间的关照，其次才有资格去顾及其他方面；当人们评价一部作品时，"逼真性"是首先必须要考虑的重要因素。

"科学的"历史学话语就包含有文学的想象在内，而古老的文学传统也是在重建真实的过去之中寻找真理的。自从利奥波尔德·冯·兰克以来，"科学的"取向就和从修昔底德到吉朋的文学传统共同享有三项基本的前提：(1) 他们都接受了真理的符合论 (Correspondence Theory of Truth)，认为历史学是描绘确实存在过的人和确实发生过的事；（2）他们都假设人的行为反映了行为者的意图，而历史学家的任务则是要理解这些意图以便重建一篇完整一贯的历史故事；（3）他们是按照一种一维的（one-dimensional）、历时的（diachronical）时间观念在运作的，其中后来的事件是在一个完整一贯的序列之中随着较早的事件相续而来的。（伊格尔斯，2006：2）

旧历史主义沿袭的是实证主义和科学主义思路，古往今来拥有众多追随者，比如美国历史学家拜林坚持说："对过去实在之再现的精确和适当，对所撰写的事实的逼真和接近，这些仍然是衡量优秀历史著作的标准。"（Bailyn，1994:8）英国历史学家布伦特也宣称："历史学家的目的无疑是发现事物实际发生的情况，尽管他也意识到，他不可能获得完全的成功。"（Brunt，1988:508）美国马克思主义批评家詹明信认定历史是痛苦之源，它的血腥与凝重只允许我们以严肃认真的态度去回溯和总结、去探究历史规律和学习历史经验，从而更好地指导现实；他呼吁人们要永远历史化，唯其如此，才能走进厚重的历史之中（凯尔纳、贝斯特，1999:241）。

海登·怀特（Hayden White）是新历史主义理论的杰出代表，较之于格林布拉特（Stephen Greenblatt）、韦恩（Don E. Wayne）等人，他更加注重在批评实践的基础上进行理论体系的建构。怀特主张历史的诗学解读，这与人类社会现实世界的发展具有直接性关联。两次世界大战以及犹太大屠杀的血腥行为，使人们对历史和历史学家的功能产生了深刻怀疑，因为战争表明，历史不仅不能帮助人们预测灾难，也不可能帮助人们正确地认知灾难。历史没有给人们为即将到来的战争做任何准备，也没有教导人们如何对待战争；而当战争结束时，历史学家也似乎没有能力摆脱狭临的党派利益，深刻理解战争的意义（怀特，2003:44）。这使得怀特等具有深刻洞察力的部分学者，不得不对历史的客观性和科学性产生怀疑，试图对其功能和价值进行重新定位。1973 年，怀特出版了具有里程碑意义的著作《元史学：19 世纪欧洲的历史想象》（*Metahistory*: *the Historical Imagination in Nineteenth-Century Europe*），该书被誉为20 世纪下半叶最重要的历史哲学著作之一，也是西方历史研究中语言学转向的标志。怀特在书的开篇便建立起了一套独具特色的史学理论范式，认为历史编撰总体来讲遵循这样的架构：以诺思罗普·弗莱的小说理论为基础的情节模式——浪漫剧、悲剧、喜剧、讽刺剧；以斯蒂芬·佩珀的世界构想理论为基础的论证模式——形式论、有机论、机械论、情境论；以卡尔·曼海姆理论为基础的意识形态类别——无政府主义、激进主义、保守主义和自由主义；以列维·斯特劳斯比喻性语言观为基础的诗性预构方式——隐喻、转喻、提喻、反讽。面对同一种未经雕琢、杂乱琐碎的"元历史"，不管是有意也好无意也罢，不同的书写者总是采用上述模式进行排列组合，从而呈现出大相径庭的各种历史风貌。由此可见，历史并非人们想象得那样客观，而是毫无选择地充斥着叙事性和阐释性，和文学书写具有惊人的相似之处。怀特的"历史诗学"理念不胫而走，把"文学性"和"历史性"这两个原本互相排斥和对立的概念嫁接到一起，形成水乳交融、不分彼此的格局。

如果说旧历史主义赋予历史书写和阐释以过多的束缚和限制，那么，新历史主义理论则倡导主体的解放和自由。怀特首先阐明了历史的语言学建构特质，其理论基础来自结构主义和后结构主义框架。索绪尔打破了"语言和所指称的事物一一对应"的传统观点，认为语言符号中能指和所指的关系是随意松散的，这就解释了历史语言的虚构性。而在塞尔看来，说话者总是具有某种意向，并利用某些支配性规则，使听话者认同其意向。历史书写的支配性规则无疑是某些叙述惯例，这和文学表征如出一辙。根据德里达的解释，"播撒"是一切文字固有的能力，它不传达任何意义，相反永远是在肢解文本，揭露其内在的空虚和凌乱。文本不复是一个超验所指（在场）的稳定结构，而是导向远为广阔而复杂的解构世界。读者一旦进入文本，仿佛进入了曲折幽深的迷宫，每一次阅读都是一次似曾相识的新经验，然而，永远失却了到达本真世界的可能（德里达，1996:51）。以上几点均表明：无论是历史书写者还是所用语言，都不是客观中立的，都是某种意向某些成规的体现。

其次，新历史主义认为语言建构的实质，使得历史叙事方式不再只是形式上的"装饰"，而是某种意识形态的集中体现，表现出隐性的权力关系和权力本质。当我们把叙事理解为"话语"的时候，叙事就不仅仅是一种文体风格，而应该上升为一种意识形态，因为话语是一种与权力相关的概念，任何话语都有它的权力基础。新历史主义着重强调历史对当下的人们意味着什么，这是它赖以存在的基础，也是它的核心价值所在，而意义的产生则来自叙述。对于同样纷繁复杂的档案材料和文献记录，不同的历史学家会选取不同事件，采取不同的叙事视角和方式，表达意态纷呈的历史主题和伦理取向。从这个角度来讲，历史书写实质上是争夺意义阐释权的政治角斗。

最后，借助文化干预和政治介入，新历史主义力图使那些社会边缘化弱势群体，能够在历史舞台上堂而皇之地粉墨登场。通过质疑历史、现实、再现这些以往被人们想当然接受的观念，人们就可以将看似自然的东西去自然化，将看似神秘的东西去神秘化，实际上是解构"宏大叙事"的过程。如此一来，那些被迫遭受剥削和压迫的人，既能对统治阶级的权力结构有所洞察，也能对自身在社会中的不利地位产生警觉，从而获得斗争的勇气和力量。比如马克思历史理论的精髓是在一种关于历史世界可以理解的想象中，将转喻和提喻的策略加以综合；根据当前的社会状况，通过合理想象，对历史做了一个美好的预言：社会必定会从分裂走向融合，经历奴隶制度、封建制度、资本主义和社会主义，走向真正的人类共同体，走向共产主义。在未来的美好社会中，人性得到解放，人、自然、社会和谐共处，生命个体享受到完全的身心自由。怀特认为在马克思的思想中，共产主义不过是以一种完美的提喻式整合模式来设想的社会秩序（怀特，2004:429）。这样的构想给了全世界无产阶级巨大的勇气和信心，为他们摆脱资产阶级统治、实现梦寐以求的幸福生活，创造了无限可能性。

文学离不开历史，无论是文本内还是文本外到处充斥着历史的氛围和语境。历史从本质上来讲只是抽象的概念，只有经由文本和语言的方式才能接近大众，也就是说，历史只有以文本的形式方能存在。既然历史在文学文本中留下了存照，沿着这一轨迹就能追本溯源；既然历史具有虚构性和主观性，那么无论是冠冕堂皇的官方意识形态，还是百家争鸣的个体历史视角，都会在文学文本中得到展现。在这样的理论框架观照下，作品就会将历史的文学性和文学的历史性糅合到一起，展现其运用文化干预现实的政治意图。

第二节　琳达·哈钦的后现代主义诗学

加拿大文艺理论家琳达·哈钦（Linda Hutcheon）受到海登·怀特的历史叙事学影响，在梳理了古往今来的文学发展脉络之后，提出了"历史书写元小说"（historiographic metafic-tion）的概念，为后现代主义诗学理论开启了新的篇章。

现实主义文学高举"再现论"大旗，本着"源于生活高于生活"的原则，呈现了一幅幅社会风情百态图。巴尔扎克的《人间喜剧》和托尔斯泰的《战争与和平》等都是这样的作品，它们的作者是全知全能、至高无上而又隐身书外的上帝。作为西方古典文论的奠基人之一，柏拉图对现实主义的"模仿说"持批评态度，认为它只是模仿了个别事物，仅抓住了外形和影子，不能表现其本质。作为摹本的艺术品因而也就只是和真理隔了几层的"影子的影子"，其中并没有真理和真相的存在。所以柏拉图强调诗是非理性的活动，而模仿只是一种游戏而已，并不是什么正经差事（伍蠡甫，1988:32—37）。浪漫主义从柏拉图的理论中找到了反叛的依据和灵感，强调最纯粹的真理存在于人们的心中，艺术是"心灵之镜"而非"生活之镜"。真正的艺术家并不是亦步亦趋地呈现外部世界的本来面目，而是表达事物对人的感官和情感产生的审美体验，通过真正的想象来表现事物。以左拉为代表的自然主义的崛起，无疑给了浪漫主义当头一棒，前者不仅坚决拥护现实主义的创作原则，还把它推到了更加稳固和崇高的地位。

"再现论"时期的历史编写和文学创作泾渭分明，历史被界定为绝对客观的事实。历史学家们不遗余力地宣扬这样的观念：只要呈现"历史事实"，它们就会自动显示其中的深刻含义和启示教谕，这一切与书写者本人是毫不相干的。然而，历史小说的兴起还是让人们对这一界定质疑不断，他们开始从虚构与真实的角度来考察小说的本质问题。既然名正言顺地被归类为小说体系，为何历史小说作家要宣称此类作品中的描写比史书还要真实？既然以"逼真性"自居，为何文本中还常常充满了注释和说明？甚至有些作家在书末附加了冗长的"事实材料"与"加工制品"进行对比，以此表明，书写过程中对原始资料的精挑细选和刻意编排。这其实阐明了一个道理：文学作品和史书中的"事实"并非自动跳出来说话，而是要经过编写者的千挑万选和精心雕琢，才能变成条理上因果分明、读起来朗朗上口的文本，才能彰显深刻意义和道德教化作用。这样一来，哪些"事件"能够成为"事实"从而在文学和历史文本中粉墨登场，就是一件大可商榷的事情，书写者的主观能动性无疑起到了至关重要的作用。司格特和大仲马等都是出类拔萃的历史小说家，而历史小说这种题材在兴盛过一阵之后，很快受到了人们的冷落。历史和文学之间的关系问题让当时的一些有识之士陷入深思，但只是掀起了一些涟漪而已，并没有形成颠覆之势，也没有理论体系公之于世。

浪漫主义对现实主义不成功的反叛，给现代主义提供了很好的前车之鉴。现实主义力图对世界和历史进行再现，浪漫主义则致力于再现人类的内在心理，现代主义对它们都采取了全盘否定的态度，断言任何再现都是不可能的行为。"现代历史和现代文学都放弃了长期统治它们的再现之理想状态。两者现在均将其作品视为对新的意义的探讨、实验和创造，不再认为是揭示、展现某种程度上已经存在，但无法马上看出来的意义。"（Gossman，1978:38—39）反再现文艺运动的重要特征，是从对内容的高度关注转向对形式的极端宣扬，比如印象主义画派的色彩和线条等材质开始牢牢吸引住人们的目光，而文学创作则体现出语言上的嬉戏和放纵。一些学者认为语言革新足以引起政治变革，这股风潮越演越烈，到了晚期现代主义的一些作家那里，文本俨然成了语言的迷宫。这些作家公开宣扬对世界和历史的不屑一顾，尤其对现实主义作家及其创作指责不断。他们声称那种多少年来一成不变的写作和阅读程式，助长了中产阶级读者的惰性，养成了他们麻木不仁的情绪，使他们对资本主义社会的弊端和痼疾视而不见，因而大大消磨了人们的反抗意志和斗争激情。某些激进人士甚至立下这样一条不成文的规定：谁向现实主义靠拢，谁就是资本主义的同谋，势必受到口诛笔伐。这种语言学转向的初衷是挑战传统文学的"再现"观，以及资本主义制度的合法性；然而随着时间的推移，却也导致文学走向另外一个极端。它沉迷在语言的碎片和游戏中不能自拔，以至于读者感叹很多作品过于自恋而不知所云。

> 现代主义的重大成就等于是赌博，做了一些姿态，发明了一些方法，却没有为未来的文学奠定基础。它们引领着文学朝浩瀚的空间迈进，但是注定要向回转，因为如果继续前进，文学会陷入新一轮更加彻底地分崩离析，其意思将完全晦涩难懂，其形式也永远不复存在了。（Spender，1963:48）

在这种情况下，一种新型的后现代小说应运而生，它结合了现实主义文学的通俗易懂和元小说的语言游戏，具有雅俗共赏的特点。当《法国中尉的女人》和《玫瑰之名》等作品问世之后，人们为文学重新回归历史和现实世界而欢欣鼓舞；但细读之后却又发现事情远非这么简单，元小说的痕迹在其中比比皆是，令人根本无法忽视。哈钦在《后现代主义诗学》中把这类作品统称为"历史书写元小说"，它们既具有自揭虚构的元小说特征，又关照语言之外的历史文化和现实世界。

　　这些作品不是传统意义上的历史小说，因为它们在关注写作、阅读和理解的过程时表现出明显的元小说倾向，不仅自觉表露出自身的虚构性，同时又公开关注阅读和写作历史以及小说时的行为（及结果）。换言之，在这些小说中，审美创造与社会现实、现世与历史都成了不可分割的内容。（哈钦，1994:29）

　　历史元小说（即历史书写元小说）公开质疑历史是否真有假想中那么大的力量，能废掉形式主义。历史元小说的冲动劲使其形式的、虚构的身份免遭压抑。但是它也恢复了历史事物的地位，这和大部分主张艺术绝对自立的论点针锋相对。（哈钦，2009:129）

　　历史书写元小说并非以激进的方式摧毁旧事物，而是沿着传统的脉络造反，从而确立自身的理论体系与合法地位。笔者认为，通过与历史著作、现实主义叙述惯例、晚期现代主义作品的对比，历史书写元小说对待历史、现实和读者等重大问题的态度可见一斑。

　　首先，它在解构史书和历史小说"真实性"的基础上，对小说和历史的关系进行重新定位。费希尔的论述代表了历史和小说二元对立的传统观点："外部真实与艺术真实无关。艺术创造自己的真实，真与美在这种真实里面的自我完善没有终点。历史就迥然不同。它是在经验的层面上寻求外部的真实，寻求最佳、最完整、最深刻的外部真实，在最大限度上契合过去事件的绝对真实性。"（Fischer，1970:87）历史书写元小说表明，小说和历史都是叙事，它们对过去的不断重写是在追寻历史对现在的意义，体现了书写者的主观意愿；真假难辨是它们的共同本质，因为真相绝对不止一种，而是有许多种，那种非真即假、非此即彼的二元论思想已经不合时宜了。卢卡契指出，历史小说可以通过表现一个概括、集中的微观世界来演示历史的进程，因此，作品的主要人物应该是一个典型，综合了一般和具体，也综合了一切人类和社会的基本决定因素（Lukacs，1962:39）。历史小说总是围绕史书中的核心人物展开，和历史保持同步和同构状态，力证所搜集事件的真实性。而历史书写元小说将史书的边缘人物捧为上宾精心描摹，将其中的中心人物贬为他者，有意把边缘和中心进行互换。它以这种方式表现文本的虚构痕迹，质疑公认的历史版本，彰显历史书写背后的官方意识形态。

其次，历史书写元小说在解构现实主义叙述惯例的基础上，重构小说和现实世界的关系。在后现代艺术家看来，现实主义迎合读者审美趣味和阅读期待，久而久之，养成人们视一切为理所当然的惰性，其政治批判功能消失殆尽。历史书写元小说采用后现代戏仿、多视角陈述、不可靠叙事等手段，旨在对现实先维护后破坏，达成"同谋性批判"策略。它首先摆出合作和亲近的姿态，和现实主义叙述惯例展开对话，然后亲手戳破这些传统的虚幻本质，体现出最有效的颠覆性。"我们曾无比珍视的那些东西只是人为构建之物，而非天造地设的，而且这一人为构建之物在我们的文化中把持了一种权力关系。"（哈钦，2009:274）主流体系的权力结构遭到质疑和消解，由此表明：文化政治和现实政治是相辅相成密不可分的。多克特罗的《但以理书》既有后现代自我指涉的特征，又对美国20世纪60年代声势浩大的反文化运动进行审视和批判。主人公但以理最后意识到，他的作家身份离不开现实世界和政治生活，彰显出历史书写元小说的文化干预意图。

最后，历史书写元小说在解构晚期现代主义"语言迷宫"的基础上，重新定义小说和读者的关系。卢森特如此评论晚期现代主义元小说："文学并不通过任何外部指涉过程表达意义。依照这一观念，就可以把文学的表意元素从幻觉中解放出来，不再以为它们依赖于任何外部的物质和意义世界里的所指，依赖于任何物质的、以前的事情。"（Lucente，1986:318）这种完全弃外部世界于不顾的做法，俨然走进了纯文本主义（textualism）的怪圈，形成虚无主义和反沟通主义局面，让读者望而生畏失去阅读兴趣。历史书写元小说架起文本性和现实性之间的桥梁，它汲取了现实主义文学的通俗性，同时在文本中屡屡设置元小说特征。此类文本的不确定和模棱两可之处比比皆是，它邀请读者积极参与意义的建构和阐释，把阅读和评判视作文学创作不可或缺的统一整体。比如，福尔斯《法国中尉的女人》就是一部广受欢迎的历史书写元小说，它沿袭爱情故事的传统脉络，却又安排了诸多元小说情节：比如叙述者不时跳出来评头论足指手画脚；小说采用开放性结构收尾，为读者提供了好几个迥然不同的结局。在解读文本盲点和歧义的过程中，读者的人生体验和知识结构、时代意识形态的变幻和更替等，都对小说的意义和价值起到拓展和延伸的作用，唯其如此，作品才具有历久弥新的生命力。

据笔者看来，哈钦的后现代诗学和怀特的新历史主义多有相似和重合之处。他们都对历史的文本性（书写者的主观性）确定无疑，都对历史的阐释性（彰显话语逻辑和权力关系）反复论证，都试图赋予弱势人群以文化干预的力量。他们的理论归根结底是问题学，都对历史的本质提出了诘问：历史究竟是过去的事实还是话语的建构？哪一部分历史被浓墨重彩地书写？其中有意彰显和标榜的又是哪些人的价值观念和道德标准？两者对宏大叙事的解构勇气堪称石破天惊，在死气沉沉的理性主义理论世界掀起巨大风波，如同面对女性批评等众多后现代运动和理论一样，人们都对怀特和哈钦的标新立异之举激动不已。与此同时，两种理论的不同之处也一目了然：怀特从研究欧洲经典历史哲学著作入手，探寻的是历史的本质属性，即诗性或文学性；而哈钦却从梳理文学流派的演变起家，以历史书写元小说作为支撑，建立起一整套理论体系，探究的是后现代文本中的历史呈现和政治介入。然而两者殊途同归，不管是历史哲学的语言学转向，还是文学的历史性转向，都对人类的社会结构和发展方向造成了不小的震动，成为整个后现代理论大厦举足轻重的一部分。

第三节　托妮·莫里森小说的后现代历史书写

在黑人社区长大成人的莫里森，聆听老一辈的故事和现代布鲁斯、爵士乐，耳濡目染各种黑人仪式和习俗，对本民族历史可谓驾轻就熟。20 世纪留下了众多不平凡的历史记忆：两次世界大战、朝鲜和越南战争、60 年代风起云涌的妇女解放运动和民权运动，等等。这些不仅成为美国历史的重要组成部分，还是美国黑人历史不可或缺的书写源泉。莫里森在 1970年发表第一部长篇小说《最蓝的眼睛》，正式步入知名作家的行列，而那时也正是后现代文艺思潮在世界各地风起云涌之际。德里达的解构主义理论、海登·怀特的新历史主义、福柯的权力关系解读、琳达·哈钦的后现代诗学体系等，都给文学创作领域带来不小的震动和影响。以语言游戏为宗旨的先锋派实验主义元小说尚未谢幕，历史书写元小说将现实性和自我指涉性天衣无缝地嫁接到一起，早已经迫不及待耐地粉墨登场。以上种种因素都在莫里森的作品中烙下鲜明的印迹，本书选取莫里森系列长篇小说，从初始之作《最蓝的眼睛》和《秀拉》，到承上启下之作《所罗门之歌》和《柏油孩子》，再到巅峰之作《宠儿》、《爵士乐》、《天堂》，意在对其中的后现代历史书写特色做深入而系统的研究。

一 研究背景和意义

后现代主义是一个广阔的理论体系，而以诠释学为渊源的后现代理论就是其中的重要一支。它指出人类对于经验世界具有共同的感受能力，这就是所谓的产生共鸣或达成共识，使人类彼此之间具有了交流和合作的可能性。它提倡两性平等、权力共享的大同精神，警告人们：如果迷失在主流社会设定的意识形态里不能自拔，从而失去主体的独立性，人类社会就会形成病态的集体或个体。"主体性"是后现代理论的关键词之一，这一重要的后现代概念大旗又统领了纷繁复杂的文学批评支流，更确切地说与众多批评潮流相吻合。德里达的解构主义体系，消解了一切正统和中心的合法地位，赋予边缘化的事物以堂而皇之的主体特性。弗莱的原型批评理论，用神话意象来关照小说文本，比如潘多拉这一家喻户晓的故事，被用来颠覆"女人的美貌是最大资本"的生存误区，为女性主体性的获取指明方向。生态女性主义理论，把自然和女性的受压迫命运相提并论，而人类中心主义和父权制是造成这种局面的罪魁祸首，推翻它们的不公正统治，还自然和女性以久违的主体性，才能获得期待已久的平等与和谐。

莫里森小说拥有深邃而宏大的历史视野。她在发掘蓄奴制惨绝人寰本质的同时，提出了令人振聋发聩的命题：黑人群体面对历史采取逃避姿态是无济于事甚至是深受其害的，正确的方法是勇敢地面对它，走出精神危机和生存困境，从而把握现实和未来。黑人在蓄奴制废除之后获得自由，然而，当白人主流价值观内化成公民的潜意识时，一贯处于弱势状态的黑人群体也不能幸免，他们中的有些人甚至矫枉过正，不自觉地推行黑人种族主义政策。19世纪末20世纪初，大批黑人离开南方迁徙到北方城市，经过多年的拼搏和奋斗许多人跻身于衣食无忧的中产阶级行列。他们的物质富足了，然而民族文化之根却失落了，人与人之间原先团结互助、相濡以沫的感情也荡然无存了。莫里森在她的小说中，描写了黑人社会100多年来跌宕起伏的发展进程，展示了一幅黑人群体的宏伟历史画卷。与此同时，莫里森采取各种各样的元小说策略，揭示主流社会价值体系和历史书写的虚幻本质。后现代先锋派实验主义小说家约翰·巴斯、唐纳德·巴塞尔姆、罗伯特·库弗等，"以小说为模型，通过各种激进、创新、反传统、非线性，甚至极端的手段，如剪切、拼贴、堆砌、文字游戏、字形排列等来解构小说虚构现实的过程"（李公昭、朱荣杰，2000:384）。莫里森自揭虚构的方法不胜枚举，比如文本采用跳跃式和碎片化情节处理，而非传统的线性陈述和因果关系；反侦探小说模式：文本以惊心动魄的谋杀案开场，但作家随即笔锋一转，开始挖掘事件背后的深层社会原因，却对杀人凶手和如何结案毫不关心，以此刻意打破读者的审美期待；多视角、多声部叙事手法的运用，与巴赫金的对话原则和复调理论形成照应，表明在后现代框架中，真相绝非是单一的，而是有众声喧哗、多种多样的可能性；语篇时常调用插入式话语或不可靠叙述，在这种情况下，叙述者要么对文本进展和书中人物评头论足、要么在文本中的陈述前后矛盾，刻意制造出歧义效果。

　　莫里森用自我指涉的方式，揭开了白人历史书写的语言逻辑建构实质，彰显出统治阶层的意识形态和权力关系。如此一来，各个时代和区域的黑人就有了颠覆主流历史、建立自我主体性的勇气和信心，体现出莫里森"诗"和"政治"相结合的创作理想。文学并非自足体系，它必须抓住历史才能使自身丰富和饱满，而历史研究又是文学研究中最基本的方法。莫里森一贯认为，爱、宽容和理解是解救一切的灵丹妙药，消除种族矛盾和性别矛盾，使人类归于和谐平等的理想状态，是未来社会坚定不移的走向。她的思想和理念，与后现代的"生态主义"、"可持续发展"、"全球化"、"和谐社会"等概念不谋而合。如何面对第二次世界大战和希特勒屠犹行径遗留下来的残酷记忆？如何解决巴以等国家旷日持久的种族和政治争端？如何在全球化视野下实现各民族的共生共荣？以中国为例，在农业社会向工业社会转化的过程中，农民工大潮如何在城市找到物质和心理上的坚实根基，以成就他们梦寐以求的幸福之路？凡此种种，都可以在莫里森的后现代历史书写中找到情感的共鸣和经验的再现。因此，对她的作品进行后现代视野中的历史书写研究，意义非同小可。

二　国内外研究现状

　　莫里森长篇小说因其博大精深的主题和异彩纷呈的叙事手段，引来众多关注和评价。在国外，莫里森其人其作的研究可谓硕果累累，公开出版的专著已经有二十几部。里格内以《莫里森的声音》为题，对作家的前五部小说进行分析，发现她通过激进的语言表达、对主体身份重新界定、将历史解读成事实和神话的糅合、发掘女性欲望形象等手段，来彰显作家的自我声音；莫里森小说具备诸多后现代特征，它们打破传统小说的线性陈述，不遗余力地引入历史事件，比如血腥的蓄奴制、南方重建、美国大萧条、战争等，由此表明历史蕴含的深刻政治性，以及历史对现实的引领作用（Rigney，1991）。在《危险的自由：托妮·莫里森小说的融合与分裂》一书中，佩奇把莫里森小说放到美国文化、非裔美国文化和当代思潮的最前沿加以审视，他认为：莫里森描摹了种族主义社会中力争融合的黑人文化，忠实地传达出非裔美国人的"双重意识"（double consciousness），令当代其他作家望尘莫及；分裂性贯穿莫里森的所有小说主题，这种"单一"中的"多元"（plurality-in-unity）对叙述者、家庭关系、种族等造成影响，她的小说人物努力战胜分裂和创伤的尴尬处境，历经千辛万苦之后获得主体身份（Page，1995）。梅特斯的《托妮·莫里森》，聚焦黑人的集体创伤和历史书写，把莫里森作品解读为"被暗淡、被摩擦历史"的文化记忆，认为黑人历史就是一部从蓄奴制时代到20世纪种族压迫的创伤史；在政治和历史语境中，莫里森作品中被激活的过去饱含着痛苦和丰富性，它们具有抒情特质，却都建立在可怕情景之中，由此呈现令人不安的记忆、苦难、愉悦之间的关系（Matus，1998）。富尔曼在其著作《托妮·莫里森的小说》中，重新挖掘莫里森创造性视野的发展历程，追踪莫里森哲学体系中常见的人物、主题和场景，及其对于当代文学的重要影响；莫里森坚持"作家必须传递和读解文化"，她对黑人历史经验的描写，使得人们重新定义美国艺术经典（Furman，1999）。格鲁沃尔的《忧伤不绝，抗争不止》，对莫里森的前六部小说作了细致分析：把莫里森定位成美国文学传统领域内的黑人作家，认为莫里森借助于历史书写，尽力填平新型黑人中产阶级和以前黑奴身份的差异，以此来重建社会记忆和民族身份；莫里森的最大建树在于重新审视个体和社会政治之间的复杂关系，她邀请读者积极参与到抗争和重塑历史的集体斗争之中，从而确立作品的疗伤和政治功能（Grewal，2000）。

杜瓦尔在《托妮·莫里森的标志性小说：现代主义的真实性和后现代的黑人性》中表示：依照琳达·哈钦的理论图式，莫里森属于后现代作家，但她的历史书写并未详细描写身份主体的分裂和破碎，这与约翰·巴斯《漂浮的歌剧院》（*The Floating Opera*）中的安德鲁斯（Todd Andrews）、托马斯·品钦《第49批拍卖》（*The Crying of Lot* 49）中的马斯（Oedipa Maas）、唐·德里罗（Don DeLillo）《白噪音》（*White Noise*）中的格拉德尼（Jack Gladney）迥然有别；在边缘位置上进行文学和历史书写，意味着作品必定包含后现代主体身份所规避的"差异性"，因此，莫里森很难被归类为后现代主流作家，除非人们用霍克斯（Bell Hooks）的"后现代黑人性"对哈钦诗学理论进行修正（Duvall，2000:17）。在《托妮·莫里森的〈宠儿〉和典仪想象》中，马科斯梳理了从古至今的典仪历史，指出弗洛伊德用它来解释美杜莎（Medusa）和阉割情节（the castration complex），德里达发现"自残"的典仪逻辑和自己的思想完全吻合，而《宠儿》中的塞丝及其族裔将典仪当作应对集体创伤的良方；塞丝的杀婴行为具有典仪特征，人们为了缓解自我恐惧而行恐惧之仪，这样就把仪式和原罪意向连接起来，为黑人民族走出历史失忆症创造了机会（Marks，2002）。福尔茨的论著《托妮·莫里森：与差异做游戏》，将莫里森系列小说作为精心建构的整体加以审视，揭示了差异间的互动关系——爱与恨、男性气质和女性气质、黑人与白人、过去与现在、富裕和贫穷等；莫里森营造了一个充满意象和文字游戏的差异矩阵，将其他众多差异纳入到种族问题中进行宏观考量，显示差异标志对小说人物和叙事进程的决定性影响，从而在意识形态层面与种族主义和性别主义展开对决（Fultz，2003）。姆巴利亚在《托妮·莫里森递进的阶级意识》中，证明了莫里森不断发展的社会意识，在这一过程中莫里森展示了非洲后裔如何遭受剥削和压迫，以及身为作家如何展示解决之道：《最蓝的眼睛》探究种族主义对非裔妇女和儿童的伤害；《秀拉》探索自我实现的途径，但主人公却忽视了养育她的民族文化；《所罗门之歌》表现历史记忆对黑人民族压迫和阶级压迫的冲击力；《柏油孩子》坚持将资本主义视为黑人最大的敌人；《宠儿》认为集体斗争才能使黑人得到真正解放；《爵士乐》宣称美国和其他地域的历史状况对于妇女来说尤为险恶，甚至达到令人疯狂的程度；《天堂》纠正了"黑人的劲敌是白人而非资本主义"的错误观念（Mbalia，2004）。费古森的《重塑黑人身份：托妮·莫里森小说的转变和置换》，一方面通过女性主义、后结构主义和种族理论等，探讨美国黑人身份问题的复杂性；另一方面突出了莫里森擅长的历史和文化变迁主题：蓄奴制造成的分裂和错位、重建时代及其余波、大迁移运动的冲击、"新黑人"概念、性别差异和冲突、民权运动、黑人分裂政治，等等（Ferguson，2007）。

国外有关莫里森的期刊论文呈现出一派欣欣向荣的景象，其中《宠儿》的研究成果最丰富，《所罗门之歌》次之。就主题而言，意识形态、身份建构、历史书写、创伤记忆、母女关系和姐妹情谊等，都得到了细致入微的剖析；就理论视角而言，女性主义、心理分析、后现代和后殖民主义、叙事学和符号学等，大大拓展了阐释空间；就研究方法而言，除了《圣经》解读和空间隐喻之外，各个层面的比较研究也是热门话题：有莫里森系列作品之间的对照，有莫里森与赫斯顿、赖特、埃里森、沃克等知名黑人作家之间的对照，也有莫里森和福克纳、杜拉斯等白人经典作家的相互映照。在《关注错误的前线：历史的置换、马其诺防线和〈最蓝的眼睛〉》中，吉伦认为莫里森把故事背景设置在 1940—1941 年，是颇有深意的，美国就是在这一年参与了第二次世界大战，而种族优越论是让希特勒发动反人类战争的罪魁祸首，这意味着美国本土的种族争端，让位于国际反种族主义主战场；莫里森把妓女命名为"马其诺防线"，黑人小女孩的头发"编成两根绞索"（"braided into two lynch ropes"），称佩科拉为"替罪羊"（"scapegoat"），使得家庭小历史和美国种族斗争的大历史交相辉映，都是为了彰显美国民族身份危机（Gillan，2002:283—298）。巴特通过《托妮·莫里森的身体之根：传统文化之母》来阐释《秀拉》，此文表示：文学中源源不断的母亲意象，既是企图恢复失落主体的心理欲望，也是一种回归过去的政治欲望，母亲身体失落的记忆类似于被压迫民族失落的过去和历史；莫里森通过母亲身体的政治潜能，推动读者重新发掘自我，以及他们与失却的民族之根的相互关系（Badt，1995:567—577）。《除了家庭争吵之外总还有些什么：莫里森〈秀拉〉中的漂亮男孩们》是梅贝里的力作，它认为：莫里森塑造了众多神奇而狂躁的男性人物，放到民族集体中来看，这些男性折射出性别、种族、阶级等方面的社会问题，黑人两性间的冲突并非来自性病，而是来自文化疾病，治愈它需要激进的"外科手术"；具体来看，传统思维根深蒂固的黑人群体，还没有准备好接受一个享有男人同等自由和权利的女人（Mayberry，2003:517—533）。

　　在《"我也十分为你担心，麦肯"：托妮·莫里森、南方和口头传统》中，阿特肯逊阐明：表意（signifying）、召唤—应答模式（call and response）、见证（witnessing and testifying）

等口语传统，成为移民北方的黑人群体身份归属的有力保证，非裔美国人通过这一传统来治愈蓄奴制造成的心理创伤，来谴责那些放弃民族历史文化去追逐白人价值观的同化行为（Atkinson & Page，1998:97—107）。维格－龚萨雷的文章《〈百年孤独〉和〈所罗门之歌〉中的记忆和家族历史追寻》，通过"记忆"和"想象"这两个议题对比了加西亚·马尔克斯和莫里森作品的相似之处，指出小说叙事提供了重写历史的特殊方式，非线性陈述和魔幻现实主义手法等有助于重写不堪回首的往事，使人们能够在资本主义危机中建构家族历史和主体身份（Vega-Gonzalez，2001）。卡姆普贝尔在《托妮·莫里森的〈柏油孩子〉：与资本主义历史的抗争》中，用马克思主义批评理论来解读作品，并且阐述道：发达资本主义国家与第三世界国家之间的贫富差距日益增长，社会进步的假象掩盖不了环境恶化、大规模贫困的真相；莫里森在《柏油孩子》中揭露了这种实质，认为它与美国的民主制度和宪法一样值得重新审视和探讨（Campbell，1999）。贝科－弗莱切的论文《柏油孩子和女性主义神学》指出，既然非洲神话经过了不同历史时期的重新创造，那么，人们就有必要揭开其中的神秘面纱，严肃思考它们对于当今社会之意义所在；《柏油孩子》通过神话意象，赞颂了黑人妇女的凝聚力和"传统属性"（ancient properties），这对于女性主体的建构至关重要（Baker-Fletcher，1993:29—37）。

希瑞博尔在《读者、文本和主体性：用拉康"以客体身份凝视"理论解读托妮·莫里森的〈宠儿〉》中表明，当作为主体的读者在看文本的时候，作为客体的文本也在凝视读者，使读者有一种幻觉，仿佛看见了注视本身，从而掩盖创伤造成的冲击（Schreiber，1996:445—461）。在论文《〈宠儿〉：冲突中的思想意识形态和即兴主题》中，凯泽指出：奴隶贩子和奴隶主使奴隶从主体变为客体，他们断言奴隶生来就是被奴役的身份，《宠儿》在本质主义和后现代碎片化之间寻求空间，来确立黑人的主体性（Keizer，1999:105—123）。海耶斯撰写的《命名的和无名的：符号学意义上莫里森的124号和奈勒的"他处"》，把《宠儿》和奈勒的《妈妈日》（*Mama Day*）进行比较，发现它们具备"一所命名的房子和一个无名的女人"的共同特征，揭示了这两部新黑奴叙事中，家庭空间和父权制家庭生活理念遭到激进的魔幻现实主义女性叙事空间的强烈质疑（Hayes，2004:669—681）。富尔顿的《把地狱之火和燃料隐藏到带状小树林：〈宠儿〉中的双生树》宣称，在罪过之后可能会产生重生，但《宠儿》中的"树"意象常常有悖于这种重生；莫里森把人物反抗的核心问题与"树"联系起来，使作为象征物的"树"倍添复杂性（Fulton，2005:189—199）。卡罗琳·琼斯分析了《爵士乐》中乔对"母爱"的追寻（traces）、维奥莱特难以愈合的精神创伤（cracks），揭示出主人公自我身份和话语权的失落（Jones，1997:481—496）。安和帕克在《托妮·莫里森的〈爵士乐〉和城市》中则表明：远离历史记忆的承载地——美国南方，乔在北方城市中心疯狂地搜寻多卡丝，只是试图获得拉尔夫·埃里森所称的"对身份的绝望追寻"（Anne & Paquet，2001:219—231）。卡罗琳·布朗阐明：小说文本在叙事策略和审美意识上，借鉴了美国爵士乐的诸多因素，比如不完整性、即兴发挥、召唤和应答模式、读者参与、非线性陈述等（Brown，2002:629—642）。戴维森在《种族血统和八层石头：托妮·莫里森〈天堂〉的公共历史书写》中，运用琳达·哈钦等人的后现代理论，分析了权力结构和权力关系的实质，认为故事和历史归根结底是一些事实和碎片，是根据讲述者的主观意志编撰而成的。这种父权制历史的书写模式，不仅根深蒂固地存在于鲁比镇的主流霸权统治之中，还在美国国家叙事中随处可见（Davidson，2001:355—373）。柯鲁姆赫尔兹在《对托妮·莫里森〈天堂〉的阅读和洞察》中强调：莫里森在《天堂》中应用"差异性重复"（repetition with difference）概念来刻画故事的多重版本，来改写主流历史，从而体现疗伤、转变、洞察的过程和变动不居的开放性空间。同时，莫里森道出了"无差异重复"（repetition without difference）的危害性，抱残守缺和盲目排外的结果，只能是停滞不前，违背了"建立天堂"的美好初衷（Krumholz，2002:22—34）。威廉姆斯探讨了小说《天堂》的悖论性本质：在"黑脸喜剧"（blackface minstrelsy）中，观众根据舞台形象的相反面来确认自我；就像观众对此深深着迷一样，《天堂》也提出了振聋发聩的问题——既然美国人掌握着国际话语权，并完全掌控着个体自由，那么是或者不是美国人究竟意味着什么（Williams，2007:181—200）？

　　从 20 世纪 90 年代起，我国学术界对莫里森好评如潮，她的作品一直是外国文学研究者们津津乐道的话题之一，到目前为止，公开发行的专著已经接近 15 部。王守仁、吴新云的《性别·种族·文化：托妮·莫里森与美国 20 世纪黑人文学》，是国内第一部考察莫里森创作思想和艺术特色的论著，开阔新颖的视角、一手资料的大量运用，即使在莫里森研究成果铺天盖地的今天，也是不可多得的学术佳作；它认为莫里森视写作为一种思考方式，拒绝将现实主义与寓言、神话、传说分离，而是通过写作重构历史对现实的意义（王守仁、吴新云，1999）。朱荣杰的《伤痛与弥合：托妮·莫里森小说母爱主题的文化研究》，是国内第一部关于莫里森研究的英文专著，它借鉴了女性主义和后殖民主义的相关理论，从文化层面展开论述，并强调："为母"本身并不构成对黑人女性的压迫，相反，是她们反抗社会、获得解放的重要途径，而种族歧视、性别歧视和阶级剥削才是罪恶的根源（朱荣杰，2004）。王玉括的《莫里森研究》运用新历史主义理论方法，把文本分析和文献考证结合起来，探析了莫里森的文化立场；它将莫里森放到美国和非裔美国文学传统的大框架中进行考察，并引入身体政治、戏仿、虚构等后现代术语，表明莫里森对白人文学传统的解构、对当代黑人历史的重构（王玉括，2005）。在《托妮·莫里森研究》这本书里，章汝雯用福柯、菲克拉夫（Norman Fairclough）等人的话语理论，系统地阐述了莫里森的民族性、女权主义思想、政治倾向、审美意识、对黑人民族文化所持的态度和现代派创作手法，其重点有三：第一，它阐明了莫里森的多元化、民族性理念；第二，它分析了小说的意识流、复调叙事等写作方法；第三，它展示了莫里森女权思想的核心成分（章汝雯，2006）。

在《美国黑人文学的巨星——托妮·莫里森小说创作论》中，毛信德首先追踪了非裔美国人的生存和斗争历史，并对黑人文学前辈道格拉斯、休斯、赖特、埃里森等人的创作进行回溯，接着按照创作年代对莫里森的前七部小说展开论述，每部作品自成一章，却又承上启下相互依托，梳理了莫里森的创作历程和作品的历史背景，是一部出类拔萃的全景式评论专著（毛信德，2006）。田亚曼的《母爱与成长：托妮·莫里森小说》，阐述了莫里森的五部长篇小说，它先从文本的外部研究入手，依据考据学原理对莫里森生活的时代背景和作品的历史事件进行梳理；其次从文本的内部出发，通过阐释学、精神分析学、伦理学、叙事学和新批评等理论，解读母爱的多重性和复杂性（田亚曼，2009 年）。《托妮·莫里森〈宠儿〉、〈爵士乐〉、〈天堂〉三部曲中的身份建构》，是一部体现作者王烺烺探索勇气的英文著作，它采用霍尔、赛义德、霍米·巴巴等后殖民和文化研究理论，来关注莫里森文学创作中的身份议题：在以"文化差异"为主导特征的后现代社会中，弱势群体如何协商可行身份？少数族裔和离散作家如何应对双重乃至多重意识的窘迫现实？莫里森通过解构黑人民族"他者性"、重访被湮没的历史，尤其是通过打破极权化政治，挑战单一身份认同概念，对非裔美国人的文化身份建构作出有益尝试（王烺烺，2010）。除此之外，还有一部专著不得不提，那就是李美芹的《用文字谱写乐章：论黑人音乐对莫里森小说的影响》。她把黑人圣歌、布鲁斯、爵士乐等黑人音乐提升到新的高度，认为这些对非裔美国人的自我定义至关重要：一方面，莫里森通过音乐叙事来表达边缘化黑人弱势群体的内心诉求，使他们消除文化失落感和异化感，走出心灵创伤获得精神救赎；另一方面，黑人音乐有助于消解白人逻各斯中心主义的束缚，令黑人族裔建立起话语权和身份主体（李美芹，2010）。

　　国内莫里森研究的期刊论文，也体现出学者们对《宠儿》的格外偏爱，这一点大致和国外情况相同。从早期侧重于展现作品带给读者的感受，到现代主义、后殖民、后现代理论的频频介入，莫里森这个话题始终呈现出丰富而迷人的色彩。王黎云的《评托妮·莫里森的〈最蓝的眼睛〉》、王家湘的《黑人女作家托妮·莫里森作品初探》，都是国内最早的莫里森研究成果，前者指出：莫里森作品语言朴实无华，构思别出心裁，它们把现实主义和荒诞的奇思异想巧妙地结合起来，构成了一面新奇的社会历史透镜，让读者从中洞察到种族歧视和人类社会的不平等（王黎云，1988:143—147）；后者从莫里森的四部作品谈起，将作家放到黑人民权运动和妇女解放运动的历史语境中考察，剖析美国社会中黑人自我意识的觉醒，从而彰显其作品思想和艺术成就（王家湘，1988:76—86）。莫里森作品在世纪之交引起越来越多的关注和兴趣，进入21世纪后迅速成为热门和焦点，掀起一股趋之若鹜的研究态势。习传进很早就详细论述过《宠儿》的魔幻现实主义手法（习传进，1997:106—108），后来的力作《论〈宠儿〉中怪诞的双重性》强调：怪诞是莫里森"诗性批判"风格的重要因素，《宠儿》中的怪诞具有双重性特征，把恐惧性和再生性融为一体，形成否定性与肯定性之间的辩证张力；把崇高和优美紧密结合，形成独特的审美意蕴（习传进，2003：68—74）。杜志卿也是一位持续关注和研究莫里森的学者，他在《〈秀拉〉的死亡主题》中阐明：死亡可视为《秀拉》整部作品的核心主题，它内容丰富、寓意深刻，凸显了作者在文化、历史、美学、哲学、心理学层面上对现实的思考（杜志卿，2003：34—43）；在《国内托妮·莫里森作品的译介述评》中，他以时间为线，辅以翔实的材料，对1980年以来国内莫里森作品译介情况作了评述（杜志卿，2005:78—81）；他的《托妮·莫里森在中国》，以国外（主要是美国）为参照，从研究主体、研究内容、研究方法、所存在的问题等方面进行梳理，从整体上把握国内莫里森研究的特色和趋势（杜志卿，2007:122—129）。

　　焦小婷也是在莫里森研究方面颇有建树的一位学者，她的论文《身体的残缺与文化断裂》，以身体社会学为理论框架，呈现"上帝死了"、"作者死了"、"主体死了"的后现代语境，以及黑白文化断裂的美国历史背景，来揭示莫里森小说人物身体残缺的社会文化意义（焦小婷，2005：51—55）；而《托妮·莫里森小说中"诗"与"真"》一文表明：莫里森用历史事实建构传记事实，用叙事的真实强化着文学的真实，既弘扬了"史"的真实，又弥漫着"文"的色彩，在诗与真的互构和时空交错中，杂然纷呈着美国黑人的奋斗史和精神史（焦小婷，2009：71—76）。朱小琳在代表作《作为修辞的命名：托妮·莫里森小说的身份政治》中指出：莫里森小说中身份意识与人物和地名的命名方式密切相关，用典、反讽和启示等是莫里森用以命名的重要手段，显示了强烈的非裔美国文化诉求和对身份主体的强烈渴望（朱小琳，2008：67—72）；在《托妮·莫里森小说中的暴力世界》里，朱小琳表明：莫里森以反讽方式设置暴力的惊悚效果，是为了表现黑人族裔对历史发展进程的反思，用暴力解决危机的模式归根结底来源美国的种族主义政策（朱小琳，2009：168—176）。此外，朱新福《托尼·莫里森的族裔文化语境》和朱梅的《托妮·莫里森笔下的微笑意象》都是既有广度又有深度的评论，前者认为莫里森文化语境和美学思想并不局限在种族和政治意识形态领域，而是展现黑人的悲剧命运及其失落和异化，强调读者对文本意义建构的积极作用，重视作品的口述性质和黑人音乐等历史传统（朱新福，2004：54—60）；后者敏锐地洞察到：微笑意象在莫里森的系列长篇小说和时事评论中反复出现，透过话语对抗的表面，体现了莫里森对黑人自信力和种族历史本质的严肃思考（朱梅，2007：55—63）。

　　综观莫里森研究的已有成果，笔者总结出三大特征：第一，它们强调了民族性和集体性的关键作用；第二，它们彰显了历史对当下身份建构的重要启示；第三，后现代文化和历史分析是目前外国文学的研究趋势，也是突破莫里森以往评述的有效手段。尽管在以上的阐述中，不乏新历史主义、哈钦诗学、戏仿、虚构等术语的出现，但这些理论只是落进极少数或个别学者的视野，它们要么涉及某篇论著或论文的部分内容、要么只是论及作家的单部作品，并未构成莫里森研究中系统阐释的视角，这样便给当前的莫里森研究留下巨大解读空间。本书试图从整体上把握莫里森系列长篇小说的历史书写问题，以海登·怀特和琳达·哈钦的后现代理论为主要基石，却又不局限于此，而是与福柯、德里达、马尔库塞、詹明信、鲍德里亚等后现代理论家也展开对话，以此，探索理论的前瞻性和创新的可能性。

三　本书的研究内容和架构

　　后现代小说创作和历史书写之间的关系，表征为主体性、互文性、指涉、意识形态等核心概念，而本书的研究内容主要围绕它们而展开。试以主体性为例，《最蓝的眼睛》中的黑人女孩佩科拉，被白人主流社会"以白为美，以蓝眼睛为美"的价值观所主导，以至于自暴自弃走向毁灭；《秀拉》中的同名主人公用特立独行的反叛姿态捍卫自我主体性，最终因疏离他人和集体而未能如愿；《所罗门之歌》中的黑人男孩奶娃，在社会和家庭双重父权思想的浸淫下，变成坐享其成、不负责任的空洞形象，在长途跋涉追寻到"民族之根"后，才幡然醒悟成长为拥有"主体性"的堂堂男子汉；《柏油孩子》中的雅丹为白人价值观所内化，彻底忘却了民族身份；《宠儿》中的塞丝终于从惨无人道的历史记忆中得到解脱，获得主体性后走向新生；《天堂》中的黑人女性们在饱尝人生的磨难后，不约而同来到修道院疗伤，在相互倾诉和关爱中获取久违的主体性，生活得如鱼得水。莫里森习惯于让文本与历史形成互动，再用各种自我指涉的策略，打破历史的客观性和真实性神话，将主流社会的意识形态和权力关系公之于众，最终建立弱势人群的主体身份，在文化参与和政治介入中抵达和谐主题。

本书分为五部分，包括引言、正文三章和结论。引言部分首先在与旧历史主义的比较中，来阐述海登·怀特的后现代叙事学，打开新历史主义的理论内核；进而逐一梳理现实主义、浪漫主义、现代主义和后现代主义的文学流变，以此，对琳达·哈钦的后现代主义诗学进行界定，认为历史书写元小说是文艺发展和社会现实共同作用的产物。随后，笔者对比了怀特和哈钦理论出发点的不同之处，并在两者之间找到"文学的历史性和历史的文学性"这一交汇点，为本书主体部分的阐述廓清理论思路。

正文第一章《虚构主题和创伤历史》，涵盖莫里森前两部小说《最蓝的眼睛》和《秀拉》，前者主要探讨虚构和真实之间的关系、后者分析文本的历史记忆和创伤叙事。美国历史上闻名遐迩的"大迁移运动"，令无数黑人从南方农村走向北方城市寻找新生活，《最蓝的眼睛》正是由此展开历史画卷。20世纪三四十年代好莱坞电影工业的蓬勃发展，标志着主流媒体的强势介入，它们让那些无法适应都市生活的"新黑人"打开视野，同时也让他们中的很多人被主流意识形态所同化，不能理性看待虚构和真实的问题，以至于酿成一幕幕悲剧。莫里森通过《最蓝的眼睛》中"迪克和简"的嵌套式结构，剖析了历史文本的生成性和虚幻性实质；通过主要人物之间处世哲学的反差和对比，表明虚构对于现实生活的巨大威力。莫里森在《秀拉》中呈现了集体和个体的创伤经验，把它们放到"种族隔离制度"、"祖父条款"等美国黑人历史中加以考察，从而显示作家对于小说叙事和历史叙事等问题的思考。书中的"疯癫"意象，并非生物性和病理性症状，而是由战争等非理性因素导致的创伤性社会建构，是主流话语强行赋予的文化符号。秀拉的为所欲为则呈现了"美国存在主义者"的典型特征，与美国的反文化运动不无关系，她后来众叛亲离孑然一身，是漠视他人、脱离群体所致，也是无法正确运用创伤叙事来塑造身份主体的结果。简言之，这两部作品都呈现了历史书写的主观性，无论对于哪一个阶层来说，人们只有在语言机制中建设集体自我的历史文化，才能赢得主体性和话语权。

第二章《资本主义历史语境及其权力关系》，分析《所罗门之歌》和《柏油孩子》两部作品，揭示资产阶级意识形态和权力结构，从文化上为"他者"建立主体身份做好准备。这两部小说在莫里森创作生涯中担负着承上启下的作用，既对前两部初始之作展开进一步探索和提升，又为后来的巅峰之作"莫里森三部曲"奠定了坚实基础。《所罗门之歌》通过话语权的对抗和争夺，来展现莫里森文化干预的政治决心。第一代黑人杰克和福斯特医生，不仅用艰苦奋斗确立了稳固的经济地位，还力所能及地造福黑人社区，以此建立起绝对权威。第二代黑人都梦想恢复父辈当年的荣耀和权力，采取的途径却各不相同：麦肯彻底被白人资产阶级价值观所同化，不择手段地企图坐拥财富帝国，却在自我膨胀中抛弃了民族文化，最终沦落为孤家寡人；露丝夺取话语权的手段秘而不宣却卓有成效，她故意采用无知和愚蠢的言行举止，频频引发丈夫麦肯的家庭暴力，以弱者姿态和儿女结成同盟军，从而获得话语权，对以往女性主义规范实行创新和突破；派拉特的黑人布鲁斯音乐，成功突围了种族和性别的层层限制，通过对历史文化和族群力量的召唤，演变为民族代言人。第三代黑人青年奶娃，在派拉特的悉心引导下到民俗精粹中寻根问祖，在"浸润叙事"里获得种族自信力。将《柏油孩子》放置到资本主义历史语境中进行审视，作品的异化主题和生态危机等随即跃然纸上：沦为文化符号的商品丧失了实用意义，变成身份地位的文化标志，生产者和产品之间的天然纽带被割裂，消费者与商品结成同盟。小说中的后工业资本家代表瓦利连，虽然生活在20世纪后半叶，其思维习惯却与蓄奴制时期的庄园主极其相似，"家务奴隶"和"田间奴隶"竭诚服务于他，却长期忍受他的颐指气使、不可一世，享受不到任何民主和自由的氛围。成为发达国家原料开采地和商品生产基地后，第三世界国家的生态平衡遭受严重破坏，莫里森塑造了迈克尔和森这两个人物，化身为解救环境危机和伦理危机的使者，对晚期资本主义社会制度及其中的资本家抗衡和批判。

　　第三章《历史书写中的意识形态批判》，论及莫里森三部曲《宠儿》、《爵士乐》和《天堂》。这三部作品是莫里森整个创作生涯的华彩乐章，在这期间她不仅获得了一座普利策文学奖，还荣膺诺贝尔桂冠。非裔美国文学史上的黑奴叙事源远流长，对内战以后的黑人文学产生重大影响，深受前辈作家熏陶的莫里森，在鸿篇巨制《宠儿》中，继承了黑奴叙事书写历史的传统，同时又融入后现代语境之中。作品对蓄奴制意识形态中的本质主义提出质疑，批判了"黑人动物性"的种族主义观点，从而解构了白人至上的历史书写模式。语言对黑人历史的建构至关重要：莫里森通过置换自我与他者的语言逻辑，实现主奴角色的转换；通过对"文化文本"的诠释，呈现"写在羊皮纸上的历史"；通过多重叙述视角，聚合历史的真正意义。《爵士乐》利用一个通俗简单的三角恋凶杀案故事，描绘了消费主义社会世风日下、人性沉沦的现实。在这样的环境中，消费浪潮制造出金碧辉煌的假象，以物质财富作为衡量成功与否的重要标准，诱导人们不顾一切地"积极进取"。而这种所谓的与时俱进的意识形态，充满了虚假性和欺骗性，导致人际交往异常困难，道德伦理严重扭曲。莫里森匠心独运，让人物重返过去，回归"爱和宽容"的自我主体性，在厚重的历史层面寻找现实的意义。笔者认为，《天堂》的文本建构和历史书写具有异曲同工之妙，它呈现出一个关于文本写作、阅读和阐释的完整模式，用这种自我指涉的方法揭示历史文本和小说文本等的虚构实质。它深入探讨了书写者在文本创作中的地位问题，消解了现实主义传统中作者至高无上的权威；它通过互文情节、不可靠陈述或多视角叙述等方式，呼吁读者积极参与文本意义的建构；它精心设计出"鬼魂章节"让读者填补意义的空白，论证了读者对文本内涵的重要阐释作用。《天堂》具有历史书写元小说的显著特征，在新历史主义理论框架下它按照美国历史发展脉络来编织和架构故事进程，批判了由"美国例外论"衍生出来的种族主义和性别主义意识形态。在对外关系上，美国偏重现实主义，绝大多数时候将理想主义束之高阁，在国家利益和权威高于一切的前提下实行军事干预主义政策。《天堂》中的主流集团挪用了这一模式，把榜样主义置之度外，用暴力和杀戮来消除异己力量，将其"救世主"形象掩盖下的权力本质展现得淋漓尽致。从《宠儿》的蓄奴制时期，到《爵士乐》的"爵士时代"，再到《天堂》的民权运动，这三部作品把黑人一百多年的宏伟历史贯穿起来，彰显了莫里森对历史文化的高度关注，对社会政治的有力干预。

第五部分是结论。它首先对整篇博士学位论文进行归纳和总结，在此基础上强调其创新和突破之处，并对这一领域尚未发掘的研究空间展开论述和预测。

第一章　虚构主题和创伤历史

《最蓝的眼睛》和《秀拉》是姊妹篇，这一点早已得到公认。莫里森在 1983 年的一次访谈中提到：这两部作品都对主人公的少年时代着墨良多，是她的初始之作。王守仁、吴新云强调"《秀拉》在一定程度上是《最蓝的眼睛》的延续：它再次描写了黑人妇女的童年，并将之延伸到她们的成年生活"（王守仁、吴新云，1998:49）。除此之外，笔者认为莫里森的这两部长篇力作还有诸多一脉相承之处，比如创伤叙事、姐妹情谊等主题。这些因素将进一步深入到莫里森日后的创作之中，在她的精心打磨下熠熠生辉，呈现出匠心独运的艺术魅力。

第一节　《最蓝的眼睛》的虚构和真实

现实主义文学竭力标榜事件和人物的"真实性"，后现代元小说着重强调语言的"虚构性"，然而人们对于真实和虚构的探讨，并非仅仅体现在现代主义和后现代主义时期。应该说，自小说这种体裁问世之后，很多创作者和文艺理论家就对"诗"与"真"的关系问题，产生了持续而浓厚的兴趣。从古至今，各种各样的相关见解层出不穷，许多作家还将它们付诸写作实践之中。

有论者指出，自小说诞生之日起作家就已经开始了对社会、人本身、语言问题的探索，比如塞万提斯在《堂吉诃德》的前言中就已经提到了语言、虚构、小说艺术的关系问题。从文艺复兴时期卜伽丘的《十日谈》和乔叟的《坎特伯雷故事集》中精心设计的"套盒结构"，到莎士比亚的《哈姆雷特》里的戏中戏，到18世纪里查逊的书信体小说，再到菲尔丁、奥斯丁小说中的作者介入式叙事等等，都在不同程度上带有元虚构/小说的成分。（王雅华，2009:47）

那些抱着传统主义不放的历史学家，对于通过小说来理解历史这一做法颇有微词，他们宣称事实记载才是历史建构的根本。然而，琳达·哈钦却这样来阐述历史的主观性：历史学家们从来不会直接抓取整个事件，只是通过文件和文本获取不完整的信息；历史并不是那样准确无误地陈述过去，而是陈述当前能够知道的部分，以此来代表整个历史（Hutcheon，1989:87）。在白人主流社会的官方历史中，世世代代的黑人被贬为他者，失去了话语权，从而销声匿迹。莫里森坚定不移地相信，黑人能够求助于其他方式，来表达内心的强烈诉求。这种方式就是文学话语，它避开了白人主流意识形态的历史记录，赋予黑人言说的权利，使他们被奴役被压迫的心路历程大白于天下。而且，它超越了主流社会的传统历史书写程式，用非洲文化特有的讲故事模式，描写了一段段爱恨情仇和悲欢离合。这些故事不仅是那些穿越千难万险的生存者的故事，还是那些在"中间通道"、蓄奴制时代以及向北方移民后，依然遭受种族歧视的死去者的故事。莫里森以史为鉴，用历史关照现实，希望这些故事能够被牢牢地镌刻下来，成为"此在"的存在，而不是为黑人遗忘症所掩盖的"缺席"的存在。《最蓝的眼睛》就是这样一部寄托着莫里森历史观和政治观的文学作品，它的出版，奠定了莫里森在美国文坛的地位，表明她从此走上了以"黑人性"为主要题材的创作道路，标志着她日后对后现代语境中历史书写问题始终不渝的关注和坚守。

一　文学的历史性和历史的文学性

《最蓝的眼睛》发表于 1970 年，是莫里森经过多年积淀和酝酿构思而成的作品，既包含她早年系统学习过程中所提取的文学素养，也反映了她后来在知名出版社担任高级编辑所获取的历史知识和广阔视野。"20 世纪 60 年代无疑是美国历史上一个风云变幻、多姿多彩的时代，其时政治上动荡不安，各种社会思潮更迭交替，哲学和文学理论相互交融得比以往任何一个时代更为紧密，结构主义的余热尚未散尽，纷繁复杂的后结构主义理论已崭露头角。思想领域和理论领域的交锋孕育催生了一大批作家，他们纷纷著书立说，从不同的侧面来书写人们对这个时代五花八门的反应……"（郭亚娟，2009:3）莫里森适逢其时地经历了众多后现代思想和理论的洗礼，由此形成独树一帜的文学创作观，在她的第一部长篇小说中付诸实施，更在后来的系列作品中进一步发扬光大。在《最蓝的眼睛》中，作家抛开被广泛运用的成人视角，用细腻感人的笔触另辟蹊径，对长久以来处于边缘化状态的黑人小女孩，进行浓墨重彩的描摹，为读者留下一幅意境悠远、凄凉深沉的社会风情画。

发生于 19 世纪末 20 世纪初的美国黑人"大迁移"运动，形成了《最蓝的眼睛》的最初历史背景。小说人物波琳原本是个纯真可爱的南方姑娘，在风景如画的大自然和其乐融融的家庭中长大，充满了青春的憧憬：

> 在梦境中她总是十分温顺；常常在河边漫步，或在田里捡野果子，然后有个男人出现在面前，目光柔和且又敏锐，不用言传就心心相印；在他的注视下，她垂下两眼，她的脚也不跛了。此人无形，无脸，无声无息。只是一种存在，刚柔兼并，象征平和。她对这存在不知所措。但这无关紧要，因为在无言的理解与无声的抚摸之后梦幻会自行破灭。然而这存在知道如何行事。她只需将头挨着他胸脯，他就会带她走向大海，走向城市，走向树林……直至永远。（莫里森，2005:73）

就在这时她遇到了梦寐以求的白马王子乔利，两人一见钟情并很快步入了婚姻殿堂。此时正逢美国历史上的黑人移民大潮，这对年轻夫妇跟随时代的步伐加入其中，从南方农村走向了北方城市。从时间上推算，波琳和乔利是在美国经济大萧条爆发之前加入了移民大军，而这场运动对黑人群体的影响十分深远。第一次世界大战虽然远在欧洲，但由于英国对中欧列强的封锁，使美国南方的棉花无法进入欧洲大陆市场，因此南方经济状况急转直下。数千名南方人离开迪克西到外域服役，数千名外地人来到南方受训，这种人员调动虽然削弱了南方褊狭的地方主义，但也造成人际关系，尤其是种族关系的紧张，战争期间私刑频频发生，许多黑人的生活痛苦不堪。不久，南方棉花价格大跌，百年不遇的棉铃象鼻虫又恰好在这时肆虐南方大地，使整个20世纪20年代及其后的棉花生产每况愈下。在大萧条到来之前，南方经济已经一蹶不振，南方人难以面对饥饿的威胁，大批黑人继续迁居北方寻求出路。

　　到达北方后，许多黑人实际上并没有过上想象中富足而自由的生活，反而在陌生环境带来的巨大压力中不胜负荷。他们拖家带口、成群结队地来到工业大都市，就业和住房等很快成为亟须解决的现实问题。坡尔德纳克在对种族隔离时期的历史进行研究后，呼吁人们关注20世纪上半叶美国劳工市场的激烈竞争："中间横插着大萧条的两次世界大战，给工业进程中的北方和中西部带来了就业机会，但也使这些区域中的黑人少数族裔和白人群体之间的竞争关系越演越烈。"（Polednak，1997:22）在就业市场上，老板们宁可雇用瘦弱的白人，而不愿录取身强力壮的黑人，这种情况屡屡发生。经济学家贝克尔怀疑道：这种优待白人歧视黑人的倾向，满足了雇佣者根深蒂固的白人至上心理，同时又使得其利益最大化。隐含着工业家们和市场经济共谋的就业歧视政策，很快波及全国，此类情况的严重性在20世纪40年代的南方更是北方的两倍（Becker，1957:156）。即便时至今日，无论是美国南方还是北方，劳动力市场上黑人遭受排斥的情形依然时有发生。作为势单力薄的黑人，乔利为求生存疲于奔命，根本无暇顾及年轻无助的妻子。波琳初来乍到举步维艰，既要忍受来自白人妇女的敌视和冷漠，又要对其他黑人妇女的冷嘲热讽忍气吞声。在访谈录《黑人、现代性和美国南方》中，莫里森和德纳德谈及黑人迁徙到北方后的那段历史时，强调了很重要的两点：其一，前后截然不同的生存环境引发巨大的心理张力。人们抛弃习以为常的生活方式，千里迢迢来到完全陌生的都市谋生，如何平衡地域之间造成的精神落差通常会是一大难题。城市生活的快节奏和商业气息令黑人群体不知所措，他们需要花费很长时间和努力才能慢慢适应。在充满敌意的都市氛围中，他们高度紧张全神戒备，尽其所能在言谈举止上表现得不像南方农村人，这种努力使他们反而显得更加奇特和滑稽，体现出一个人记忆中的生存之道和他想踏入的新生活之间的对抗。莫里森的几乎每部小说都把这种张力刻画得入木三分，从美国内战之前的黑奴叙事到哈莱姆文艺复兴，一直到现代和后现代黑人文学，可以说没有哪个作家像莫里森那样不厌其烦地执着于此类主题。莫里森小说中的人物常常发出这样的感慨：来到北方后他们的头脑变成了一团糟，而这之前他们原本是成熟明理的。其二，男人和女人对于北方城市生活的适应能力不可相提并论。莫里森作品中的城乡差别如此巨大，最不胜负荷的当属黑人女性，她们真真切切地体会到失重的痛苦，却又无力改变现状只能随波逐流。男人来到城市后总是迫不及待地想征服大街小巷，他们的志向在于家庭之外的广阔空间，工作环境和交往圈子往往使他们很容易找到情感支撑。女人们则不然，她们早已习惯常年足不出户的家居生活，习惯南方亲朋好友在家计中相互支撑，以及左邻右舍互赠食品等场景，要想在北方城市达成这一愿望难乎其难（Denard，1998:178—195）。

波琳在百无聊赖中躲进电影院以寻求精神寄托，却不知不觉地被大众媒体所异化，最终发生价值错位，成为遭受主流意识形态内化的牺牲品。

　　　　在（电影院的）黑暗中，她的记忆复苏了，一头扎进早年的绮丽梦想中无法自拔。除了罗曼蒂克的爱情梦幻之外，她还领悟到了另外一种外表之美——也许这是人类思想史上最具毁灭性的两种意识，两者都起源于妒嫉，在安全感的匮乏中兴盛，在幻灭中结束。她把外表美等同于德行，从而剥夺和捆绑了理性，积聚起无以复加的自我憎恨。她忘记了欲望和关心家人这回事，把爱当作占有性交配，把浪漫当作精神寄托。从这股源泉中她将攫取最具破坏力的情感、欺骗爱人、谋求监禁那些至爱者，每天缩减他们的自由……在接受了电影的洗礼之后，她从来不能够看着一张脸而不把它进行归类，她遵循的是从银幕上全盘吸收过来的关于"绝对美丽"的标准。电影中有黑沉沉的森林，有孤零零的长路，有河岸，也有温馨而体贴的双眸。在那里残疾人变得完美、盲人见到光明、瘸子扔掉了拐杖。在那里死亡是无效的，人们的举手投足都沉浸于阵阵音乐之中。那里的白人和黑人和谐共处，形成美好的统一体，所有这些都通过上方或后方的光线被投射出来。（Morrison，1970:122）

　　20世纪上半叶好莱坞电影工业的蓬勃发展，形成了《最蓝的眼睛》的另一个历史背景。40年代好莱坞电影鼎盛时期，时代华纳公司、哥伦比亚影业公司、派拉蒙影片公司、福克斯电影公司、环球影片公司和米高梅公司六大影业巨头，争相推出令人眼花缭乱心醉神迷的众多影片，吸引了无数观众走进电影院。这些影片大肆宣传主流价值观，凸显白人的整洁、智慧、有教养，放大黑人的肮脏、愚蠢、不开化，无形之中致使波琳这样的黑人更加憎恨自己和同类。主流媒体以无孔不入的侵略姿态，采用惟妙惟肖的方式，生动呈现了白人生活模式的"完美无缺"，使波琳这样心理防线脆弱的黑人在不知不觉中完全认同了白人主流文化。被大众传媒极力追捧的影像，其实是柏拉图所称的"影子的影子"和后现代主义者批判的"审美假象"，是披着"真实"外衣的纯粹"虚构"，其"逼真性"完全经不起严格推敲。连毕加索都毫不客气地断言："好看的画面相当危险，超过了难看和奇形怪状的东西。"（鲁热，2005:87）现代媒体技术的强势性介入，蒙蔽了以波琳为代表的弱势黑人群体，令他们真假难辨，成为资本主义消费潮流的盲目追随者。他们身上原本淳朴厚实的文化之根，已经被彻底扭曲和摧毁，转化为让他人遭受危害、令自己无所适从的纯粹客体，这种文化除根也是丧失主体身份的过程。波琳呼应了奴隶主的教义（他们操纵了《圣经》的阐释权，来窒息被压迫者的不满），她挪用的西方传统理性主义线性历史观点，是一种强调未来萎缩历史的理念。而西方线性历史是对现实的扭曲描述，使得城市人徒劳地瞭望未来，却永远一无所获（Montgomery，1989:127—37）。对于佩科拉后来的悲剧性命运，波琳负有不可推诿的间接责任。

忙碌了一天之后站在厨房里审视自己的劳动成果，成为她（波琳）的一大乐事，成打的肥皂和成条的熏肉让她相当满足，闪闪发亮的锅碗瓢盆和打过蜡的地板让她沉醉不已。主人的夸奖更让她无比骄傲：我们永远不会放她走，不可能再找到像波琳这样的人，她总是在把一切都收拾得井井有条之后才离开厨房。千真万确，她是个理想的佣人……波琳只在自己的私人天地中保持着井然有序和美丽，从来不放到门面上来，也从来不会把它们展示给儿女们。她把他们塑造成对她绝对畏惧，从而教会了他们恐惧：恐惧会过于笨拙，会与他们的父亲如出一辙；恐惧不再被上帝眷顾，而像乔利的母亲那样疯狂。儿子在她的捶打中一心只想逃跑，女儿在她的阴郁下害怕成长和生活，害怕一切其他人（Morrison，1970:128）。

文学只有在现实和历史的沃土中才能茁壮成长，否则就成为曲高和寡的空洞能指，令读者望而却步。《最蓝的眼睛》以确有记载的历史事件为故事背景，在此基础上编织出五彩斑斓的人物群像和家长里短，充分显示出作家的想象力和创造力。而历史并非绝对客观和公正，既然过去发生的事件从本质上来说，是不可再现的，那么，历史就具有叙事性和阐释性特点。而这种虚构性是通过语言层面表现出来的，渗透着历史撰写者的主观意识和话语标识，所以正统历史无一例外都具有阶级性和利己性。在对曾经发生过的历史进行书写时，史家必然携带着符合特定时代的审美规范和伦理标准。"历史真实性与语言再现现实的能力和对事件意义的揭示有关，历史总是用语言协调过去与现在的一种努力。"（黄芸，2009：127—131）电影文本中的现实和历史当然也不例外，是主流集团意识形态的集中体现，人们如果不能理性地看待其中的虚幻本质，往往会走进误区甚至酿成悲剧。

二 后现代戏仿和虚构主题

作为后现代文艺创作和批评的关键词，戏仿是作家莫里森在写作中频繁采用的文学手段。后现代戏仿主要遵循以下策略：第一，由于艺术家们长期沉浸在主流文化意识形态之内，既对它的主要构成和运作了如指掌，又能够在内心深处置身事外冷眼旁观，保持一种超然物外的冷静和睿智，由此，艺术家把社会体制的弊病和缺陷尽收眼底，对一切了然于心，深思熟虑之后构想出"从内部攻破堡垒"的文化批判策略；第二，戏仿的根本目的是达成不露声色的辛辣讽刺，戏仿者和被戏仿者乍一看似乎毫不相干，甚至有天马行空脱离主题的嫌疑，但其"双重言说"的特有功能使叙述"形散神不散"。也就是说，被戏仿的对象呈现出来的表层信息并不重要，间接传达的言下之意却不容小觑，后者才是服务于戏仿者的核心成分；第三，后现代戏仿并非如某些人所诟病的那样，是杂乱无章、毫无意义的拼贴。它确实建立在语言虚构的基础上，却不愿成为能指的游戏和狂欢，而是在看似戏谑和不恭的表面下，对历史借鉴的同时进行解构，对现实关照的同时展开批判。戏仿和虚构是你中有我我中有你的关系，戏仿通过各种各样的虚构才能实现，而根据克里斯蒂娃的"互文性"理论，虚构中的戏仿成分比比皆是。

《最蓝的眼睛》通过孩子的眼光，对成人世界进行观察和思考，困惑和无奈充斥其间，这在世界经典文学文本中并不多见。叙述者"我"名叫克劳迪娅，她用充满同情和理解的语气，娓娓道出了同龄女孩佩科拉的悲惨遭遇。在笔者看来，每章的引子"迪克和简"的故事，将小说自揭虚构的特征淋漓尽致地呈现出来。"迪克和简"来自美国家喻户晓的启蒙读本，故事气氛温馨而美好："这就是那所房子，绿白两色，有一扇红色的门，非常漂亮。这就是那一家人，母亲、父亲、迪克和珍妮就住在那所绿白两色的房子里，他们生活得很幸福。"（莫里森，2005：3）王守仁、吴新云对这种文本架构进行了如下描摹：

　　　　小说结构的独特之处在于莫里森在每一章前面都附有一个引子，内容是美国启蒙读本"迪克和简"课文的选段，描述一个小女孩住在一幢美丽的房中，有慈祥的父母、可爱的猫和狗相伴，还有朋友过来与之玩耍嬉戏。这选段在序言里被重复三次：第一回是正常的叙述状态，字与字间的空格、标点符号、大小写一应俱全；第二次取消了大小写和标点，整个选段就成了一排意识流式的不明晰的单词序列；第三次出现的选段则没有了词与词之间的空格，没有了标点和大小写，那密密麻麻的字母群像天书一样令人费解。"迪克和简"展现的是美国白人中产阶级理想家庭的生活画面，与佩科拉家里黑人的贫困生活截然不同。（王守仁、吴新云，1998:29）

经典读本"迪克和简"与《最蓝的眼睛》主体文本构成戏仿性参照，至少具有以下三方面的功能和意义：

首先，它揭示了语言的虚构和游戏特质。维特根斯坦认为语言是人类思想和智慧的表述，是一切进步和文明的基点，因此哲学的本质是语言。他解构了"真理的唯一性"概念及其所代表的形而上学体系，强调语言瞬息万变的生成性和嬉戏性，主张到平凡的日常生活中去解决哲学问题。这与后现代历史书写的理论核心一脉相承，语言的流动性特征，揭示出历史、哲学、世界等是被建构被创造的命题。《最蓝的眼睛》中"迪克和简"的文本呈现，从开始时的自然流畅到晦涩的意识流，再到不知所云的"天书"，实际上，是用别出心裁的方式梳理了现实主义到现代主义再到后现代先锋派实验主义的文学流变。同一个故事采用不同的叙事格调，就会彰显各自独特的形态和意蕴，语言无止无尽的创造性尽显其中。与此同时，历史哲学和现实世界的意义是不断变化的，要根据具体的实践经验来作出辨别和判断，相对于宏大历史和高深哲理而言，"小历史"和"个人体验"更加值得信赖和依靠。这就为分析小说中波琳等人为语言所误导的格局提供了理论依据，也为佩科拉分不清真实与虚构的界限、盲目渴望"蓝色的眼睛"造成的悲剧，埋下了有力的伏笔。

其次，作为小说《最蓝的眼睛》中举足轻重的"戏中戏"，"迪克和简"的嵌套式文本起到消解现实主义历史观的作用。鲍德里亚这样来表示对后现代戏仿的不屑一顾："所有能做的事情都已经做过了，这些可能性已达到极限，世界已经毁掉了自身。它解构了它所有的一切，剩下的全都是一些支离破碎的东西。人们所能做的只是玩弄这些碎片。玩弄碎片，这就是后现代。"（凯尔纳、贝斯特，1999：165）哈钦关于戏仿的论调与此相悖，强调它既不是搞笑和戏弄，也不含有恶意的成分；而是一种保持距离的批判，包含着绝对的严肃性和政治性。"迪克和简"在结构上与小说主体文本形成平行和交叉关系，随着故事情节的层层推进，最终遭到替换和解构。它第一回出现时属于不折不扣的现实主义文本，通过语言的描绘为美国资本主义社会"太平盛世"极尽粉饰之能事。现实主义掩饰了本身的虚构性，妄称是真实而客观的，容易使读者产生误读，认为文本中呈现的即是本真的世界和历史。读者参与到文本的阅读之中，把现实世界与书中经历融为一体，因而形成二者合一的错觉。第三回出现的"迪克和简"故事，成为"令人费解"的元小说文字游戏，对以"线性陈述"和"因果关系"为特征的现实主义传统历史观展开全面消解。这种不断颠覆自我的行为，在显示语言建构性实质的同时，还为寻常百姓"小历史"提供了一展身手的广阔空间。同为美国社会中的儿童形象，佩科拉的生存境遇与迪克和简形成了鲜明对比：母亲对她不管不顾冷若冰霜，父亲整日酗酒烂醉如泥，家中争吵不断形同噩梦；在外面，老师和同学鄙视她，街坊邻居对她视而不见。佩科拉把这一切痛苦归咎于自己有着比一般黑人"更丑"的容貌，而实际情况却是：白人主流价值观扭曲了黑人的心理机制，以至于很多人都在潜移默化中接受并内化了这种自我贬低的评判标准。这段反复出现的"故事中的故事"文本，不仅用后现代的"虚构性"解构了现实主义的"逼真性"，还通过佩科拉等人的悲惨遭遇，解构了"迪克和简"折射出来的所谓普适性的"美好生活"，同时为处于他者地位的黑人群体历史建构做好了准备。

最后，《最蓝的眼睛》对"迪克和简"的文本戏仿，还彰显出主流体系对于文化符号的有意利用。从后结构主义的视角来看，语言和文化符号中的能指和所指并非是一一对应的关系，而是一个能指往往生产出错综复杂的意义之链，这就导致多种阐释成为可能，也使误读在所难免。也就是说，误读的危险无处不在防不胜防，在后现代语境中早就变成约定俗成的常态。然而当主流社会有意利用某些文化符号大做文章，以达到别有用心的目的时，这一现象就无法等闲视之。经典读本中的简与小说中佩科拉最仰慕的电影明星秀兰·邓波儿形成呼应，两者都代表了美国社会的理想形象和标准身份。作为家喻户晓的童星，秀兰·邓波儿的广告画和招贴画风行于世界各地。她雪白的皮肤、金黄的卷发、蓝色的眼睛，宣告了其他肤色人群的他者地位。"日常生活中五花八门的符号，无论是文化的还是政治的，貌似理所当然，实际上却都浸淫着特定的意识形态。再具体点说，符号的某一个意义或某些意义总会被极力地夸大或是刻意地淡化，以服务于某种目的。"（郭亚娟，2009:7）通过对迪克、简和秀兰·邓波儿形象的大肆渲染，主流媒体传递出"白人至上、黑人低下"的信息，为种族主义保驾护航。"大众文化对人们的影响是潜移默化的，尤其对于少不更事的孩子们来说，甚至有很强的价值导向作用，但很多时候这一点往往被有意无意地忽视了。"（郭亚娟，2009:6）面对大众文化铺天盖地席卷而来的潮流，佩科拉等人的心理防线濒临崩溃，迷失在众多的文化符号中无力自拔。在个人尊严遭受既定价值侵犯的情况下，他们不仅认同了"黑人天生低劣"、"黑人永远丑陋"的种族主义观点，还被一双无形的手拖进自我否定、自我贬低的恶性循环系统之中。

> 那丑陋来自于一种确信，他们自己的确信。仿佛一个神秘的、无事不晓的主人已给他们每人发放了一件丑陋的外衣来穿，他们一个个都毫无异议地接受了下来。那主人说，"你们是些丑人。"他们四处张望，找不到任何东西能反驳这说法。事实上，他们从倾覆而来的每一张广告牌上，每一部电影上，每一道目光上看到了支持这说法的证据。"是的"，他们讲，"您说得对。"他们把丑陋握在手里，把它像件衣服似的搭在身上，走到哪里都寸步不离。（莫里森，2005:34）

"迪克和简"的嵌入式叙事，启用后现代戏仿"双重言说"的文学功能，对主流意识形态展开"同谋性"批判。黑人女性要想在美国主流文化中取得一席之地，难度之大是人所共知的，莫里森对此心知肚明。她清楚少数族裔作家的实力有限，根本无法与主流价值体系正面抗衡；要想得到美国以及西方社会占最大比例的白人读者群认可，迂回曲折的战术势在必行。"迪克和简"文本宣扬资产阶级的幸福与祥和，在某种程度上可以被看作莫里森取悦主流体制所采取的文学策略，但绝对不是一种妥协的姿态。莫里森从小到大接受了一套正统的美国式教育，她在《最蓝的眼睛》中利用经典读本，来描摹白人中产阶级的"伊甸园神话"，又通过语言的虚构性亲手将其戳破。借助对方的价值体系和意识形态，从内部消解对方的主体地位，这就是莫里森苦心经营的"迂回战术"。这种同谋性批判，与德里达倡导的解构主义策略如出一辙："解构运动不是从外部摧毁结构。除非投身于结构本身，解构运动是不可能的、是无效的，同时它们也不会有明确的目标。你是以一定的方式在结构中，因为你常常在其中，尤其是在你对你的行为不假思索的时候。很有必要，从结构内部运作开始，从旧结构中借用所有的策略上的和实效性的资源。"（Derrida，1997:24）

三 后现代反讽和身份建构

莫里森在《最蓝的眼睛》中主要刻画了两类人群：第一类被虚构呈现的"美好"假象所迷惑，无法理性对待虚构和现实的关系，从而遭遇主体缺失和身份危机；第二类承认虚构无处不在，却又利用它来表现想象的天堂、抵制异化的侵蚀，从而建立文化根基和身份主体。佩科拉一家、杰拉尔丁等人构成了第一类人物群谱，妓女芝娜、波兰、麦莉以及克劳迪娅一家，则是第二类群像的典型代表。

虚构吞噬现实的情况，除了在佩科拉整个家庭的遭际中显露无遗之外，还在杰拉尔丁这个具有体面社会身份的人身上得到了很好印证。杰拉尔丁是一个自称为"有色人种"的浅肤色黑人女性，一生的所有努力，都是为了摆脱黑人身份而步入社会中产阶级行列，为主流阶层所认可和接纳。她的自我教育和训练极为苛刻，容不得一丝一毫马虎，生怕因为不经意的疏忽，而沦落到其他穷苦黑人的不堪境地。她对同族其他人冷酷无情，甚至不让儿子裘尼尔与黑人同学正常交往，以至于他远离集体，常常在偌大的操场上留下一个人玩耍的孤独身影。杰拉尔丁对丈夫和儿子缺乏最起码的温情，几乎不去关注他们的喜怒哀乐，宁愿抚摸宠物猫也不愿与他们有任何肢体上的接触。她唯独把整洁当成了生活的头等大事，花费大把的时间和心思，把家里布置得美轮美奂。她认为这样一来，就远离了黑人社区的"落后"和"野蛮"，接近了理想中"文明"和"尊贵"的美国上流社会生活。因而在她的眼中，像佩科拉这样的黑人小女孩，已经成为无可救药的社会渣滓：

> 她（杰拉尔丁）一生见多了（佩科拉）这种黑人小女孩，从莫比尔（Mobile）客厅上方的窗户中露出脸来，蜷缩在城市边缘窘迫住所的门廊上，握着纸袋坐在汽车站里朝母亲哭喊，而母亲不停地呵斥"闭嘴！"她们大都乱发纠结、衣衫褴褛，鞋带不系满灰尘，用十分不谅解的目光盯着她看，眼中没有疑问却在请求一切。她们一眼不眨理直气壮地向上盯着她，世界末日呈现在她们的眼睛里，世界之初和所有垃圾呈现在两眼之间……她们的身影随处可见：6个人挤在一张床上，当他们夜晚在嚼着糖果和薯片的梦境里弄湿了床铺的时候，各种尿臭味混杂在一起。在冗长而炎热的夏天，她们到处闲逛，从墙上扯下塑料，用棍棒在地上刨洞。她们一小排一小排地坐在街边，涌进教堂内的靠背长椅，占尽体面而整洁的有色男孩的位置……这些女孩在对腰带和胸衣一无所知中长大成人，男孩把帽檐朝后以示成年。她们所居之处寸草不生、花儿枯死、凉棚轰然倒塌。（Morrison，1970:92）

如果说波琳、佩科拉因为缺乏主见而陷入主流媒体的文化圈套，那么杰拉尔丁却过于深思熟虑，才会走进聪明反被聪明误的刻板模式。她的成长之路和教育过程，严格遵守主流社会设定的有关淑女典范和贤妻良母准则，不偏不倚地规划着脱离民族之根的未来方向。杰拉尔丁其实是个里维斯式的生活评判家，她像法官那样理智地思考，对现实的种种不尽如人意之处严加苛责。然而理论哲学和处世教条是僵化的，生活实践才是检验它们的唯一标准，就这一点而言，杰拉尔丁不得不面对全盘计划付之东流的结局。相对于黑人社区的其他家庭，杰拉尔丁的家可谓富丽堂皇，但具有反讽意味的是，它却不具备幸福生活的实质。在这个外表极其漂亮的家中，父亲作为海军军官常年出门在外，母亲俨然是冷冰冰的美丽雕塑，温暖和关怀的严重缺失，让裘尼尔养成了自私残忍而又不负责任的性格。他不仅背着母亲常常虐待宠物猫，而且喜欢采用卑劣的手法捉弄其他孩子，佩科拉就曾经被他无端捉弄和污蔑，让她伤痕累累的心灵雪上加霜。裘尼尔在生活中极端不快乐，并且使这种痛苦殃及其他无辜者，造成这一切后果的罪魁祸首首推杰拉尔丁。"事实上，她的生活萎缩到如此地步，完全可以把她比作蜷缩在白人文化和社会法则下的猫，一只黑色皮肤骨子里却用'蓝眼睛'观察世界的猫。杰拉尔丁的'白'化自我的行为看似无害他人，但实际上却祸及了她的骨肉和黑人社会中像佩科拉的人们。"（王守仁、吴新云，1998:33）可以说，黑人社区中杰拉尔丁这一类人，是相当具有危害性的，他们不仅自己在身份危机的泥泞中举步维艰，还让下一代深受其害，成为人格不健全、主体性分裂的牺牲品。20 世纪先锋派思想家西蒙娜·韦伊曾经说过："受难的人以虐待和折磨他人的方式把自己的苦难传递给他人。"（Murdoch，1956:613）莫里森也在接受关于《天堂》的访谈时警醒大众：黑人民族近在咫尺的威胁是政治、文化和代际之间的憎恨，这种相互争斗和敌意笼罩着他们的生活，常常使暴力一触即发（Verdelle，1998:78）。

《最蓝的眼睛》中的波琳、杰拉尔丁的存在本质是非常相似的，他们无力抵抗白人主流叙事的巨大诱惑力和杀伤力，在不知不觉中被话语的虚构性所吞没。由此可见，始于20世纪中叶、其后越来越重要的虚构理念，在后现代语境中甚至比现实本身更具威力，对人类主体生存状态起到决定性作用。

虚构能摧毁人的主体性，也能建立起稳定的现实感和身份归属。故事的叙述者克劳迪娅是佩科拉两小无猜的朋友，她亲眼目睹了佩科拉的所有悲欢离合，她的处世哲学和人生境遇却与其截然不同。克劳迪娅、弗里达两姐妹和佩科拉一起生活在黑人社区，同样忍受着家庭贫穷和种族压迫。所不同的是，克劳迪亚的父母具有可贵的自我认同和稳定的性格特征，用双手营造了一个让人可以休憩和疗伤的精神家园。如果说波琳和乔利是孩子们成长过程中命定的灾难，那么克劳迪娅父母就是黑人社区的庇护所，他们不但使自己的孩子免于遭受外界的进一步伤害，而且身体力行，倡导人与人之间的互助机制。他们对子女倾注了满腔热爱，尤其是母亲乐观向上的歌声，赋予整个家庭以生命激情和前进动力。佩科拉在遭遇父亲性侵犯之后怀孕，整个社区都唾弃和鄙视她，像扔抹布一样抛弃了她，只有克劳迪娅一家同情并收留她。克劳迪娅姐妹秉承了父母的种族自信，对身为黑人的事实完全持接受和认同的态度，与佩科拉之间形成弥足珍贵的姐妹情谊。处于豆蔻年华的她们，同样必须面对虚构无处不在的社会现实。她们在母亲甜蜜而动人的布鲁斯情歌中长大。一首首歌曲类似于一个个故事，逐渐培养了她们对未知世界的憧憬和想象。

　　她（母亲）会唱歌，唱些诉说艰难岁月的歌，唱些年轻人相爱又别离的歌。她的嗓音是那么甜美，她的目光是那么醉人，我发现我很渴望那些艰难岁月，渴望能生长在那"身无分文"的年代里。我渴望经历我的"心上人"离我远去激荡人心的时刻。我"不愿看见太阳渐渐落下……"因为我知道"我的心上人已经离去"。我母亲多彩的嗓音给悲痛带来了色彩，将歌词里的悲痛抹去，使我相信悲痛不仅是可以忍受的，悲痛也是甜蜜的。（莫里森，2005:17）

从她们嘴里说出的这些地名让你想起爱情。如果你问她们来自何方，她们就侧着头说"莫毕镇"，使你感觉好像被人亲吻了一下。当她们说"爱肯"，你会看见一只断了翅膀的蝴蝶飞过篱笆墙。当她们说"那加多彻"，你就想说"行，我行"。你并不知道那些小镇的生活情景，可你喜欢听从她们张开的嘴里流出的地名。（莫里森，2005:53）

在主流媒体的强势入侵下，克劳迪娅清醒地意识到虚构的存在。波琳在光怪陆离的电影世界中迷失方向，佩科拉为不能得到秀兰·邓波儿那样的白皮肤和蓝眼睛而走向疯癫，"迪克和简"的经典读本曾经使多少黑人陷入精神危机。主流文化和官方媒体的威力如此巨大，要想从它们的掌控下逃离出来绝非易事，然而，宣传中的"美好世界"又如此虚无缥缈遥不可及。在家庭的影响下，克劳迪娅有着与生俱来的自信，坚持"人生而平等"的理念，她既不认为白人的蓝眼睛和黄头发有特别值得称道之处，也不觉得黑皮肤是耻辱的象征。芭比娃娃被公认为是送给女孩子最好的圣诞礼物，它是一个文化符号，体现了主流价值观，也代表了既定美学概念中女性身体的完美。受到众人追捧的布娃娃，到了克劳迪娅的手中却成了令人心生恐惧和厌恶的东西。

> 我无法喜欢它。可是我可以把它检查一下，看是什么原因让大家一致认为它是那么可爱。拗断它的细手指，弄弯它的平脚板，弄乱它的头发，拧歪它的脖子，那东西只发出了一声声响——被大家认为是最甜蜜的叫"妈妈"声，但我听起来像是快死了的小羊羔发出的绝望哀叫——更准确地说，像是七月里打开冰箱时因铰链生锈而发出的声音。当把它又凉又傻的眼珠抠出来时它还会叫"啊啊……"当把它的头拧下来，把木屑倒出来，在铜床头架上把它的后背打断时它还会叫。撕开棉纱网我看见了带有六个小孔的铁片，这就是它出声的秘密。只不过是块圆铁片。（莫里森，2005:13）

克劳迪娅把布娃娃拆解得四分五裂，这一行为是莫里森在文本中设置的解构策略。被肢解后的布娃娃，其实是一堆丑陋的破铜烂铁和木屑布片，失去了文化符号赋予的神圣性，呈现出令人触目惊心的碎片化形态。它原先所代表的高贵和圣洁，转瞬之间化为乌有，暴露出去神秘化之后的尴尬。正统的文化历史总是强调其神圣不可侵犯的真理性，然而怀特在对康德哲学进行系统分析后得出结论："怀疑论给康德带来的威胁事实上在于，人们不停地研究历史，然而现实明显地表示出，从历史研究中学到的东西，没有哪一样不能从研究各种各样现世肉身的人性中获得。这些肉身作为研究客体，具有直接呈现以供观察的优越性，这是历史事件所不具备的。"（怀特，2004:64）芭比娃娃破碎化的"肉身"颠覆了虚构，解构了"白人至上"

的陈规，实质上与哈钦的后现代反讽观一脉相通。对于传统反讽观，哈钦这样来进行反驳：反讽是一种话语策略，其中说话者的反讽意图只构成必要条件，却非充分条件。假如有一位演说家，其含沙射影的手段极其高明，以至于他的反讽艺术根本没被听众领会到，这就不能称为反讽；后现代反讽必须包含说话者与接受者在特定情境下的信息互动，后者不是消极被动地接受反讽意义，而是积极主动地参与到这种话语活动中去（Hutcheon，1995:6）。哈钦的反讽观还体现在权力关系层面：传统观点认为反讽是睿智之人玩的文字游戏，只有同样聪明的人才能听出端倪并和他站到一个队列，从某种意义上说是他们共同戏弄了不聪明人；后现代反讽认为由于社会地位和价值观念的不同，才导致了反讽者和反讽对象的区分，处于相同权力系统中的人自然对其中的话语逻辑心领神会。简言之，哈钦的后现代反讽观强调读者参与文本意义的积极建设，强调众声喧哗的民主和平等。

　　这种后现代反讽和解构策略，在三位妓女芝娜、波兰、麦莉身上体现得尤为生动。首先，她们是积极乐观的。这些人处于社会边缘地带，为民众和官方所不屑，被公认为是伤风败俗的社会垃圾。处于这样的地位，她们理应像过街老鼠一般，时刻生活在惊恐和隐秘之中。然而她们却反其道而行之，整天谈笑风生、喜气洋洋，似乎根本不知道忧愁为何物。而且，她们对权贵抱以蔑视的态度。在一个等级分明的社会体制下，占统治地位的阶级颐指气使、不可一世，而许多被压迫的群体常常低眉顺眼忍气吞声，诸如佩科拉、波琳等黑人弱势人群，生活得极其压抑和卑微。而三位妓女却针对寻欢作乐的男人和故作正经的妇女，极尽嬉笑怒骂之能事，体现出对平等、仁爱和自由的倡导。佩科拉遭到众人嫌弃，却被三位妓女毫无保留地接受，在歌声和笑声中度过了一段段快乐时光。

> 三个女人都笑了。麦莉仰着脖子笑。笑声像是无数条
> 河流拖带着泥沙奔向大海，自由自在地流动时发出的低沉
> 的响声。芝娜神经质地咯咯笑，好像是有无形的一只手操
> 纵着一根无形的绳索把笑声从她体内拽出来。波兰则不出
> 声地笑，她喝醉酒时才会说话。清醒时她总是轻轻地哼着
> 伤感歌曲，她会唱很多这类歌曲。（莫里森，2005:13）

这三位女性和克劳迪娅家庭的本质是一致的。因为贫穷、相貌丑陋、身为黑人等因素，佩科拉遭到了包括家庭、学校、街坊四邻在内绝大多数人的放逐，而这三位妓女和克劳迪娅等人一样，不为外界的风吹草动所影响，表现出持续稳定的宽容和友爱之心。他们都热爱生命、认同自我，又把这种热情和关爱传递给他人，体现出作家莫里森一贯倡导的社区互助精神。在主流媒体和文化符号形成铺天盖地合围之势的困境中，种族主义和性别主义的巨大破坏力，并没有击溃这群人的保护机制。不同于佩科拉被虚构和想象无情吞噬的命运，他们都能理性地看待虚构问题，在音乐叙事和笑语喧天中确立自我价值和身份认同，利用虚构来印证现实的存在。

作家创作时大多无法抹除自我指涉的痕迹，莫里森也不例外。在《文学与白日梦》中，弗洛伊德强调孩提时代的游戏带给人们的深刻记忆。作家们长大后停止了游戏，那种快乐的感觉却一直延续，这成为他们写作的激情和动力：

> 当他停止游戏时，他抛弃了的不是别的东西，而只是
> 与真实事物之间的连结；他现在不再做"游戏"了，而

是进行"幻想"。他在虚缈的空中建造城堡，创造出那种我们叫做"白日梦"的东西来……一篇作品就像一场白日梦一样，是幼年时曾做过的游戏的继续，也是它的替代物。（霍尔，1986:136—143）

佩科拉的故事取材于莫里森现实生活中一位童年好友的经历，她与佩科拉一样渴望拥有一双"最蓝的眼睛"。直到多年后任教于高校并加入到写作小组中，莫里森才将这段记忆重新拾起，把年少时耳闻目睹的故事雏形付诸笔端。她后来与丈夫离婚变成单身母亲，带着两个孩子辛苦度日，才最终赋予其丰满形态和深邃含义，成就了一部广受欢迎的名篇佳作。对白皮肤、蓝眼睛的渴慕，恐怕是一些美国黑人在少年时代秘而不宣的游戏经历，结局无非有两种：要么像佩科拉那样，被无法实现的渴求摧毁，最终导致精神崩溃；要么如克劳迪娅那样得到正确引导，看到自己的价值从而乐在其中。从小在黑人社区长大的莫里森，也有一位酷爱唱歌的母亲，家中经常流淌着动听的布鲁斯音符。莫里森超越了令佩科拉沦陷其中的"白日梦"，将童年和少年时期的"游戏"转化成创作素材，在语言中建构主体意识和文化根基。她不仅利用虚构建立并引导健康有序的个体生活，还以此为策略规划出美国黑人的集体身份和族裔历史，为全世界边缘化弱势群体廓清未来发展方向。从这个意义上讲，莫里森对"虚构"与"真实"的理解和把握是理智的，显示了她作为一个知名作家对历史实践和理论关系的卓越见识。

第二节 《秀拉》:历史记忆中的创伤叙事

如果说，《最蓝的眼睛》刻画了佩科拉这样一个逆来顺受、自暴自弃的"替罪羊"角色，那么《秀拉》则反其道而行之，展现了成年黑人女性突破一切道德底线的"恶之花"形象。故事主要围绕同名主人公展开，秀拉和奈尔共同成长于梅德林镇名为"底层"（Bottom）的黑人社区，彼此心意相通、情同手足。秀拉长大后外出求学游历十年，再回到故乡时已经变成一个狂放不羁的女人，她视性爱为游戏，饱受族人们的谩骂和唾弃。与之相比，奈尔相夫教子循规蹈矩，后来却遭到丈夫的背叛和遗弃。和莫里森的其他长篇小说一样，《秀拉》为读者提供了一个开放式结尾：秀拉死后多年，奈尔一直苦苦追寻善恶标准和生命意义。莫里森在访谈录中曾明确表示："我一直认为，《秀拉》这本书的思想是我所最钟爱的，但是写法是独一无二的。"（鲁阿斯，1994:11）尽管如此，1988 年被胡允桓译介过来的《秀拉》，与莫里森其他作品相比遭到了长时间的冷遇。究其原因，秀拉这一离经叛道的女性形象是主要阅读障碍，她与中国国内特定时代的文学审美期待相去甚远。换句话说，那时候的人们还未能摆脱传统思想的束缚，无法接受"撒旦式"的人物作为文本核心。随着近年来国内学界后现代、后殖民批评的传播和兴起，《秀拉》受到越来越多的关注，甚至开始成为研究热点。"一定意义上可以说《秀拉》为女权主义理论、后殖民主义批评，特别是黑人女权主义文学理论进行文本分析和批评实践的操作，提供了一个绝佳的训练平台"（刘惠玲，2009:56）。然而笔者发现，把秀拉解读成女权主义斗士，几乎是一边倒的批评趋势，这未免显得矫枉过正。笔者认为，秀拉后来特立独行为所欲为，有其深刻的历史、文化和心理基础，其根源是黑人民族的集体记忆和创伤历史。而当她以无所顾忌的霸权姿态横行于现实中时，人们不禁要问：过度的自由主义有没有极限？远离集体和族群到底会引发什么样的危险？

一　创伤叙事

西方世界对于创伤理论的关注由来已久。弗洛伊德在《精神分析导论讲演》中指出："一种经验如果在很短的时间内给予心灵一种强烈刺激，以至于不能以正常的方式加以平复，就必然导致精神运作方式的永久扰乱，这就是创伤经验"（弗洛伊德，2000:240）。"精神创伤起源于西方心理分析学。开始时主要研究创伤经历，尤其是第一次世界大战导致的神经机能症。50 多年后，随着美国退伍兵反越战运动的胜利，创伤后紧张症得到西方医学和官方承认。现在，创伤一词已从心理分析领域进入历史、文化领域，以诠释与暴力、丧失有关的精神、社会、文化方面集体层面上的创伤"（张慧荣，2011:145—146）。第一波创伤叙事兴起于第一次世界大战前后，主要表达现代社会普遍存在的精神危机和战争创伤，这在很多现代主义作品那里得到了很好的反映。20 世纪八九十年代涌现的第二波创伤叙事，带有明显的后现代主义烙印，其重心已经从单纯的个体创伤经历，走向复杂多元的历史文化领域。不难看出，将文学文本与创伤叙事理论联系起来考察，依然是当代西方文学研究不容忽视的热点之一。

创伤叙事和创伤理论何以在 20 世纪西方国家走俏？首先，20 世纪是一个灾难频繁的世纪：两次世界大战和多场地区战争夺走了无数人的生命，给人类社会带来前所未有的冲击；多起种族屠杀事件（如第二次世界大战德国人对犹太人的屠杀，非洲卢旺达种族屠杀事件等）留给幸存者难以磨灭的创痛记忆，也引发了关于人性的深层思考；此外，后殖民主义、女权主义者与少数族裔争取民权的运动蓬勃发展，掀开了基于国家、性别和种族压迫的血泪往事。创伤历史已经是 20 世纪世界史的一条主要线索。（邵凌，2011:37—38）

《秀拉》的创伤叙事与非裔美国人的历史发展是密不可分的。小说开篇便追溯了梅德林镇"底层"黑人社区的由来：白人农场主许诺将给他的黑奴人身自由和一块低地，条件是后者必须帮前者漂漂亮亮地把某件事情干完。等到兑现承诺的时候，农场主给了黑人一块贫瘠的"高地"，并为自己的失信作了辩解，说他优待了黑人，因为高地离上帝更近。这个奴隶主蓄意欺骗奴隶的故事情节，与美国历史上的"祖父条款"（The Grandfather Clause）形成呼应关系。"祖父条款"是 1895—1915 年由南方七个州通过并颁布的法律条文，目的在于阻止重建时期的自由黑人参加选举。根据 1870 年美国宪法第 15 条修正案，美国黑人应该享有最基本的公民权，然而在种族主义的语境下却很难付诸实施，"祖父条款"严重削弱了黑人们对于 20 世纪社会的政治参与意识。它宣布：就任何黑人而言，如果他的祖父在 1867 年前曾经参与过选举活动，那么，他就不符合现有选举关于教育、财产和纳税的要求。显而易见，黑人们的祖父在内战前不可能参加过选举，因此，这项举措摆明是要迫使穷苦黑人缴纳选举税，从而剥夺黑人的选举权。"祖父条款"首先在路易斯安那州实施，之后被写进其他六个州的法律条文得以普及，它精心炮制出冠冕堂皇的理由，来否决黑人和其他有色人种的选举自由，使选举成为白人的专利权。

1909 年成立的"美国有色人种促进会"（The National Association for the Advancement of Colored People，NAACP），首先

对"祖父条款"发动挑战，并于 1915 年提起法律诉讼。最高法院裁定：马里兰和俄克拉荷马等州的"祖父条款"无效，因为它违反了美国宪法第 15 条修正案（Klarman，2004）。南非作家库切对于小说和历史的关系有着独到见解：历史不是现实，而是建立在现实基础之上的话语形态；同样，小说也是一种话语模式。也许小说有时候比历史更加真实，因为小说事关人们私人或公共生活中各种各样的潜在因素，而直接呈现的宏大历史，其表述总是包含太多遥不可及的事件，难以令人感同身受。历史关照使得小说的真实性增强，但库切呼吁人们关注一个紧迫的问题，即历史对小说实行殖民和占有的倾向。他认为在具体环境之下，小说只有两种选择：要么对历史增补、要么和历史对抗，前者致力于令人生疑的历史真实；后者将历史去神秘化以揭示其中的虚构性（Coetzee，1988：2—5）。《秀拉》中的白人农场主，打着上帝的名号削弱黑奴土地所有权，企图用巧言令色来掩盖说谎本质；"祖父条款"利用官方法律条文巧立名目，企图以冠冕堂皇的方式剥夺黑人公民权，其险恶用心不言而喻。法律和上帝都是公正的代名词，却成为主流阶级实行霸权统治和文化渗透的言说工具，历史和现实的对照充分暴露出莫里森所持的讽刺意味。

　　《秀拉》的创伤叙事不仅来源集体记忆，还植根于互不相同的个人体验之中。奈尔的母亲海伦娜长相不俗，在黑人社区具有很高的威信，然而母女俩的一次新奥尔良之行，却给童年的奈尔留下终身难以愈合的伤痛。她们匆忙之中误上了白人的火车车厢，遭到乘务员大声责骂，海伦娜脸上立刻堆满了挑逗的微笑，用这种方式请求对方高抬贵手。同车的两个黑人士兵一言不发，却明显为这一幕所刺痛，因为他们的"眼睛已经蒙上了一层湿润"，闪出"午夜般黑沉沉的目光"。"正是在那趟列车上，那趟向辛辛那提慢慢腾腾地前进的列车上，奈尔下定决心要保持警觉——一生一世都要警觉着。她要做得终生没有哪个男人会那样望着她，不会有午夜般黑沉沉的目光或凝固起来的血肉触动她并且把她变成牛奶糊"（Morrison，1973:22）。在《托妮·莫里森笔下的微笑意象》中，朱梅这样来评价此情此景：

> 所以，如果《秀拉》是一个女性追寻自身价值和身份的小说，那么，这一刻就是奈尔艰辛历程的起点。如果奈尔的一生因为绝对服从黑人社区的规矩而失败，那么，这一刻也是形成她错误观念的起因。如何重建真正的种族自信力，是莫里森要继续探寻的问题。（朱梅，2007:58）

美国历史上的种族隔离制度（Jim Crow Laws，1876—1965）打着"隔离但是平等"（separate but equal）的口号，实际情况却远非如此。Jim Crow 一词来自 19 世纪早期南方种植园的歌曲名称，同时它也是一种舞台表现形式，由托马斯·赖斯（Thomas D. Rice）首次载歌载舞地呈现给观众，之后由其他演员以"黑脸喜剧"（nigger minstrels）的形式演出。Jim Crow 被白人主流阶级用来指称黑人男性，其中的轻蔑和不屑意味人所共知，发展到后来更成为通过法律或传统强制手段实施的种族隔离和种族歧视制度。出生于美国南方的威尔逊（Woodrow Wilson）总统，坚信种族隔离能够让白人和黑人的利益最大化。1913 年林肯总统在葛底斯堡讲演中，重申《独立宣言》里的"所有人生来平等"（"all men are created equal"）思想，时隔半个世纪，威尔逊公开表明："我们伟大的自由大家庭！当一个一个州都相继实施种族隔离政策，联邦变得多么完美、跟我们所有人多么接近，又是何等公正、仁慈和雄伟！"（Blight，2001:9—11）1890 年，路易斯安那州的法律规定火车上有色人种和白人乘客必须隔离开来，而白人、黑人、有色人种（即黑白混血儿）在那儿是被严格划分的。新奥尔良的相关有色人种、黑人和白人公民组成协会，用来抵抗和反对这种政策，他们劝说普莱西（Homer Plessy）以身试法，因为他是只有八分之一血统的黑人。1892 年，普莱西在东路易斯安那铁路线上购买了从新奥尔良出发的头等车票，一上火车他就告诉乘务员自己的种族血统，随即坐进了白人车厢。普莱西被指示离开那节车厢坐到黑人专区，在他严词拒绝后立刻遭到逮捕。新奥尔良公民委员会一直把这个案子告到了美国最高法院，法庭宣布种族隔离制度是宪法规定的，因而裁定他们败诉。卡瑞认为：在接下来的几十年中种族平等的态势突飞猛进，沃伦（Earl Warren）对此功不可没，他为种族隔离制度的废除奠定了重要基础（Currie，1988:57）。

　　创伤叙事只有被放置到特定的历史语境中，才能彰显出现实意义，才能对当下进行疗伤和救赎。福柯在《纪律和惩罚：监狱的诞生》一文中，详细阐述了历史和现实的关系问题。他希望呈现的历史，并非像传统观点认为的那样，是已经消逝的过去。相反，历史是依然活跃的过去，假如对历史书写中发挥作用的权力关系进行分析，人们就会发现它对当下的意义。所以福柯这样来自问自答："我为什么要写一部监狱的历史呢？仅仅因为我对过往感兴趣吗？如果是指书写'现在'之前的'过去'，我会回答'不是'；如果是指对'现在'发挥功效的'历史'，我会回答'是的'。"（Foucault，1979:31）贝柯在《回程：黑人文学和批评的问题》中，提出"艺术人类学"（anthropology of art）的概念，与福柯关于历史和批评的见解异曲同工。依照贝柯的阐释，艺术研究不应该在孤立情境中展开，而必须与既存社会的其他原则和制度休戚相关。要想理解一部艺术作品，重建其文化语境是关键，只有在文化历史等的合力作用下，作品才能被读透和读懂（Baker，1983:XVi）。

在小说《秀拉》中，新奥尔良之行给童年奈尔刻下了一道深刻的伤痕，而此时已经是 1920 年，蓄奴制被公开废除早就是半个世纪之前的事情。美国社会正处于日食万钱、尽情享受的"爵士时代"，然而种族主义依然盛行，蓄奴制的阴影挥之不去。叙事本来就有心理疗伤和精神救赎的功能，卡鲁斯认为：当创伤变成叙事，创伤所召唤的历史已经失落其"准确性"和"力量"，然而通过文字的重复，创伤记忆也可能揭示一定的真相（Caruth，1996:192）。"对创伤主体而言，对创伤事件的回忆是痛苦的，但讲述是有效的治疗方式，因为它帮助主体理解那不可接受的事件。"（柯倩婷，2007:107）以奈尔视角展开的这段创伤体验，帮助她从沉重的现实中汲取经验和教训，力图在未来岁月中建立起稳固的自我和中心。奈尔试图确立主体身份的努力，首先表现在与秀拉的姐妹情谊之中。莫里森在和泰特的访谈中论及"女性友谊"的价值，以此挑战现代社会普遍存在的"异化"概念：女性之间的友谊是匠心独运的，《秀拉》把它作为小说焦点大书特书，而其中并没有同性恋成分。在文学书写中，女性情谊常常显得比她们所扮演的其他角色次要，而对于男性来说情况绝非如此（Taylor - Guthrie，1994:157）。秀拉和奈尔共同经历了既困惑又欢快的少女时代，分享过一些重大秘密，也分担过彼此对于生活的恐惧和担忧。秀拉外出十年回归故里之后，在混乱的男女关系名单中居然加上了奈尔的丈夫裘德，奈尔自以为坚如磐石的友谊瞬间崩溃。奈尔也曾经对男性寄予厚望，期待通过丈夫获取生存的力量，但裘德的背叛和离家出走让一切化作泡影。此外，她还通过进入传统贤妻良母的角色，来谋求社会认同和身份归属，可是"这教训和佩科拉的如出一辙：一个人越想求得外界认同，越想以别人的看法确定自己的意义，就越是容易受到伤害，越容易使自己手足无措、无足轻重"（王守仁、吴新云，1998:64）。

实际上，从第一部长篇小说开始，莫里森就始终执着于创伤经验的挖掘和书写。在《最蓝的眼睛》中，乔利从小被亲生父母抛弃，孤儿身份使他饱尝寄人篱下之苦，身为黑人又使他尝遍白人的凌辱；乔利醉酒后对女儿实施的强暴，就像压垮骆驼的最后一根稻草，直接导致了佩科拉的毁灭，由此可见，遭受侵害的人也会把伤害传递给他人。《所罗门之歌》的麦肯和派拉特兄妹，在父亲遭遇白人的豪夺和枪击死于非命之后，惊恐万状四处流浪；麦肯长大后成为见利忘义的商人，派拉特坚守与世隔绝的隐居状态，都是创伤记忆的间接结果。《柏油孩子》中最能体现创伤叙事的莫过于玛格丽特，她在豆蔻年华时成为衣食无忧的贵妇人，但"商人重利轻别离"的现实，使她在孤苦中发生人格变异，竟然对自己的婴儿实施暴力。《宠儿》中塞丝的"杀婴事件"更是惨绝人寰，白人剥夺了黑奴做父母的权利，蓄奴制让代代黑奴骨肉分离饱受创痛。《爵士乐》中的乔和多卡丝，都在失去双亲关爱的氛围中成长，前者的母亲是疯女人、后者的父母在种族暴乱中丧生；他们不顾年龄悬殊走到一起，都想从对方身上找寻久违的爱来疗伤，最终并未能如愿以偿。《天堂》的黑人祖先因为遭到白人和浅肤色黑人的双重驱逐，才在建立聚居点之后立下永葆"血统

纯正"的誓言,以至于把同样伤痕累累的修道院妇女当成
"异端"展开杀戮。莫里森用文学叙事的方式,将黑人民族的
集体和个体创伤,编织进"比历史还真实"的小说之中。她
探索了走出创伤的可能途径,同时也看到了主体性建构过程中
无处不在的误区和陷阱。

二　疯癫和真理之间

莫里森的作品与福克纳、伍尔夫等前辈作家有着深厚渊
源,早已经是不争的事实。作为康奈尔大学的一名研究生,莫
里森于1955年完成了硕士学位论文,探索福克纳和伍尔夫作
品中的异化主题。对伍尔夫的《达洛卫夫人》(Mrs. Dalloway)
和福克纳的两部小说进行研究后,莫里森提出:伍尔夫的人物
只有孤立时才获得自我意识,而福克纳的人物在隔离中永远无
法得到自我认同。她断言:尽管福克纳和伍尔夫都在寻求诸如
死亡、生命、时间、道德等问题的解答,但他们对于"何种
生活模式最有助于诚实和自知"的议题并不能达成一致
(Morrison,1955:39)。相比较而言,莫里森的创作更加贴近伍
尔夫,比如《秀拉》和《达洛卫夫人》两个文本之间,就有
众多互文和借鉴之处。而"疯癫"主题在两位作家的笔下更
是平分秋色:第一,《秀拉》中的夏德拉克(Shadrack)和
《达洛卫夫人》中的赛普蒂默斯(Septimus)都是一战退伍兵,
血肉横飞的战争场面让他们饱受惊吓,从而失去清醒意识步入
疯癫状态;第二,夏德拉克离开战场回到现实社会后,丧失了
时间感和空间感,惊慌失措中朝"自己的方向"(a direction of
one's own)走去,这与伍尔夫的名作《自己的房间》(A Room
of One's Own)彼此相映成趣;第三,赛普蒂默斯的自杀让克
劳丽莎对生活真谛产生顿悟,夏德拉克创立的"全国自杀节"

（National Suicide Day）唤醒了整个"底层"黑人社区，两者都揭示了战争的残酷性和盲目性。伍尔夫从未设想过会有一位非裔美国作家继承她的衣钵，但对于"互文性"这一概念却具有独到见解："尽管我们习惯将文本分开来进行评判，但它们彼此延伸和牵扯。我必须考虑到她——这个素未谋面的女人——是所有其他女性的后裔，而我一直冷眼旁观她们的处境，看看她到底承继了她们的哪些特点和不足。"（Woolf，1989:80）伍尔夫实际上是在评述卡米克尔（Mary Carmichael），但用到莫里森身上恰如其分。

夏德拉克的"疯癫"为"底层"社区所公认。走上欧洲战场之前，他是个不足 20 岁的年轻小伙子，充满生命激情和生活幻想。和当时众多热血沸腾的美国青年一样，他听从国家的召唤，带着神圣使命感和荣誉感而去，渴望为自己和军队建功立业。

> 他端着上了刺刀的步枪，挤在飞速穿越战场的人群中奔跑着。由于脚趾的刺痛，他迟疑了一下，他的头向右面稍稍一偏，刚好看到近旁一个士兵的头给炸飞了。他还没有来得及表示震惊，那个士兵扣在汤碗似的钢盔下面的脑袋就已经不见了。尽管失去了大脑的指令，那个无头士兵的身躯仍然在执拗地向前飞奔。动作有力、姿势优雅，根本不顾脑浆正顺着脊背向下流淌。（Morrison，1973:8）

这个骇人场面让夏德拉克魂飞魄散，醒来后已经躺在医院的病床上，从此，便以"疯癫"的面目出现在众人面前。由于对死亡的极度恐惧，夏德拉克冥思苦想，希望找到办法去控制死神，从而获得自由感和安全感。"全国自杀节"就这样诞生了，每年的1月3日，夏德拉克手里拿着一头母牛的颈铃和一根上吊用的绳子，游走在街上大声呼吁人们自杀或他杀，并且声明这是他们全年唯一的机会。夏德拉克用这种方式击退死亡的诱惑，使自己免于自杀，其不合常理的行为被有些学者解读成一个隐喻，衬托出战争的疯狂。

> 随着时间的推移，居民们对每年的一月三号越来越漫不经心了。他们心里感到，对夏德拉克这种每年一次的单人游行，无论如何都无所谓，既不值得认真对待，更用不着动之以情。事实上，他们对这一节日再也不加评论了，因为它已经深入人心，融进了他们的生命，汇入了他们的语言……"自杀节"就这样轻而易举又阒无声息地成了俄亥俄州梅德林镇的"底层"居民生活中的一个组成部分。（Morrison，1973:15—16）

依据福柯的著作《疯癫与文明》（*Madness and Civilization*），"疯癫"不仅仅是病理学症状，更是社会关系的产物。夏德拉克并没有精神病遗传基因，从朝气蓬勃的青年变成行为乖张的"疯人"，主要有三大原因。首先，"疯癫"是战争的非理性因素所致。第一次世界大战以前，欧美国家相对稳定，人们普遍过着安居乐业的生活。美国政府的舆论宣传和政治煽动，让大批青年带着理想主义投入到如火如荼的战争现场，然而战火的无情和残酷，使"拯救民主"的神话毁于一旦。如果没有这场战争，夏德拉克这样的黑人小伙子至少可以成家立业，度过健康快乐的人生，但亲眼目睹死亡和毁灭的经历，却摧毁了他们的传统价值观和基本生活信念。夏德拉克的"战争后遗症"很容易令人联想到海明威及其塑造的众多"迷惘"

青年，他们大都在醉生梦死中抵御战争的幻灭和绝望。海明威本人 1918 年在意大利前线时，旁边一个士兵被炸死，另外一个炸飞了双腿，他惊吓过度当场昏厥的情形，与后辈作家莫里森刻画的夏德拉克何其相似。其次，"疯癫"是西方理性文明的结果。第一次世界大战前后是欧美大陆发生重大变革的时代，社会工业化和城市化大大满足了人们的物质需求，科学技术的发展日新月异。然而科技同时也造成巨大灾难，大量现代武器装备的出现直接推动了战争的频繁发生，资本主义国家对高额利润倾心追逐，致使物质主义思潮到处泛滥。在这种情况下，西方理性主义反自然、反生命的弊端展现得淋漓尽致，当差异性和能动性受到普遍否定，富裕的物质生活带给人们的只能是精神沦陷和信仰崩溃。夏德拉克在小木屋离群索居并创立"全国自杀节"，因此而被视作不正常的"异类"，某种程度上显示了理性主义对自由和独立性的压制。最后，"疯癫"是美国种族主义的象征。在蓄奴制时期，白人至上主义者把黑奴和"黑熊"等动物置于相同地位，认为他们都具有性情狂暴、行为野蛮的特点，不加引导极易堕落和犯罪。"底层"黑人居民不假思索地认同了夏德拉克的"疯癫"，某种意义上说明他们被主流价值观同化的事实，而且也显示出他们对于黑人身份的不自信。

在《疯癫与文明》中，福柯结合历史的连续性和哲学的深刻性，验证了心理学和精神病学在 18 世纪末产生和发展的历史可能性，精辟地阐述了古典时期禁闭体制的衰落和疯人院的诞生，暴露了以"疯癫"为表征对象的非理性在理性统治时代的种种遭遇，试图改变人们长期以来把疯癫当作理性对立面存在的看法。福柯认为，疯癫是

各种社会关系的产物，不是一种独立的生物学存在。疯癫
只存在于社会中，它"不是自然现象，而是文明的产物。
疯癫史即迫害史"。福柯并不否定"疯癫"作为一种精神
或行为现象的客观性，也不否定人类社会中的确存在这样
一个特殊的群体——疯子或愚人。但他更坚定地认为，把
疯癫看作一种生理意义的精神病只会导致疯子被当成
"非人"看待，但实质上疯人的灵魂可能并不疯。（刘慧
敏，2008:105—111）

夏德拉克与秀拉有过不多的几次正面交流，他的灵魂真实
性由此可见一斑。少女时代的秀拉和黑人男孩"小鸡"
（Chicken Little）在河边玩耍，不慎失手将他甩到水中淹死。
秀拉大惊失色，生怕住在河对岸的夏德拉克看到这一幕，于是
走过去确认他是否就在现场。

> 那个到处随地小便、当着女人和女孩的面随便撒尿的
> 夏德，那个唯一能咒骂白人并能大摇大摆平安无事的黑人
> 夏德，那个在当街对着酒瓶喝酒，那个在街上吵吵嚷嚷、
> 晃晃悠悠的夏德，会住在这间小屋里吗？住在这间收拾得
> 整整齐齐、让人看了心里舒服的屋子里吗？……他满脸堆
> 笑，笑里包含着欲望和等待，笑得那样厉害。他点了点
> 头，似乎在回答一个问题，然后用一种令人愉快的、随便
> 的口吻，开口说道："总是。"这口吻听起来平静随和，
> 像冷却了的黄油一般。（Morrison，1973:61—62）

"总是"（"always"）这两个字就是夏德拉克对秀拉急切
问询的全部回答，不仅将秀拉和奈尔置于不确定之中，还使读

者处于模棱两可的境地。笔者对"总是"加以解读，认为它主要包含以下三种寓意：其一，夏德拉克向秀拉承诺替她保守秘密。他可能在用自己特有的语言传递一些隐秘信息，主流世界理性文明强调千篇一律、中规中矩的原则，这无疑抑制了多元化和流动性等因素，是违背生命属性的。失手致"小鸡"溺水这样的偶然事件，本质上和"疯癫"没有两样，它们都显示了生活不可预测的本真状态，都是对理性主义的辛辣讽刺。其二，夏德拉克承诺给秀拉安全感（security）。"小鸡事件"令秀拉终身难以走出创伤的阴影，以"畸零人"面目出现的夏德拉克仿佛能未卜先知，预言到后来发生在秀拉身上的一切。他也许借助"总是"这样的语言，隐晦地向秀拉提供一些神秘启示，表明世界并不像她设想得那样不可靠，恰恰相反，她既可以信任自我也可以仰仗他人。其三，夏德拉克向秀拉承诺永恒（permanency）的存在。秀拉带着对"死亡"的恐惧来到夏德拉克的小屋，他似乎在告诫她有关死亡的不可避免性，人们唯有在现世活得轰轰烈烈，才能留下永不磨灭的痕迹，即使死亡也不能抹除它们深刻而久远的意义。秀拉成年后出门游历十年再回到故乡，成为梅德林小镇伤风败俗、千夫所指的目标，人们对她避之唯恐不及，夏德拉克却公然在大街上向她脱帽致敬。由此可见，夏德拉克一直恪守"总是"的允诺，显示出他内心不为人知的坚实力量。夏德拉克居住的房间异常整洁，与他外表的疯疯癫癫形成鲜明对比，表明了"真理和荒谬只有一步之遥，天才和疯子只有一线之隔"的悖论。

"疯癫"的社会学定义背后是耐人寻味的政治意图和权力关系。即使在"文明"和"进步"的外衣下，西方理性社会也难以掩盖其野心勃勃的征服欲望。他们利用科学技术的突飞猛进，在军事上采取武力践踏无辜百姓的尊严；利用经济上的绝对优势和垄断地位，宣扬金钱至上、消费主义等有违人性的意识形态。他们不顾世界的本来面目和本真状态，盲目推崇同一性反对差异性，把夏德拉克以及其他与公共行为规范冲突的人群归入"疯癫"范畴。福柯一针见血地指出了其中的荒诞性本质："疯癫在人世中是一个令人啼笑皆非的符号，它使现实和幻想之间的标志错位，使巨大的悲剧性威胁仅成为记忆。它是一种被骚扰多于骚扰的生活，是一种荒诞的社会骚动，是理性的流动。"（福柯，2003:32）福柯认为世上并没有疯子，只有不同程度的疯癫状态而已，而社会是硕大无比的监狱，主流体制用语言建构的文化符号来监禁和归顺所有异己因素，从这个意义上讲遭到压制的往往是真理。福柯的后现代历史观和文艺观，揭示了主流意识形态的权力本质，呼吁弱势群体奋起抗争建立自身话语权，其实质和海登·怀特、琳达·哈钦的理论殊途同归。

三　美国存在主义者

秀拉的历史记忆也始终与创伤体验密不可分，这使得她的家族命名"匹斯"（Peace）颇具反讽意味。秀拉的外婆夏娃是女性家长，年轻时曾遭到丈夫的无情抛弃，带着三个幼小的孩子穷困潦倒走投无路。为了生存，她处心积虑地让火车轧掉了一条腿，从而获得保险公司的大额赔偿。夏娃的儿子李子也是第一次世界大战受害者，从一个温柔青年堕落为瘾君子，不得不时时依靠毒品来麻醉神经、减轻痛苦。当年，连威尔逊总统都这样鼓励黑人踊跃参战："从这次战争中你们一定能指望享有同其他公民一样充分的公民权利。"（吴金平，2000:282）对黑人有过郑重承诺的威尔逊总统，却在战后通过行政命令在联邦雇员的食堂和厕所设施方面实行隔离，并在大多数联邦岗位上将黑人拒之门外。在威尔逊总统大唱"新自由"赞歌的时候，针对黑人的私刑和其他暴力活动却有增无减……黑人被号召去保卫世界的民主，然而民主却未曾降临到自己身上，幻灭和绝望的情绪笼罩着他们（焦小婷，2009:72）。夏娃认为李子是在用一种特殊的方式，企图重新爬回到母亲的子宫里，然而这种模式有违常理，于是，毅然决然将睡梦中的他活活烧死。秀拉不仅要承担家族历史记忆，还要承受两次刻骨铭心的自我创伤经验。母亲汉娜与其他女人交谈时表明不喜欢秀拉，碰巧被秀拉无意中听到，成为后者的第一次人生打击；第二次心理创伤则来自"小鸡"的意外身亡。"第一次经历教会她'你永远依靠不了别人'、第二次则告诉她'自己同样不可靠'，她找不到中心和基点展开成长的旅程……她完全没有抱负，对钱和财产之类的东西毫无兴趣；她不贪婪，对引起别人关注和赞美漠不关心——她没有自我。"（Morrison，1973:118—119）

秀拉的"恶行"很快就成了路人皆知的事实。她曾经看着母亲在烈火中苦苦挣扎而无动于衷，又把风烛残年的夏娃抛弃在白人教堂开设的养老院，而最激起梅德林镇居民愤怒的，是她人尽可夫的性爱游戏。

　　她不穿内衣就来到他们的教堂晚餐会上，花钱买了他们的冒着热气的一碟碟食物，还不用刀叉，伸手抓着吃——也不加任何佐料，她对别人的冷嘲热讽毫无抱怨。他们相信她在挪揄他们的上帝。而在镇上的妇女们心中所激起的愤怒简直难以想象——因为她只和她们的男人睡上一次就再也不理睬了。汉娜原来也是个害人精，可是她在讨好这些女人，她的方式就是需要她们的丈夫。而秀拉只是试上一次就把他们一脚踢开，连一句使他们能够忍气吞声的借口都没有。于是这些妇女，为了伸张她们的正义，就对自己的丈夫更加疼爱，抚慰秀拉在他们的骄傲和虚荣心上留下的伤痕。（Morrison，1973:114—115）

莫里森认为秀拉没有责任感，缺乏赖以支撑其生存的目标，也缺乏种族认同感，与自我和族群都处于疏离状态。秀拉无视传统习俗和社会规范，尽情畅游在为所欲为的自由之乡，一旦有机会就要寻找目标作恶。她是个非凡之人，所作所为与现代和后现代意识更加吻合，却不为她所处的那个时代所接受。她的性格弱点和悲剧命运在于：她始终无法融合人群之中，因而成为了"局外人"和"异类"（"the one out of sequence"）（Koenen，1984:207）。其实，秀拉的极端自由主义和个人主义倾向，与美国历史上的反文化运动（Counter‐culture Movement）有着千丝万缕的联系。作为法兰克福学派的代表人物之一，马尔库塞被反文化运动积极分子奉为"精神领袖"，他在《单向度的人：发达工业社会意识形态研究》中指出：当一个社会按照它自己的组织方式，似乎日益能够满足个人的需要时，独立思考、自治和政治反对派的批判性职能就逐渐被剥夺。这个社会可以正当地要求接受它的原则和制度，只容许反对派在维持现状的范围内，进行替代性政策的讨论和推动（Marcuse，1964）。在马尔库塞看来，若想达到造福于人类的目标，现代工业社会必须具备两大条件，即赋予其公民以自由和权利。然而随着社会生产力的发展，这些构成幸福生活必备的因素均消失殆尽，社会变革迫在眉睫。20 世纪 60 年代发生在美国的这场革命，由政治和文化领域的青年人组织发起，旨在反抗以技术为主体的工业化社会。它声势浩大影响深远，在政治方面展开妇女解放运动、黑人民权运动、反战和平运动、环境保护运动等，均取得广泛支持；在文化方面，摇滚乐、性解放、吸毒、嬉皮士等自我中心主义思潮泛滥，其核心人物霍夫曼（Abbie Hoffman）关于吸毒甚至有一句名言："通过化学而生活得更美好。"（better living through chemistry）秀拉无所不为的"鼎盛时期"是在 20 世纪 30 年代后半部分，她在 1940 年即撒手人寰，也就是说她的有生之年和反文化运动之间存在几十年时间差。莫里森采取后现代历史书写方法，融真实和虚构于一体，从历史记载中提取小说素材，却又不拘泥于"原材料"，而是积极邀请读者一起参与想象和诗意的建构。她把自身所处时代的重大问题放到秀拉的时代加以考量，体现出她对于"历史的当下意义"的卓越见解，和怀特、哈钦、福柯等人的历史观是一致的。

秀拉这个人物形象还可以纳入"美国存在主义者"框架中一探究竟。存在主义于第一次世界大战后形成于德国，第二次世界大战后影响美国，其理论体系集大成者当属法国的萨特。萨特关于"他人即地狱"、"存在先于本质"等理念，完全体现了现实世界的荒诞和虚无，是一种形而上学的思维模式。美国作家诺曼·梅勒在他的小说《白色的黑人》中创造了"美国的存在主义"一词，它与反文化运动一脉相承，其实质都是反社会的激进主义行为，与法国存在主义相比，它更加注重对世俗生活的真切体验。

假如 20 世纪人类的命运是从少年到未老先衰都得和死亡相伴——不是因原子弹战争而瞬间死亡，就是因整个国家成为一个大的集中营而迅速死亡，要不就因顺从一致而慢慢死亡，每一种创新和反叛的本能均遭扑灭——既然我们的集体生存状况是这样，那么，唯一能恢复生机的答案就是接受这种种死亡的实际，将死亡当作随时将至的危险，抽身社会，无根生存，踏上未知的旅途，去探寻自我深处反叛的使命。简言之，无论这样的生活罪恶与否，作出这一决定就是要激励自己身上的变态人格，去探索这样一种经验领域：在这里，所谓的安全是令人厌倦的，故而是病态的，人们生活在当下，生活在那个没有过去没有未来，没有往昔记忆没有预设目标的无边的当下。过这种生活的人必须勇往直前直至被打倒，必须用全部的能量和大大小小的勇气危机以及充斥着自己时代那些难以预测的情形进行一场赌博。（Mailer，1992:339）

福柯在《疯癫与文明》中论述道："疯癫能够看到自己，也能被自己看到，它既是纯粹的观看对象，又是绝对的观看主体。"（福柯，2003:244）福柯认为每个人身上都具备或多或少的"疯癫"因素，而世界上并不存在真正的"疯子"。夏德拉克、李子、夏娃、汉娜等人皆有过诸多不合常理的行为，根据福柯的"镜像认识"阐述，他们都对少女秀拉起到过"镜子"的映射作用。夏德拉克与秀拉从未有过推心置腹的交谈，但是他创立"全国自杀节"的举动，却造成深入人心的影响。吸毒后的李子总是睡眼惺忪，说出来的话带有婴儿般慵懒的特质，这种语言和经过社会机构及知识权力驯化出来的话语截然不同。幼小儿童的言语凌乱含混、不合逻辑，却是更本真更纯洁的原初语言，显示了他们未被玷污的心灵和思想。李子的语言超越了语用学的限定，突破了既定对话和交流的规则和编码，成为揭示语言和历史等隐秘话语的媒介，实际上映射了极权主义的疯狂和社会体制的非理性。夏德拉克在"疯癫"的公共定义中失去人身自由，失去实现社会价值和自我价值的可能性；李子因为吸毒而被归类到"不正常"范畴，成为无所作为的"可怜虫"。从夏德拉克和李子这两面"镜子"里，秀拉看到了自己和他们一样同为"边缘人"的命运，以及现实生活的支离破碎。而夏娃和汉娜则给了秀拉成就"强者"的启示：夏娃用一条腿换来全家衣食无忧的生活，又亲手杀死至爱的儿子，显示出宁为玉碎、不为瓦全的勇气和胆略；汉娜到处招蜂引蝶，通过控制不同的男人，来掌控世界和自我。夏德拉克和李子映照出碎片化的生存现状，夏娃和汉娜用潜移默化的方式提供了自由选择之路，尽管秀拉的认识充满偏颇和谬误，她建构主体性的宏伟蓝图却找到了模仿对象和实践依据。

　　成年之后，秀拉的"变态人格"发展到无以复加的程度，是个彻底的美国存在主义者。她虽然不是犹太人，"弥赛亚"时间观中的世俗和当下性却在她身上体现得入木三分。《秀拉》这部小说共分 11 章，每章都以年代为标题，从 1919 年秀拉和奈尔的少女时代开始，到秀拉去世多年后的 1965 年结束。这种书写格局，不但在莫里森的所有作品中独一无二，而且在古往今来的名篇佳作中也算得上特立独行。莫里森的巧妙构思，不仅衬托了不同凡响的小说主人公秀拉，更呈现出令秀拉着迷的当下和在场概念。亚里士多德这样来阐述时间观："现在的'此刻'是这样的瞬间，它因为与主体的关系而坐落在说出它的那个时刻。从这方面看，过去、现在和将来都从属于瞬间以及前与后的更为根本（客观）的关系。"（奥斯本，2004:74）庞蒂也论述道："在每一次的凝视举动中，我的身体都在把现在、过去和未来结成一团，在分泌时间……我的身体占据了时间，是它使一个过去和一个未来为一个现在而存在，它不是一个物体，它是在造时间而不是承受时间。"（罗宾耐，2006:73）在亚里士多德看来，人的生命是由瞬间构成的时间轨迹，它遵循的是传统线性时间；而在庞蒂的眼中，时间是非线性的，它变幻莫测无法确定。这两种观点看起来南辕北辙，却又不乏共同之处，那就是：只有厘清了时间关系，我们才能把握主体性。秀拉频繁周旋于不同男人中间，试图以激情的瞬间确立自我在场意识，然而她只能立足于此刻，却无处安放历史记忆和未来图景。她始终游离在集体之外，对黑人族群的过往历史和未来发展十分冷漠，缺乏建立族裔身份的决心和热情。她也无法正确思考和总结，从而提取家族和个人创伤记忆中的积极因素。相反，她把享乐主义当作至高无上的需求，即使对他人造成伤害也在所不惜。秀拉不能理性地审视过去，也根本不曾设想未来，于是，她的现实生活被可怕的孤独与绝望所笼罩：

> 在那寂静的中心，不是永存，而是时间的休止，那种孤寂感是如此深沉，以致这个字眼本身已经没有意思了。因为孤独是假定无他人存在，而她在那绝望之中得到的孤寂却从不承认有他人存在的可能性。接着她痛哭失声，为一些鸡毛蒜皮的小事消亡而落泪：什么小孩子扔掉的鞋子啦、什么被海水泡烂的芦苇的残枝啦、什么她从不认识的女人在舞会上的照片啦、什么当铺橱窗里抵押着的结婚戒指啦、什么缸里的米屑啦，母鸡的小躯体啦，等等。(Morrison, 1973:123)

莫里森不仅呈现了秀拉的创伤经历，对其异化人格和变态行为作了入木三分的刻画，还采用元小说构架，为秀拉的人生困境寻求突围的可能性。她其实是在讨论叙事作品和现实、历史等的关系问题，她的叙事概念不单单指文学，还包括绘画和音乐等，它们与叙事小说的功效是相同的。她认为叙事是体现人类创造力和想象力的最好方式，被讲述出来的生活才如苏格拉底所说得那样有意义、有价值，也才能获得对人类和自身认知能力的提升。

> 在某种意义上，她的古怪、她的幼稚、她的对于自身对等另一半的渴求，全是百无聊赖的想象的结果。假如她从事绘画、泥塑，懂得舞蹈的规矩或会拨弄琴弦，假如她有什么事可以发挥她那巨大的好奇和比喻的天才，也许她早已把她的好动和耽于幻想化为能够满足所渴求的一切的行动了。如今呢，正如那些缺乏艺术素质的艺术家一样，她变成危险人物了。（Morrison，1973:121）

首先，莫里森呈现了叙事的符号性和真实性之间的矛盾关系。《秀拉》以时间作为各章的标题，让读者产生一种身临其境的真实感，然而这种感觉无疑是虚幻的。真实感受和符号表达之间存在难以克服的"延异"障碍，历史记忆不可复现，也不能得到符号的完美表征。叙事作品永远无法抵达永恒的现实，但叙事却是认识自我和理解他人最有效的途径："正是通过关于我们自身的想象变体的叙述渠道，我们试图获得对于我们自己的叙事理解。"（Ricoeur，1991:33）秀拉只生活在当下那一瞬间，对历史、现实和将来毫无头绪，缺乏进行叙事的基本理念，所以才会变成一个"危险人物"。其次，莫里森通过叙述秀拉的生存困境，来审视美国的反文化运动。这场运动对美国的社会政治改革无疑具有推动作用，也为边缘化弱势群体赢得了一定话语权，但过于激进的表达手段，最终让它失去了广大民众的支持，从而走向衰弱和消亡。莫里森一贯视写作为一种思考方式，叙事小说成为她引领自我和他者的精神导师。

秀拉是美国存在主义者的典型代表，她后来被情人阿杰克斯抛弃，伤心过度一病不起直至走向死亡，都和反文化运动达成形影相吊的艺术效果。最后，像其他现代和后现代作家一样，莫里森对叙事小说的传统和革新问题相当关注。反文化运动发展到最后脱离了人民群众，美国存在主义者们行动前卫，但思想狭隘，让人联想到后现代先锋派作家的语言游戏。它们都热衷于实验性和极致性，最终远离了历史文化和民族根基，成为一群漂浮的能指，既无法理解他人也得不到世界的认同。而莫里森则不同，她的叙事意义都建立在历史和现实之中，让个体和族群提炼疗伤能力，从而获得文化身份认同。

第二章　资本主义历史语境及其权力关系

　　如果说，《最蓝的眼睛》和《秀拉》是莫里森的初始之作，那么，《所罗门之歌》和《柏油孩子》就是作家逐渐趋于成熟的作品。它们分属莫里森的第三、第四部长篇小说，既超越了创作之初的局限性，又并未达到后来"莫里森三部曲"登峰造极的艺术成就。这是一个承上启下的中间阶段，是不可或缺的重要连接，表现出莫里森对文学创作持续不断的思考和探索。首先，《最蓝的眼睛》和《秀拉》无一例外都采取了女性叙事，通过女性视角来解读历史和现实，这样就把女性人物群谱置于聚光灯下，而男性们则总体上成为比较暗淡的背景衬托；《所罗门之歌》和《柏油孩子》超越了这一叙事模式，前者围绕奶娃这个中心人物的成长历程展开叙述、后者的焦点则在男女主人公森和吉丁之间交互更替。其次，《最蓝的眼睛》叙述基调是哀婉的，《秀拉》与之相比略显高昂，但两部作品均以悲剧收场，仿佛作家对黑人的未来前途充满犹疑，还无法十分肯定在错综复杂的现实中，哪一条才是救他们于危难之中的有效途径；而《所罗门之歌》和《柏油孩子》却并非如此，它们要么让主人公最终走出成长的困惑，找到民族之根和主体自我；要么在开放性结尾中为黑人族群的新生提供无限可能性。《最蓝的眼睛》和《秀拉》的故事场景都设置在黑人社区，地理空间集中而单一，然而到了《所罗门之歌》和《柏油孩子》的文本中，空间位置都得到了极大拓展和丰富：奶娃乘着飞机从美国北方来到南方寻根；森和吉丁被放置到远离美国的加勒比岛，尽情演绎他们人生的爱恨纠葛，豪华游轮、现代汽艇、在巴黎和纽约之间飞行穿梭，都成为文本中司空见惯的场景。

第一节 《所罗门之歌》的权力对抗和文化干预

《所罗门之歌》是莫里森所有长篇小说中，唯一一部把黑人男性当作第一主人公加以凸显和描绘的作品，出版后被评为 1977 年全美最佳小说，并于次年斩获美国文学研究院和全国图书评论学会奖。它描述了黑人青年奶娃的寻根历程，与莫里森本人的成长经历多有交会之处。其一，两者的祖先都曾在南方遭受过非人的待遇。奶娃的祖父杰克在废奴运动后成为自由黑人，建立了代表本民族财富和智慧的农场"林肯天堂"（Lincoln's Heaven）。农场的欣欣向荣引起了白人的觊觎之心，为了占为已有白人大开杀戒，使奶娃的父亲和姑姑沦为孤儿，从此开始了居无定所、颠沛流离的生活。在重建时期，莫里森的曾祖母从政府手里得到过一片农场，但最后也丧失了法律上的所有权。莫里森曾提及，事情的发生和《所罗门之歌》中杰克的遭遇如出一辙，她的祖父母当时对发生的一切完全不知所措，只知道已经不再拥有那块土地，并且还得为掠夺了它的人干活（Storhoff, 1997:303）。其二，两者的父辈都是随着移民大潮，在 19 世纪末 20 世纪初从南方农村迁移到北方城市，开始了一种与过去截然不同的扎根和创业生涯。奶娃的母亲露丝，因为生长在黑人中产阶级家庭而养尊处优，又因为父亲的百般呵护而不谙世事；奶娃的父亲麦肯在杀父之仇中，泯灭了天性和良知，变成金钱至上、唯利是图的商人。而莫里森的母亲到达北方时才不过六岁，一直以来对南方充满了美好记忆和怀旧情绪，却从来不愿回归故里；她的父亲常常绘声绘色地讲述南方白人犯下的暴行，都是亲眼见证的事实，却每年都要故地重游。其三，两者都出生于1931年，奶娃从小家境优越，长大成人后厌倦于争执不断的家庭、纠缠不休的恋人和枯燥乏味的生活，决定到南方寻找父辈遗失的金子。在华盛顿哥伦比亚特区的霍华德大学英语系读本科期间，当莫里森随学校组织的巡回演出队首次回到南方时，印象最深的是置身于肤色相同的人群中间。欧文·豪向拉尔夫·埃里森提过这样一个问题："你为何对南方如此钟情？"后者回答因为南方到处是黑人，莫里森对此感同身受。"来到她父辈生活过的南方，在那里她首次看到了黑人们的真实生活状况，这种生活正是她的父辈曾经经历过的，了解到她的祖先曾经经历过的光荣而痛苦的斗争历史，尤其是白人如何卑劣地掠夺她的祖先们财产的往事。"（毛信德，2006：13）这一切表明，在莫里森的小说中，历史、现实和艺术的话语密不可分，现实和虚构是相互交织的关系，是你中有我我中有你。

笔者在此试图通过文本呈现的权力抗争和文化干预行为，去探析《所罗门之歌》的后现代历史意识。表面文本是这样的：麦肯狂妄自大、不可一世，无论从物质上还是精神上看都是无可争议的胜利者；露丝柔弱无助，是个彻彻底底的失败者。然而笔者通过对家庭暴力中的施暴者和受虐者进行分析，发现深层文本和表面文本表达的意义截然不同，事实真相呈现出戏剧化的反讽状态："示弱"实际上是露丝强有力的武器，正是运用弱者的姿态，她赢得了其他成员的同情，与他们结成联盟，成功地获取了家庭话语权。派拉特是莫里森精心塑造的文化代言人，她对黑人民族传统不离不弃、持之以恒，用这种方法来对抗现代资本主义的异化和腐蚀力量。她是奶娃名正言顺的精神教父，引导他进入美国南方的浸润叙事中感受黑人口头传统和狩猎仪式等。奶娃的顿悟具有划时代的历史意义，他既明白了父辈一代为历史记忆所缠绕的痛苦境遇，也领悟到未来民族事业中现代黑人所担负的重要作用。虚构文本和历史事实交相辉映水乳交融，使历史为当下生活提供借鉴和启示，从而实现文化干预的政治理想，这是莫里森作品后现代思想的完美体现。

一 权力对抗：超越传统女性主义

《所罗门之歌》中的第一代创业者杰克，运用两种策略对抗主流价值观和西方理性主义权威：第一种是创建独一无二的命名系统；第二种是建立黑人群体的物质和精神王国——"林肯天堂"。首先，杰克即使知道"派拉特"是杀害基督的凶手名字，也执意要以此为女儿命名，让它与女儿终生形影相随。

> 他（麦肯）妹妹出生时，母亲死于分娩，父亲为此方寸已乱、如痴如呆，一个劲用手翻着《圣经》。由于他不识字，就挑了一组他看着挺有劲和挺神气的字母，觉得像是一排小树中高贵、挺拔、有压倒一切气势的一株大树。他就把这组字母抄在一张褐色的纸上，就用那种文盲抄书的办法，把一笔一画，一拐一弯都描下来递给接生婆看。（莫里森，2005:24）

杰克选择这个名字是对上帝的反叛，因为他整夜祈祷也没能挽回爱妻的性命，所以认定世界是不公正的。《圣经》中的"派拉特"是个邪恶的名字，杰克不愿意屈从于圣经文本的权威性，而敢于为了当下的内心诉求去质疑它的真实意义。与儿子麦肯在两种文化中间进退维谷莫衷一是的文化态度不同，杰克可以在集体记忆和个体想象中自由驰骋，从而获取所需要的意象。就像黑人社群自行命名"非医生街"和"非慈善医院"来对抗官方霸权一样，杰克对命名仪式中话语权的坚持，显示了他明辨是非的能力和百折不挠的尊严，是黑人家庭传统的可贵组成部分。其次，杰克不遗余力地把"林肯天堂"经营得有声有色，是对"黑人能力欠缺"观念的有力反驳。

> （杰克）是他们心目中向往的农场主人、聪明的引水灌田专家、种桃树的能手、杀猪的把式、烤野火鸡的师傅，还是个能在转瞬之间把四十英亩土地犁平，还能边干边像天使般歌唱的英雄。他来自何方，无人知晓，只见他痴呆呆的憔悴不堪，简直像个囚犯，手中一无所有，身上只有一纸自由人证书和一本《圣经》，旁边走着一位漂亮的黑发妻子。第一年，他租种了十英亩土地，第二年又多租了十英亩。十六年之后，他就有了全门图尔县最好的农庄之一。一座农庄就可以像一把油漆刷一般把人们的生活涂抹得五颜六色，并且像神启般地对他们训谕。（莫里森，2005:273—274）

一方面，"林肯天堂"代表了杰克的个人成就，是黑人个体在白人主流社会里的自我实现和自我论证，是对顽固的种族主义世界的重塑和驾驭；另一方面，"林肯天堂"巩固了家庭纽带，虽然母亲因为难产而死去，但杰克、麦肯、派拉特一家三口相亲相爱、其乐融融，哥哥对年幼的妹妹悉心照顾，妹妹会烤出樱桃馅饼来犒劳哥哥。而且，"林肯天堂"还把杰克一家与黑人社区紧密地团结在一起，成为了黑人族裔共同反抗白人不公正体制的有力武器。

如果说，杰克曾经把"自我扩张"和"自我管理"天衣无缝地嫁接在一起，实现了自我、家庭、族裔的唇齿相依共生共荣，那么，麦肯恰恰忽略了杰克的"自我管理"，一味追求金钱和物质上的无限"自我扩张"。伯格认为，《宠儿》强调挣脱语境限制的创伤性此在，是历史进程的动因。他分析的是《宠儿》，但有关"蓄奴制历史创伤不可避免地影响当代家庭关系"的思想，完全适用于《所罗门之歌》（Berger，1996:415）。麦肯见证了杰克给派拉特命名的整个过程，父亲那种怒发冲冠的情形，那种不畏权贵、维护自尊的勇气，都给麦肯幼小的心灵刻下了深深的烙印。父亲的惨死，使麦肯在逃跑和流亡的征途中迅速成长，复仇的决心逐渐萌芽和壮大。他在人格机制上产生了根本性的变异，以至于走上了和父亲截然不同的另一个极端，从一个对妹妹派拉特呵护至、对邻里关爱有加的善良少年，转变成残酷自私、不择手段的冷血动物。为了一袋实际上根本不存在的金子，他与派拉特反目成仇，即使派拉特一家在贫民区艰难度日，他也从不慷慨解囊施以援手，而是选择老死不相往来。当年娶露丝为妻，麦肯并非出于真挚的感情，而是别有用心地想霸占她家的财产，等到大功告成，他对她的冷嘲热讽和拳打脚踢成了家常便饭。连女儿们在麦肯眼中也是食之无味弃之可惜的鸡肋而已：

　　　　他对女儿们所感到的失望像筛灰似的倾撒在她们身

上，把她们黄油色的面孔弄得阴阴沉沉，把她们本来是女孩子嗓音中发出来的轻快的抑扬顿挫弄得抑抑郁郁。在他那使人发冷的目光的注视下，她们在门槛上磕磕绊绊，还把盐瓶掉在水煮荷包蛋的蛋黄里。他对她们的体面、她们的才智和她们的自尊心肆意践踏，这种事情成了她们日常生活中惟一的刺激。要是没有他激起的这种紧张和冲突，她们简直不知道该拿自己怎么办。当他不在家的时候，他的女儿们把脖子弯到一块块血红色的丝绒上，急切地等待着与他相关的暗示。（莫里森，2005:15—16）

麦肯对待租户冷酷无情的一面也展现得淋漓尽致：穷困潦倒的酒鬼企图开枪自杀，麦肯毫无同情恻隐之心，念念不忘的是尚未到手的租金；他还把不名一文的黑人祖孙俩扫地出门。麦肯在房地产生意中苦心经营、机关算尽，是为了积聚财富以便重振家族的威望和显赫，重温"林肯天堂"带给他的温馨和美好。正如斯托霍夫在《"蟒蛇之爱"：托妮·莫里森〈所罗门之歌〉中的父母介入》一文中所说的那样：这部小说是作家最想表达多代人之间历史渊源的文本，杰克等老一辈黑人对儿女进行有意识干预，这种控制模式代代相传，致使麦肯等人格异化，一出出悲剧周而复始地上演（Storhoff，1997:290—309）。但是较之于父亲的威震四方，麦肯显然是个彻头彻尾的失败者。腰缠万贯但众叛亲离的局面，让他的生活毫无幸福可言；被主流社会排挤在外，又与本民族水火不容，这一切把他拖进了万劫不复的身份危机之中。正如贝特森所言："失去支撑的任何自我修正系统，都会被永无止境而循环往复地扭曲变形。"（Bateson，1972:211）而麦肯的精神支柱就是"林肯天堂"及其所象征的父亲力量，正是在旋涡般的历史记忆中，他的主体性变得四分五裂了。孙红洪在莫里森研究中，利用拉康和克里斯蒂娃等人的理论，对非裔美国人这种生存状态和心理现实做过分析：黑人生活在以白人文化为主导的象征界里，必须屈服于这个文化的价值理念，但是符号界民族文化的气流持续不断地对他们的象征界进行渗透，给予他们精神的慰藉（孙红洪，2010:103—108）。麦肯完全认可白人主流文化系统，彻底抛弃了黑人民族传统，他的心灵始终处于干枯和异化中，无法恢复到完整和原初的状态。

麦肯不仅在事业上模仿父亲的成功范式，还力图在家庭中建构父亲权威，这一点在与露丝的关系中一览无余。露丝早年丧母，父亲福斯特医生是黑人社区家喻户晓的名人，父亲对女儿百般宠爱，女儿对父亲无比信赖和崇拜，形成了一种既美好又奇特的父女关系。对这种情形深恶痛绝的麦肯，曾经向儿子奶娃绘声绘色地描述过露丝和福斯特医生之间不堪入目的"乱伦情节"。莫里森惯用多视角叙事手法，通过多重声音的相互冲突和相互辩驳，呈现一种模棱两可、似是而非的情景。在众声喧哗的对话场景中，真实和虚构、历史和小说、碎片和整体的对比，表现出后现代张力，让文本散发出多元化和动态化的魅力。关于多声部复调结构或对话理论，巴赫金的《对话的想象》（*Dialogic Imagination*），尤其是论文《小说的话语》（"*Discourse in the Novel*"）表明：声音不仅是作者的御用叙述者的显性在场，还是除了人物个性化言语之外可能采取的多种叙述形式："小说通过言语类型的社会多样化，通过区分这种情况下异常活跃的个体声音，来汇聚所有主题，以及其中所描写和表达的物体和思想的世界之总和。"（Bakhtin，1981:263）因此，读者不能把小说理解为作者单独演奏的一个接一个独白，而应该理解成具有各种连接和关系的对话网络。巴赫金认为小说是最具对话性质的文学形式，他实际上指的是表达层面，而他在这一层面上确实对对话理论做出了最好的定义。他解释道："声音被意识到，并互相反映，每一个声音都充满了其他声音的混响与回声，并通过言语交际场的公共性与之相关联。"（Bakhtin，1986:91）

《所罗门之歌》中的所谓"乱伦情节"至少经过了三个人的表述：第一个是麦肯。福斯特医生与露丝亲密异常以至于把作为女婿和丈夫的他排除在外、福斯特医生亲自为露丝接生、露丝把病入膏肓的福斯特医生紧紧抱在怀里不放等情形，多少年来像噩梦一样缠绕着麦肯。第二个是露丝。她认为麦肯的信口雌黄具有掩盖自我罪责的性质，正是在关键时刻麦肯倒掉了福斯特的药才导致了后者的不治而亡，对这一幕露丝当然耿耿于怀、无法释然。第三个是奶娃。他在父母亲的表述中无所适从，谈论这件事让他产生肮脏和压抑的感觉，最后得出结论这两个人都不可信，因而对他们的爱和尊敬也变得荡然无存。所谓的"乱伦事件"自始至终悬而未决，直到小说的最后一行文字，读者始终无法给出确切的判断。在1970年发表的第一部长篇小说《最蓝的眼睛》里，莫里森首次触及伦理禁忌问题——父女间的乱伦，并对此提出了质询和拷问。酗酒成性的乔利对年幼无助的佩科拉实施侵犯，以全知全能的第三人称视角表现出来，其事实确凿性无可争议。福斯特和露丝之间父女情深、相濡以沫，但却被说成越过了雷池从而有违道德，传言的真实性是值得商榷的。笔者认为，这恰恰是莫里森意味深长的谋划，用一段长年累月的悬案来体现人们对话语权的争夺。麦肯念念不忘"林肯天堂"曾经带给他的荣耀和自豪，不仅希望用强取豪夺的方式在商场建立财富帝国和巨大声誉，还梦想在家中也拥有至高无上的尊严。露丝是他"理想王国"里的一颗棋子，出生于名门望族的她，对他社会地位的提高必不可少。然而她与父亲亲密无间的关系，让麦肯成为了无关紧要的他者，因而备感失落和愤怒。麦肯的叙述可以看作恼羞成怒之后的恶意中伤，是对露丝不肯合作的蓄意报复，是巩固家庭中父亲权威的极致手段。

露丝以弱者形象示人，在这场权力争夺战中却毫不逊色。"弱小"几乎是露丝的代名词，这一点与她从小生长的环境不无关系，她用这样的言辞来描述父女两人在情感上相依为命的情形：

> 因为事实上我是一个小妇人。我不是指岁数小；我是说个子小，而我个子小是因为我给压小了。我住在一幢了不起的大宅第里，可那房子却把我压成了小包裹。我没有朋友，而只有想摸摸我的裙衫和白丝长袜的同学。但是我没想过需要朋友，因为我有他。我个子小，可他是大块头。他是唯一关心过我死活的人。很多人对我的死活只是感兴趣，但他是关心。他不是热忱而令人感到亲切的人，麦肯。当然他是个傲慢的人，而且还常常是个愚蠢和有危害的人。可他关心我是不是活着，关心我活得怎么样。从过去到现在，这个世界上没有一个人曾经这样关心过我。（莫里森，2005:146—147）

在父亲辞世许多年后，露丝依然称自己为"福斯特医生的女儿"或"我爸爸的女儿"，以此来表明对父亲的归属和对丈夫的背离。她还喜欢用自我贬低的方式，在人前人后尽显愚蠢和无知，经常让麦肯忍无可忍。"开始时，她常常描述一件事情，自己在其中扮演一个诚心诚意的小丑……科林西安丝是抱着分析和观望的态度来听取母亲这番叙述的，心中纳闷她母亲怎么会把这种闲谈越扯越糟，准得招惹麦肯不是破口大骂就是揍她一顿。"（莫里森，2005:78—80）就是用这种伎俩，露丝"把她丈夫引向除去动手打人别无他途的绝路上去"，暴力成为这个家庭中频繁上演的戏码。研究者们注意到夫妻之间社会经济地位的悬殊会导致家庭暴力频频发生。勒诺·沃克发现施暴者与他们的妻子相比较而言，一般来说其教育背景和社会影响都有不小的差距。这些男性身上之所以有根深蒂固的性别歧视观念，很可能出于男女角色的失衡、妻子地位更加优越的现状让他们无法忍受，也许暴力就是他们用来缩小差距、减轻愤愤不平情绪的手段（Walker，1984:11）。

　　系统论学者们认为，光从结果来看而不追究缘由的话，个人对于这种不道德行为是要负责的。帕拉佐利等写道：系统论专家对于家庭暴力中谁该承担责任进行鉴别，但一定会将事件放到所处环境中加以考察（Palazzoli，1989:267）。赫维特认定男性在家中对女性、儿童实施暴力和虐待，是一种常态而非特例，因为它被视为正常的男性社会化行为（Hewitt，2010:228）。戈尔德纳表示：两性不平等是社会现实，遭受男人殴打的女性是牺牲品，与此同时，在暴力的恶性循环中偶尔也会出现对一方有利的格局（Goldner，1990:345）。戈尔斯－西姆斯认为有必要探究殴打妻子现象的发展过程，而并非执着于背后的原因：暴力何至于日积月累到殴妻的程度、殴妻行径何至于时有发生屡教不改？这些问题都需要对其过程做深入研究（Giles-Sims，1983:32）。而女性主义批评家们则对系统论采取了反驳的态度，强调系统分析对于父权制殴妻的社会作用过于轻描淡写，没有将家庭暴力的罪魁祸首指向男权中心主义的主流社会。科通和格林威尔·罗伯特的观点是：用系统论来看待殴妻行为，不免忽略了父权制社会中存在的不对称权力关系（Cottone and Robert，1992：167）。在笔者看来，系统论和女性主义理论虽然各执一词、互不相让，但如果能够结合起来共同考察《所罗门之歌》中麦肯的家庭暴力，倒不失为中肯有效的办法。男尊女卑思想在人类社会代代流传，所以麦肯男性霸权的极端表征，只有放到社会历史语境中去衡量，才具备政治高度和文化意义。然而在具体的个案中，又会涉及个体经验和心理意图等因素，因此，探求其过程演变也是至关重要的步骤。片面强调任何一方，毫无疑问都是有失公允的。

露丝披上柔弱的面纱，用自我贬损的手段，来摧毁麦肯苦心孤诣试图建立的乌托邦王国。麦肯原以为妻子可以锦上添花，帮助他实现宏伟蓝图，实际的情形却是平添更多混乱和缺失。她不断损毁作为麦肯财产的自我，否定他的"林肯天堂"美梦，剥夺他自以为是的所有权。同时，露丝成功地离间了麦肯和儿女之间的感情。麦肯对妻子大打出手，令他的暴君形象暴露无遗，使孩子们对这样的父亲唯有憎恨，很自然地把同情的眼光转向了母亲，以至于结成同盟来保护她不再遭受更多的伤害。依靠这样的策略，露丝顺理成章打败了麦肯，获得家庭内部话语权，可以说"示弱"成为她的不二法宝和有力武器。在《所罗门之歌》里，莫里森描写了妇女通过受苦受难而获取权力的故事，这一点刚好契合了女性主义学者古德里奇有关"虐待配偶"（spousal abuse）的论调：被殴打的妇女运用一种为社会普遍认可的方式来攫取权力，那就是坚持留在丈夫的身边，她在所处困境中忍耐得越久，为自己争取到权威的机会就越多（Goodrich，1988：171）。而国内有学者发现：莫里森在赋予黑人女性以尊严和话语权的同时，并没有变成激进的女权主义者，而是将其不足和缺陷也刻画得栩栩如生，对传统的西方女性主义理论实行创新和突破，建立了独树一帜的女性观（纪颖、张晓敏，2008:56—58）。

二　布鲁斯：实行文化干预策略

《所罗门之歌》出版于 1977 年，是莫里森对当时黑人社区精神危机的一种文化干预。在她看来，当年黑人社区集中在南方时，历史性的口承叙事提供了稳定的民族之根，但现在却面临着失去的危险。在《根：作为基石的祖先》（*Rootedness：The Ancestor as Foundation*）中，莫里森阐明道：我们不再居住在能聆听故事的地方，父母们不会团团而坐，对孩子们讲述那些古典神话原型故事，就像我们多年前听到的那样。但是新的信息层出不穷，有多种方法可以进行传递，其中之一就是小说。不管是印刷还是口头文学，都有能力使你站立起来，感觉到某种深刻的意蕴，一如黑人牧师要求他的民众开口讲话，达成那种凝聚力（Morrison，1984:340）。某些经典作家喜欢把人物刻画成孤立状态，比如海明威从来不写小说人物的家庭情况，菲茨杰拉德唯有在描写书中人物如何逃离家庭时才有所涉及，他们将巴黎这样的地区描述成叙事背景就万事大吉、功德圆满了。而莫里森却不同，她把建立"黑人性"当作矢志不渝的政治理想，把自己从压倒一切的白人主流历史语境中抽离出来，把文学创作移植到黑人群体之中。在她的作品中，白人们企图离开族群去追寻自由，而黑人们则要回归到社区，才能医治如影随形的破碎感和异化感，才能获得精神救赎。吴康茹用新历史主义的观点来解读《所罗门之歌》，指出：在人类社会的现代化进程中，莫里森倡导对传统文化的继承和发展，重新树立黑人民族的自信力，对 20 世纪 70 年代民权运动之后美国黑人的未来出路做了大胆设想和尝试（吴康茹，2001:79—

87）。《所罗门之歌》体现了莫里森坚持黑人民族文化之根的政治抱负，就这点而言，派拉特是个举足轻重不得不提的关键人物。

评论界对于派拉特这个形象褒贬不一。有些学者视派拉特为《所罗门之歌》中的英雄，是精神领袖和精神教父式的人物：

> 与奶娃寻根究底的男性自我建构不同，派拉特更像女性主义作家、文化理论家格洛丽阿·安佐迪尤阿所谓的混血儿意识。与西方白人社会中标准化的男性意识不同，它不是纯粹依靠理性来达到某一个精确绝对的目标，而是发散式的多向的思维。歌唱的派拉特不再是一个与他者相对的自我，而是一个漂移在不同意识间的主体，一个集体的"我"发声告解的媒介。派拉特正是在越界的游移中弥合着被肢解的个人、家庭、种族记忆，在流动中体现自我的存在。（刘炅，2004:92）

尽管如此，也有不少评论者断定她在性格方面确实存在明显不足。辛西娅·戴维斯发现派拉特缺少根基，不具备知识和智慧，仅仅以一种古怪而混乱的使命感来为人处事（Davis，1982:151—156）。在贝克曼看来，派拉特无疑是失败的典型（Bakerman，1981:541—563）。斯克拉格意识到派拉特是个被异化的可怜人（Scruggs，1982:311—335）。斯托霍夫表示：派拉特和麦肯都想恢复少年时代父亲的"林肯天堂"，她采用了自我否定（self-denial）和自我弃绝（self-abnegation）的生存方式，和麦肯一样最终归于失败。她的临终之言具有意味深长的内涵，一方面表达了一颗博爱之心，另一方面是对离群索居生涯的万分遗憾（Storhoff，1997）。而莫里森本人对于派拉特的态度显得颇为模棱两可，在一次访谈中她侃侃而谈：我只是热衷于最后把黑人妇女置于文本的舞台上，并非把她当作无所不知、完美无缺的黑人典范，而是一个此处有瑕疵、那儿却优秀的人，是一个心胸狭窄又令人着迷的复杂型女性（Morrison，1994）。

　　实际上，派拉特承担了黑人族裔和作家莫里森文化代言人的重要角色。奶娃12岁时第一次来到派拉特家中，听到了由派拉特领唱、丽巴和哈加尔积极参与的"所罗门之歌"。这是典型的黑人口头传统"召唤—应答模式"，关乎陈述和反陈述（counter stating）、行为和反应等，是说者和听者之间自觉引发的言语或非言语互动，说者的所有陈述（召唤）都被听者的表述（应答）不时打断。由此形成三个层次：它使歌唱者彼此呼唤、应和；邀请听的人作出积极反应；让读者对此情此景感同身受、产生共鸣，从而达到震撼人心的美学效果（Smitherman，1994:104）。在第一层面上，派拉特用歌声娓娓道出了非同寻常的故事，歌词和旋律传递着厚重的历史意蕴，跟丽巴、哈加尔共同形成相互理解和呼应的动人场景。蓄奴制废除之后，美国南方黑人并没有得到实质性的政治安全和经济保障，白人依然飞扬跋扈、为所欲为，致使杰克那样白手起家、靠勤劳致富的黑人死于非命。少年派拉特在和麦肯分道扬镳后，只身一人踏上了四处流浪的漫漫征途，因为天生没有肚脐这一残缺的身体意象，更因为黑人女性的社会身份，饱尝形形色色的辛酸和屈辱。与其说派拉特在自娱自乐地演唱布鲁斯小调，不如说她在用这种方式铭刻黑人民族的集体记忆。在第二层面上，作为听众的奶娃和吉他都深受感染，"对奶娃来说，这一天变得如此美妙"；"落日的余晖在吉他的眼中闪着金光，把一丝领悟的微笑推到了阴翳中去"（莫里森，2005:61）。奶娃深深痛恨父母亲之间日复一日、硝烟弥漫的战争，却又无力改变现状，因而苦闷至极。派拉特家中的温馨画面一下子吸引了他，使他陶醉于爱的力量和美好之中。"所罗门之歌"起到了故事之间连接和转换的作用，与主人公的成长经历息息相关，揭示出莫里森对历史和现实的严肃思考（唐红梅，2004:109—114）。吉他本质上比奶娃成熟，尽管最终矫枉过正走向了黑人法西斯主义，但不得不承认，他对于世界和人性的了解更加透彻和深刻，在此时此地更能与派拉特产生心有戚戚的认同感。他在种族主义暴行下沦为孤儿，与年迈的奶奶相依为命，却常常遭受麦肯之类资本家的凌辱。他走上了一条黑人种族主义道路，作为"七日"组织成员滥杀无辜白人，实现其认定的"以牙还牙替天行道"的理想。《所罗门之歌》像河水一样在小说人物中间流淌，形成彼此诉说和倾听的格局，场面分外感人。在第三层面上，读者仿佛身临其境，不仅成为文本意义的积极建构者，还成为族裔历史语境的主动参与者。正如休斯顿·贝柯所观察到的那样，黑人先是被关在贩奴船的船舱里，接着被运送到美国南方农村的小屋里，后来跟随移民大潮来到北方城市的厨房里，所有这一切都是加诸到他们头上的，而并非自我选择的结果（Baker，1991:108）。这样一来，中间通道（middle passage）、美国蓄奴制（slavery）、奴隶解放（Emancipation）、移民浪潮、融入北方（integration）、民权运动等黑人文化事件，对深谙美国历史的读者来说，形成了一条完整的历史之链。个体生存经验与族裔历史进程近在咫尺却又遥相呼应，在召唤—应答这一黑人口头传统模式中，读者和叙述者、小说人物结成联盟，共同体验无穷无尽的文本和文化意义。

　　派拉特通过"所罗门之歌"的布鲁斯音乐，传达出黑人艺术传统丰富而深邃的意蕴。麦克斐逊认为布鲁斯音乐与火车意象极为相像，听者想象中的火车声应和着布鲁斯音乐，加强了试图改变现状或离开故乡的决心。他在《铁路：美国文化中的火车和乘车人》一文中写道：边远地区人群、非洲人群、最近的移民都携带着各自社团的方言标记……蒸汽火车的声音嘹亮而吓人，但它的鸣笛和车轮却承诺人们向别处迁移和进军。既然民主的前提是保证自由，那么，挑战自我想象力很可能就是乘车人的动因（Mcpherson，1976:6）。休斯顿·贝柯在《美国的布鲁斯和民俗表达》中引用了麦克斐逊的观点，认为旅行本身对于穷苦黑人来说就意味着独立性。此外，他还洞察到布鲁斯音乐演变成了一种文化价值体系，是黑人听众在艰难时世里屹立不倒的精神源泉（Baker，1984:8）。在"圣·路易斯布鲁斯"（St Louis Blues）歌曲中，演唱者宣告她即将登上火车去找寻远在圣·路易斯的爱人。在南方黑人向北方移民的19世纪末20世纪初，北方城市曾经雇用了少数黑人从事收入较高的服务行业，对于踏上迁徙之路的人群来说，铁路线上的朋友可谓不可或缺。

　　麦肯奉行自私自利、尔虞我诈的资本主义伦理观，把它当作教科书——灌输给奶娃；派拉特敏锐地观察到了其中的危害性，以一种旁人不易察觉的方式对奶娃呵护备至，对可能接近的危险严加防备。她对奶娃所处的成长困境洞若观火，曾经多次用"所罗门之歌"加以启迪和警醒，对他追求自由和独立的南方之行，起到了不可忽视的推动作用。同时，她引领奶娃走出唯我独尊的个人主义和孤立主义误区，使他在情感上终于向他人和族群开放，进而在集体归属当中获得坚强后盾和主体身份。奥克莱如此描述这一情形：布鲁斯歌者常常用音符来

"发表演说"，这让许多黑人颇为不满，就像有些人拒绝聆听神父的布道一样。然而"布鲁斯团体"（blues community）之说确实存在，它的意义表现在共同创造和参与公共文化的进程之中……布鲁斯音乐是发自肺腑的情感表达，绝非娱乐这么纯粹和简单（Oakley，1997:47）。

从语言的角度来体察"所罗门之歌"，派拉特展示了黑人方言习俗中的"见证"（witnessing and testifying）艺术。它通过故事讲述的仪式铺陈所有黑人共同经历的艰辛和欢乐，审视和评判他人的内心世界，并给出真心实意的忠告。莫里森将这种"见证"行为当作小说创作的重要叙事手段，对此，她进行了这样的剖析："作品承载着见证过程，揭示出谁违背法则或法规，谁在何种情况下幸存，其中的原因又是什么……所有这些都在故事的肌理当中，和布鲁斯音乐达到的效果如出一辙。音乐曾让我们保持灵动，但现在已经不足以担负这一使命。每当我对写作感到惶恐不安的时候，我就思索，如果小说中的人物来读这本书，他们又将作何反应呢？为书中人物写作，这就是我孜孜以求的目标。"（LeClair，1981:28）派拉特的歌唱语言首先体现了表面文本和深层文本的复杂性，展现了黑人民族特有的对话和复调文化传统，它使人们在论及有关美国黑人族群的时候，共享认知、阐释、言说等相关体验，并且能够听到非裔美国人话语中的多重声音和多种意蕴。其次，作为一个信念坚定、内心强大的文化传承者，派拉特的叙述语言虽然产生并服务于当下，却直指过去的经验文化。"所罗门之歌"唱出了个体和族裔在以往岁月中的伤痛与坚守，其重大历史意义不言而喻。最后，派拉特用布鲁斯音乐表达了对世界的看法，身体力行地证明了语言和世界观密不可分、一脉相承的事实。黑人英语独特的民俗方言表达，在文本的运用中达到出神入化的地步，折射出莫里森的乐观主义思想，她以特有的方式指责了那些放弃民族文化去追随主流的同化行为。此外，种族和性别问题常常同时受到黑人女作家的关注，莫里森用细腻的笔触塑造了派拉特这个极具代表性的人物，用黑人女性的声音解构了沉溺于自我的个人主义观念，倡导相互依存的多声部集体概念。莫里森的多声部叙事和谐交织而非僵持对峙，不同的自我形式、历史事实和迷信传说的关系扑朔迷离，从而生动诠释了两性之间、个人与群体之间、现实与过去之间的多元化动态关系（刘炅，2004:91—98）。派拉特的歌声超越了陈腐的线性因果陈述，趋向循环叙事和过程描述，证明了"种族和性别差异均来自社会文化建构"这个真理，从而大大凸显了后现代女性的言说主体身份。

莫里森利用黑人方言来与主流话语系统分庭抗礼，实现其文化干预的政治理想。黑人文学的表现方式历来具有双重特征，不断游走在非洲话语和主流英语之间，呈现出独具一格的艺术魅力和主题内涵。在莫里森看来，当今美国社会的人们很难听到异质性英语表达，几乎每个人都说得和电视上一样标准无误，人们选用的词汇和习语仿佛是批量生产出来的。身为知名作家的莫里森对此不敢苟同，她承认自己的创作语言不守常规，时常会用一些当下作家和评论家闻所未闻的词句；然而黑人方言系统犹如血液在她身上汩汩流淌，使她情不自禁地提笔运用到文本的字里行间，赋予作品以强劲的生命力和巨大的美学价值。可以说在很大程度上，莫里森就是用这种策略来书写黑人民族的心声，对于这一点她在很多场合下都曾直言不讳："沉浸于私密而封闭的想象力操练之中，仅仅满足于个人梦想的实现，对此我不感兴趣。换句话说，作品必须是政治性的，必须以此为驱动力。政治在如今的评论界是个贬义词，如果一部艺术作品含有政治影响力，那么，从某种意义上说就已经沾染上了污点。我的感受正好与此相反，如果小说不具备政治性，那是次品。"（Morrison，2008:64）

三　浸润叙事：在历史中顿悟和成长

莫里森小说中的大多数人物都是从美国南方迁居到北方城市的移民或移民后代，对于南方怀有爱恨交加的复杂情绪。《最蓝的眼睛》中的乔利在前期南方乡村生活中，家庭和社区让他能够维持温饱，尽管从小到大缺乏双亲的精心呵护，但他还是感受到了来自吉米姨婆（Aunt Jimmy）等人的关心和温暖；但同样是在南方，他遭受了父母的无情抛弃，经历了姨婆死亡之后的举目无亲和孤独无助，也就是在那儿他学会了自我封闭和自我憎恨。《秀拉》中的奈尔年幼时在母亲带领下到新奥尔良奔丧，匆忙奔波之中见到了素不相识的其他家族成员，从而产生出认同和归属感，但那次"探亲"也因为老外祖母的去世、母亲海伦娜的蒙羞，而变得喜忧参半。《所罗门之歌》中沙理玛（Shalimar）这个南方小镇赋予了奶娃主体身份，却也让他经受了前所未有的艰苦磨炼，他的精神教父派拉特最终长眠于此。《柏油孩子》中的埃罗，是唯一受到森认可的南方故乡和乐园，而他也是在这里目睹了妻子的骤然离世之后，从此踏上居无定所、漂泊动荡的流浪之途。《宠儿》中的"甜蜜之家"是塞丝和保罗·D等黑人度过青春的地方，那里有令人终生难忘的美好记忆，也有苦不堪言的可怕经历。《爵士乐》中魏斯伯尔县（Vesper County）不断上演着赤裸裸的种族主义暴行，黑人们被扫地出门走投无路的情形不胜枚举，而乔和维奥莱特新婚燕尔时，却在这个南方地区度过了生命中最幸福的岁月。就《天堂》中俄克拉荷马鲁比镇的创始者们而言，他们在南方汇聚力量精诚团结，组成了牢不可破的黑人大家族；可那里也是他们流亡生涯的起源地，自此他们远离故土被迫西进。

尽管如此，人们却不得不承认：总体而言，莫里森作品中北方代表着资本主义价值体系和现代性，南方则代表着民族历史传统和稳固性。许多在北方定居多年的黑人，在年老退休之后选择回到南方去颐养天年，一些学者在读过莫里森的小说之后，也断言她早晚要回归南方，但莫里森作品中的主要人物似乎并没有如此打算。从20世纪70年代初发表第一部长篇小说崭露头角，到最新的力作《慈悲》问世，莫里森反复描摹了黑人在北方都市无所适从的境遇和茫然纠结的心态。她要探寻的是黑人群体当下的生存状况，告诉人们怎样拨开种族主义和性别主义的迷雾，怎样避开资本主义思潮中物化和异化的危险，从而在现代社会中找到幸福之路。莫里森认为：很多居住在北方的黑人作家关于南方的描写，都依赖于记忆和思考，而并非是长年累月居住在那里与它朝夕相处的结果。这种间接经验多于直接经验的状况，生动地阐述了作家一以贯之的"第三只眼"（third eye）的创作理想。跟有些小说家不同，莫里森跟所描述的事物和人群必须保持一定距离，才能不被千头万绪、杂乱无章的表面现象所迷惑，才能用"第三只眼"清醒地洞察到其中的本质，也才能在写作中得心应手、游刃有余。这个理论反过来应用到作品中，就很好地解释了这样一种现象：莫里森主要人物的精神危机和心理焦虑，要么通过跋山涉水回到南方怀抱得以解决，要么在想象中索取南方的历史记忆得到安慰，前者以奶娃和森为代表，后者在塞丝和维奥莱特等人的身上表现得尤为明显。也就是说，只有回到植根于南方的历史之中，人们才能走出局外人（outsider）和被陌生化

（estrangement）的尴尬境地，也才能找到坚实的文化和心理根基，由此与北方城市及现代生活达成和解。

《所罗门之歌》首先通过事实与虚构的关系来表现后现代历史意识。在铁道托米（Railroad Tommy）的理发店里，奶娃听到吉他等一帮黑人男性的对话：

> "日报上会登出来的。"
>
> "也许会登，也许不登。"波特说。
>
> "已经广播了，应该登报的！"弗莱狄说。
>
> "白人报纸才不登这种新闻呢。除非他强奸了人。"
> （Morrison，2005:96）

引起众人议论纷纷的是个叫做艾米特·梯尔（Emmett Till）的芝加哥黑人男孩，在 1955 年 14 岁那年去密西西比的亲戚家做客，从而招致了杀身之祸。梯尔天生风趣、爱开玩笑，在一家杂货铺买饮料即将离开时，对漂亮的白人老板娘吹起口哨表示赞赏之意，就是这一举动，令他遭到白人的绑架和杀害。当人们好不容易找到他时，其尸体已经被糟蹋得面目全非，更为不可思议的是，谋杀少年梯尔的两个白人凶手被宣判无罪，当庭释放。莫里森把真实事件与虚构小说融为一体，用这种方法模糊了事实与想象的界限，呈现出后现代历史书写元小说的政治介入和自我指涉特点。作为重要新闻媒体的报纸，需要以不偏不倚的角度对真实事件加以报道，着力展现中立性和客观性原则。然而要做到这一点难乎其难，它既受制于主流意识形态的规约，也体现出编写者们若隐若现的主观意图。从这个意义上讲，新闻报道和历史书写具有极其相似的本质，都无法避开叙事性和阐释性的陷阱。因此，在琳达·哈钦和海登·怀特等学者的理论体系中，就真实和虚构的关系而言，历史和小说相得益彰、难分伯仲，历史中的想象成分和小说中的事实依据平分秋色，共同扛起后现代现实主义这面大旗。主流媒体的根本意图在于控制话语权，这与主流历史书写的目的性不谋而合，但是理发店中黑人男性们的众声喧哗，却对此提出了质疑和声讨。他们的讨论形式可以纳入"元语言表意话语"（metalinguistic signifying）的框架当中，即用语言来谈论"人们是怎样对语言加以误用从而将其边缘化"，简而言之就是关于语言的语言。通过对真实和象征关系的审视，这种言说方式揭示出宏大历史和官方媒体经不起推敲的文本性特质。

这段表意性对话所要传达的含义，绝对不止艾米特·梯尔谋杀案的单一表述这么简单。"人们开始追述那些暴行故事，先谈起他们听过的故事，后来又谈到他们亲眼所见的事实，最后扯到他们亲身经受的事情。伴随着逗趣，个人所受的屈辱和由此引起的愤怒由叙述变成了刺痛。"（莫里森，2005:99）这种叙事方式还和其他文本形成相互照应和比对，比如理查德·赖特的《土生子》就是一个很好的范例。赖特笔下的黑人青年托马斯（Bigger Thomas）来到北方后，感受到从未有过的巨大生存压力，因不堪心理重负失手杀死了出生于豪门的白人姑娘玛丽（Mary Dalton）。为了掩盖真相，他不惜焚尸灭迹、嫁祸他人，继而在罪行败露之际亲手结束了黑人女友贝西（Bessie）的生命。与逍遥法外的白人凶手形成鲜明对照的是，托马斯最后被绳之以法，并且处以极刑，他因为误杀了白人而被扣以天大的罪名，而这起事件中的黑人姑娘同样死于非命，却乏人问津。艾米特·梯尔案件几乎让当时的所有美国黑人都处于悲痛和愤怒之中，于是一场轰轰烈烈的民权运动迅速爆发，其间13年之久的漫长抗争至今令人叹为观止。莫里森的《秀拉》《天堂》等小说，也多次涉及美国民权运动这一历史背景，应该说作家一直以来都视其为黑人民族发展进程中的大事件，对其用浓墨重彩去大书特书。

《所罗门之歌》还通过对创伤叙事的超越，来凸显后现代历史意识。1965 年，约翰逊总统发表了有关民权问题的公开讲话，宣称刚刚通过的民权法案（Civil Rights Act）和选举权法案（Voting Rights Act）赋予美国黑人以新的自由；他同时强调自由还不够，民权运动的下一步是将种族平等变为事实和结果。演讲稿由一名叫做莫尔尼汉（Daniel Patrick Moynihan）的工党助理秘书起草，总统和周围的人都视这次演讲是极其成功的，因而深感骄傲和自得。然而就在几个月前，这位助理秘书还起草了一份报道，描述了美国城市中黑人每况愈下的家庭生活。没过多久报道不慎落入媒体手中，致使社会舆论一片哗然，约翰逊总统精心策划的政治安抚功亏一篑。闻名遐迩的"莫尔尼汉报告"（Moynihan report）给黑人家庭贴上"病理性母权制社会"（pathological matriarchy）的标签，认为他们根本无法承担现实社会中的任何公共职责。在莫尔尼汉的笔下，黑人家庭的现状声名狼藉：非裔美国人大面积失业、生活贫困；年轻一代缺乏教育机会和教育背景；吸毒等恶习十分普遍；家庭结构面临巨大压力（Moynihan，1965）。莫尔尼汉和其他一些人一口咬定，黑人家庭之所以面临越来越严重的困境，完全是因为三方面的原因合力所致：在性方面随心所欲、缺少道德约束；男人们具有暴力倾向，喜怒无常；妇女们呈现出统治欲望和病态心理。"莫尔尼汉报告"中的种族主义倾向是显而易见的，很多批评家从文化的角度对它进行过剖析，不仅对其中的种族预设理念提出尖锐批评，还对美国社会流传甚广的黑人家庭刻板模式实行解构。

尽管有学者在研究过《所罗门之歌》的文本细节之后，声称由麦肯、露丝、奶娃存在的家庭结构，就像铁三角那样坚实和稳固，但父母之间你争我夺、战火四起的场面频频发生，还是令整个家庭笼罩在噩梦之中。在奶娃的眼中，父亲喜怒无常的暴力相向令人无法接受、母亲的古怪脾气同样不可理喻。麦肯和露丝争着向奶娃示好，以博取他的精神认同，奶娃却常常与他们的殷切期待背道而驰："麦肯总是把脸刮得光光的；奶娃却竭力要留点髭须。麦肯总是打蝴蝶领结；而奶娃总是系活结领带。麦肯的发式是背头；奶娃留的是分头。麦肯最不喜欢烟草；奶娃偏要每十五分钟抽一根。麦肯一分一分地攒钱，奶娃却大把大把地开销。"（莫里森，2005:77）

> 他（奶娃）并不想假装是出于热爱母亲才这么干的，她太像幻影，无法去爱……露丝生来便是一个胸无大志、只知过分拘于礼仪的、苍白无力但又令人费解的女人。她看起来无所不知，其实对一切都不甚了了。这种分析对思考是个锻炼，对他还是前所未有的。他从来没把母亲看作一个人，一个同赋予并干预他自己的生命完全分开的生命个体。（莫里森，2005:90）

这种貌似叛逆的言谈举止其实是创伤心理所致，既承继了家族沉重的历史记忆，又有自身成长无法诉说的困惑。奶娃的个性化发展历程其实是个悖论，是对父权制统治体系既拒绝又接纳的过程，吸收了麦肯身上的基本素质，惟妙惟肖地模仿了麦肯的资产阶级价值观。麦肯教导奶娃要拼命占有财富，通过财富再去占有世界，这种思想潜移默化地影响了奶娃，使他崇尚急功近利的实用主义原则。所以当哈加尔对他不再具有吸引力时，他认为其利用价值已经不复存在："她是第三杯啤酒，而不是第一杯。喝第一杯时，喉咙里简直感受到一种令人落泪的感激之情。她也不是第二杯。喝第二杯时，会加强和扩展第一杯带来的愉快。她只是第三杯。你之所以要喝这第三杯，只是因为现成摆在那里，喝下去不会有什么害处，当然，不喝又有什么两样呢?"（莫里森，2005:109）杜瓦尔认为，麦肯在某种程度上要对哈加尔的物质主义负责："哈加尔的死可以追溯到麦肯这个人物，因为她爱上了麦肯的儿子奶娃并为之疯狂，而奶娃又承袭了麦肯的中产阶级价值观……当然把麦肯当作哈加尔金钱欲望的唯一推动者也是不妥当的"（Duvall，1991:110）。表面上奶娃过着锦衣玉食的生活，但他的内心却充满了孤独忧伤和百无聊赖，在北方都市如坐针毡、度日如年。

麦肯和露丝终其一生纠缠于创伤记忆中无法自拔，恢复父亲在世时的象征秩序成为他们各自的终极目标，因而，家庭中的权力之争周而复始、永无宁日。综观莫里森小说，现代黑人沉浸于传统方言和习俗的程度，成为他们心理是否健全的有效衡量标准，人们把这一情形称为"浸润叙事"（immersion narrative）。在派拉特的引领下，奶娃深深陶醉于南方黑人传说和风俗之中，在祖先生活过的地方茅塞顿开，超越了父母无法逾越的文化和精神藩篱。南方健在的老人们，对杰克的故事如数家珍，对记忆中的少年麦肯赞不绝口，让奶娃廓清了自我和他人、自我和族裔唇齿相依的关系。奶娃意识到过去之所以对父母颇为不满，是因为对他们过于苛求的缘故，他一直希望他们成为自己心目中完美无缺的国王和王后。这种不切实际的需求，使他错过了许多理解父母的机会，实际上是自私自利的表现，而南方之行让他幡然醒悟，了解了父母历尽艰辛的过往岁月，从而原谅了他们的过错。他决定理性看待一切，在保持适当自由和独立性的前提下，愿意为父母承担责任，并倾听和认同他们的喜怒哀乐。奶娃对父母的真正理解、对哈加尔的由衷忏悔，都建立在对历史顿悟的基础上，他最后用纵身一跃表明了超越创伤叙事的决心。对于小说结尾奶娃的"飞跃"行为，评论界历来十分感兴趣，赫维特和朗斯贝里认为这一动作是奶娃变成有爱心、有责任、有公共意识成年人的明证（Hovet & Lounsberry，1983:138）；多萝茜·李的《〈所罗门之歌〉：在空中翱翔》强调奶娃的"飞行"是解放和超越（Lee，1982:70）；布拉克在《回归民族之根：托妮·莫里森〈所罗门之歌〉的追寻和飞翔主题》中则坚称"飞翔"代表对民族之根的回归（Bruck，1982:299）；布雷纳说奶娃进行的是自杀性跳跃（Brenner，1987:18）；哈里斯认为这一举动是绝望、虚无、生活乏味之人的失败（Harris，1980:75）；特纳针对"飞翔"情节问了个有趣的问题：这个场景中能确定的是奶娃父亲那样的人物将永远飞不了，那么奶娃呢？是否对派拉特刚刚萌生、对吉他重新确认的爱充实了他的灵魂，使他神奇地飞起来呢？他是否会发现在惊心动魄的坠落时刻，其信念并不足以支撑自我？他是否因为想脱离毫无救赎希望的物质主义有意结束生命？小说开篇时，史密斯先生确信能飞却落地而死，那么，结尾是在宣告"飞翔只是幻梦"还是"人们能够学着飞"的主题？（Turner，1984:361—369）这种仁者见仁、智者见智的表述策略，正体现了后现代小说的开放性结构，留给读者回味和思考的无穷余地。可以说，后现代视角开拓了非裔美国作家的阐释空间，凸显出文化领域反思历史和诘问政治的可行性。

莫里森在《所罗门之歌》中塑造了特色鲜明、呼之欲出的人物群谱。历史记忆沉重而无处不在，麦肯、露丝、派拉特都背负着不堪回首的往昔岁月，潜意识中都想通过自我奋斗改变现状，重塑过去。与其说麦肯被动地为资产阶级思潮所同化，不如说他是主动地跃入资本家行列，希望以此举重新确立个人和家族荣誉；但显而易见他在选定的道路上走过了头，妄图建立蓄奴制般的父权统治格式，不可避免地伤害到了许多人。女性采取盲目手段去对抗强大的父权系统，无异于以卵击石，所以露丝以柔克刚，用弱小和无助作为武器上阵，和麦肯展开一场权力之争，取得了出奇制胜的效果；派拉特选择回归黑人传统，来建构和保持主体自我和族裔身份的完整性。如果说派拉特标志着继往开来的中介力量，那么奶娃无疑代表着现在和将来，代表着现代黑人的生存定位和发展方向。只有在历史长河和文化传统中接受洗礼，年轻一代才能找到身份归属，也才能更好地融入美国社会的现实生活中去。《所罗门之歌》和莫里森的其他小说一起，汇聚成了作家的文化宣言，承载着深思熟虑的道德指南和政治理想。

第二节　《柏油孩子》的资本主义历史语境

《柏油孩子》是托妮·莫里森的第四部长篇小说，它的故事背景设置在加勒比海地区而非美国本土，这在作家的所有作品中是绝无仅有的。故事发生在 20 世纪 70 年代末，糖果公司 CEO 瓦利连退休后离开了美国费城，来到加勒比海骑士岛准备颐养天年，就在他那富丽堂皇的豪宅里，上上下下都在为即将到来的圣诞节忙碌奔波。盼望已久的圣诞之夜如期来临，瓦利连的独生子迈克尔最终取消了与父母团聚的机会，一向忠心耿耿俯首帖耳的黑人女仆昂丁，当众揭发了一个隐藏多年的秘密：作为母亲的玛格丽特曾经以虐待幼童迈克尔来宣泄郁闷和孤独。一场不可避免的家庭大战随即爆发，玛格丽特和昂丁互相谩骂大打出手，不请自来的年轻人森对瓦利连大加指责，因为后者把偷了几个苹果的黑人勤杂工扫地出门。在这场轩然大波之后，吉丁和森这对热恋中的黑人青年决定去纽约开创美好人生。然而根深蒂固的矛盾随之浮出水面，吉丁从小得到瓦利连资助接受了一整套西方教育，因而，全盘接受了白人主流社会的世界观和价值观，她在纽约和巴黎等城市生活惬意如鱼得水；森却截然相反，他把家乡的黑人社区"埃罗"（Eloe）视作唯一的世外桃源，拒绝接受任何形式的现代都市理念，因此备受煎熬。小说的结尾是开放式的：森在奋力飞奔，他将何去何从？是奔向吉丁和未来还是跑回埃罗和过去？毋庸置疑，这样的架构给读者留下了意味深长的思考和探索空间。

有学者认为《柏油孩子》取材自非洲民间传说，并综合了弥尔顿的《失乐园》故事，通过移植、层叠、整合再创造以上两种代表黑白文明的叙事原型（李美芹，2007：77—84）；也有学者从后殖民主义视角来阐述《柏油孩子》的空间策略和文化身份（都岚岚，2008：76—82）。本章试图将《柏油孩子》放置到资本主义历史语境中加以考察，揭示晚期资本主义和殖民主义、蓄奴制时期的相似性，同时彰显其中的异化现状和生态危机。一方面，生产者和消费者之间的隔阂，形成人们的拜物主义倾向，人的主体性消失在商品的主体性之中；另一方面，发达国家对第三世界的过度开采和空间占领，使得后工业化体系中的生态和伦理均遭受严重失衡。

一 晚期资本主义异化本质

莫里森把《柏油孩子》的空间想象建构在加勒比海地区，首先源自于其漫长的殖民历史。1492年哥伦布首先登上的是加勒比海巴哈马群岛，而后才踏上北美大陆。在 1493 年写给西班牙国王的信中，哥伦布列举了他在西印度群岛上看到的物质资源，并再三强调了它们的丰富多产以及对于西班牙王室的巨大价值。

哥伦布在描绘岛上田园风光的同时，还不断提及背后支持他的帝国军队（Columbus，1969:115—126）。西班牙殖民者在征服了西印度群岛之后，于 15 世纪末 16 世纪初先后占领了古巴和牙买加等国。《柏油孩子》中涉及的多米尼克岛（Dominique）实际上就是位于西印度群岛的马提尼克岛（Martinique），法国殖民者在 1635 年将其占有，之后建立起首府和港口法兰西堡（Fort - de - France）。他们砍伐森林种植甘蔗，在国王路易十三的号令下，对当地的土著居民实行奴役和盘剥。法国军队随后在战争中用武力枪杀或赶走加勒比岛居民，然后既从非洲贩运黑奴，又从印度迁移契约奴隶（indentured servants），实施双管齐下的劳动力拓展政策。为了呼应 1791 年海地奴隶起义，英国与法国在加勒比海交战，前者成功攫取到马提尼克的殖民政权和蔗糖贸易权（Heuman，2006）。

《柏油孩子》的故事情节或隐晦或直接多次提及这段广为人知的重要历史阶段。比如森作为不合法的苦力在各个港口和货船上到处迁徙，其身份便拥有迥然不同的四种可能性：第一种是战败者；第二种是注视骑士岛港口的殖民探索者；第三种是海上旅行的流动工人；第四种是跳船逃离蓄奴制的非洲黑奴（Carruth，2009:605）。二级梅毒导致瞎眼骑士远离光明，他们的故事一针见血地道出了这段时期民不聊生的境况：

　　　　吉迪昂给他讲了一个故事，讲的是一群由奴隶变成瞎子的人，就在他们看到多米尼加岛的时候一下子就瞎了。

他说，这是渔民讲的一个故事。他们的船搁了浅，沉了；船上载着法国人、马匹和奴隶。瞎了眼的奴隶看不见要怎样游到哪里，只有任凭水流和海潮漂浮他们。他们漂着、踩着水，最后和那些游泳的马匹一起上了那座岛。他们中的一些人只是半瞎，事后给法国人救起来，回到了法兰西王后岛，签了契约。剩下那些全瞎的就藏了起来。回来的人有了孩子，等那些孩子长到中年，也就成了瞎子。（莫里森，2005:129—130）

　　人物身份的不确定性和魔幻现实主义手法奠定了某种反讽基调，表明宏大历史叙事的文本性特征，即"哥伦布发现新大陆从而给全人类带来福祉"这一历史书写，纯属主流意识形态的主观阐释。事实上，西方列强在征服和瓜分加勒比海诸国时，资源遭受掠夺，居民饱尝迫害，再加上海盗横行、走私猖獗、疾病蔓延等因素，致使当地人民始终处于水深火热之中。

　　到了晚期资本主义时代，加勒比海地区早已从欧洲殖民霸权演变成美国商业兴趣所在，它的重要特点之一便是金钱主义和拜物主义思潮。鲍德里亚于1970年发表著作《消费社会》，使消费主义的本质深入人心："恰当地说，富裕的人们不再像过去那样受到人的包围，而是受到物的包围……我们生活在物的时代：我是说，我们根据它们的节奏和不断替代的现实而生活着。"（鲍德里亚，2000:1—2）而詹明信这样来定义晚期资本主义的文化内涵："出现了一种新型的社会生活和新的经济秩序——即往往委婉地称谓的现代化、后工业或消费社会、媒体或大众社会，或跨国资本主义。"（詹明信，1997:399）也就是说，在晚期资本主义社会中，物化和异化现象已经成为两股势不可挡的潮流，影响和左右着人们的价值观和道德评判标准。

《柏油孩子》中的异化和物化倾向，主要表现为两个层面：首先是商品超越了本身的实用意义，成为符号性和象征性能指。《柏油孩子》中的吉丁尽管身为黑人女性，但在巴黎等大都市读艺术史、做模特的经历，使她俨然跻身于上层消费者的行列。鲍德里亚这样来阐述他的消费文化理论：市场的价值取决于购物的空间环境，它决定了不同消费者到何处以及怎样购物，以这种方式把自己与他人区分开来（Bourdieu，1984:65—66）。在作家莫里森的空间想象中，吉丁虽然身处巴黎郊区超级市场，但她的消费空间已经不再仅仅局限于具体物理环境，而是与她身后的文化空间紧密结合在一起。

> 她的清单上列出的东西一定应有尽有，而且不必考虑替代品和折中物……如果你刚刚被选作《她》杂志（Elle）的封面女郎，并且有接二连三的豪华子弟和嗓音沙哑的男人给你打电话，或者在你的载有波尔多白葡萄酒、三明治和小乐队的那斯拉夫旅游车门外尖声喊叫，还有，当你收到一个魅力不减的老年男人的信，说你的口试使委员会满意的时候——嘿，这会儿你到超市去买佐料，准备一纸东方人给西方人设想的丰盛又平庸的菜单，以便恶心他们，但这样的举动却被印到《时尚》（Vogue）和《她》的杂志里旨在给人印象：一个二十五岁的女性在决定面对媒体都不必撒谎时会显得如此年轻，使媒体将此信之事告诉公众：一个年届三十的女人的嘴和眼能够有一张十九岁的面孔。（莫里森，2005:38）

在盖斯凯尔夫人的《玛丽·巴顿》中，商店和商品体现出精英主义姿态，工人阶级只能对着那些豪华橱窗望洋兴叹，根本没有能力和勇气跨进百货公司大门，更不用说采取随心所欲的购物行为了。超级市场的诞生和发展，试图证明现代社会商品的大众化和通俗化倾向。货架上陈列着琳琅满目的商品，吉丁的手推车里堆满了来自世界各地的食品，显示出后工业时代物质的丰富性。如果说超市的物品普遍具有价廉物美、面向大众的特点，那么，在小说《柏油孩子》里《她》和《时尚》杂志等的反复提及，就折射出那个庞大的高档消费群体和市场。于是文本便有了一种意味深长的文化暗示，即唯有中上层阶级才乐此不疲地追逐奢侈品牌。这样的现象，即使在以"物质过剩"著称的晚期资本主义时代，也是在向精英主义积极靠拢。如此一来，超市的大众化特征便沦为毫无意义的能指游戏，根本无法表达社会现实的本质所在。

资本主义的物化和异化现象还表现为生产者、商品和消费者之间的断裂状态，商品和消费者以前所未有的傲慢姿态取代了生产者主体性。吉丁虽然是失去双亲的黑人孤儿，但以叔叔和婶婶的终身帮佣为代价，她得到了瓦利连年复一年的资助。无可争议的教育背景和气度不凡的言行举止，让她俨然跻身于巴黎和纽约的上层人士中间，受到众多男人的追逐。她那件价格昂贵的海豹皮大衣，就是普通人不敢问津的奢侈品，而在她看来，这不过是圣诞礼物而已，她也就轻而易举地接受下来。

它们（帝王蝶）紧附在另一间卧室的窗户，想亲眼看看天使的喇叭向它们描述的：九十只小海豹皮天衣无缝地连缀在一起，你根本分不清哪块原来是护着它们逗人喜爱的小心脏的，哪块又是垫着它们脑壳的。它们根本从未见过海豹皮大衣，但几天之前，有一群蝴蝶听到一个叫做吉丁的女人对一个叫做玛格丽特的女人说起那件东西。蝴蝶不相信有那东西，特地来亲眼看个究竟。一点没错，就在那儿，裹在叫做吉丁的女人的胴体上……吉丁脱下海豹皮大衣，抹了抹汗湿的脖颈。她本想在穿衣之前再冲一次澡，但又决定放弃了。天气虽然热，但海豹皮的感觉实在太好，她舍不得脱掉了。她又重新穿上大衣，坐下来给索朗日拨电话。（莫里森，2005:75—77）

吉丁是个不折不扣的消费者，本质上是一只不劳而获的寄生虫。她曾经毫无愧色地告诉别人："他们让我受教育。为我的旅游、我的住宿、我的衣服、我的学校付款。我十二岁时母亲去世，而父亲死时，我才两岁。我是个孤儿，西德尼和昂丁是我仅有的亲人。"（莫里森，2005:102）吉丁生活得衣食无忧，甚至可以称得上一掷千金，但她既没有参与体力劳动，也与脑力劳动无关，而是心安理得地接受他人的馈赠和资助。她奉行白人中产阶级的消费观和价值观，商品对于他们这些人而言，大多失去了实用需求，他们购物只是为了炫耀资产、显示身份。正如德赛对资本主义特征的概括：生产的目的是为了销售，而并非用来直接消费；买卖劳动权；通过金钱媒介进行交易；资本家和代理商决定生产什么和怎样生产；他们掌控着财政决策权，左右着俯首听命于这些决策的大众；他们为劳力、原料和市场等展开残酷竞争（Desai，1983:65—66）。吉丁十分享受消费行为那稍纵即逝的快感，从未体验到其背后的实质性问题，因而在越来越频繁的倦怠感中，又以极快的速度投入到另一波消费浪潮之中。实际上，不断穿梭于西方大都市的吉丁，为浮华的世界观所吞没，已经变得日益浅薄和虚荣。她貌似一名行色匆匆的现代成功女性，在白人主流社会的规范中游刃有余，但她背离了黑人社区的民族传统，看不到"文化孤儿"的自我本质。和吉丁这样视享乐为人生最高目标的纯粹消费者相比，《柏油孩子》中的另一组人物就体现了生产者的品质和命运，他们中的代表是吉迪昂和特蕾丝。由于囊中羞涩，他们无法像吉丁那样和超市货架上林林总总的商品形成认同感，既而轻轻松松地据为己有；至于那些价格不菲的高档物品，他们更是可望而不可即。这两位土生土长的加勒比海勤杂工，因为在圣诞节前夕偷了瓦利连家的几个苹果，就遭到了无情解雇。瓦利连家族靠经营糖果公司大发横财，其原料都是来自加勒比海地区的蔗糖和可可，砍甘蔗和摘可可也是土著居民亲自动手。腰缠万贯的瓦利连雇用当地民工，在盛产蔗糖的热带丛林建起富丽堂皇的别墅，退休后从美国来到这里安享晚年；付给勤杂工的工资只能使他们勉强维持生计。生产者对于商品而言，理应拥有无可辩驳的主动权和主体性，然而匪夷所思的是，即使他们终日辛勤劳作，也没有能力去购买自己参与制造的产品。微薄的薪水、捉襟见肘的人生，这就是欠发达地区劳动者得到的生活回报。他们大都勤劳而淳朴，保持着珍贵的原初人性和民族性，但消费社会中的很多人却对此视而不见。在这样的社会语境中，人们实际上追求的只是金钱和物质的符号空壳，而对于"人之本性"和"伦理道德"等原本应该大力提倡的核心内容，却弃之不顾。晚期资本主义时期的文化逻辑和殖民主义时期如出一辙，都是强国霸权对于第三世界国家从物质到精神的剥夺和异化。强权体制用冠冕堂皇的言论，为他们的各种非法行径保驾护航，然而其意识形态的虚构性和荒谬性终究不攻自破，隐蔽性的权力本质终究要破土而出。对于异化和物化的议题，学者曾艳钰在《"兔子"回家

了?——解读莫里森的〈柏油孩子〉》一文中指出:小说中以
"柏油孩子"的民间故事及伊甸园神话为隐喻模式,又以后现
代小说的手法,使其隐喻含义在看似自行消解的同时又有极为
丰富的含义;莫里森将整部作品置于隐喻的基本骨架之下,又
交织于"创造与毁灭"并存的叙事法,从黑人文化、文化传
播的断裂和持续性中,反映出黑人自我的异化主题(曾艳钰,
1996:79—82)。

二 从奴隶主到后工业资本家

莫里森在文学创作中一直坚持"诗"与"真"的相得益
彰。她认为:"似乎对于我来说,最好的艺术总是政治性的,
你应该毫无争议地使之具有政治性,同时义无反顾地让它优美
动人。"(Morrison,1997)国内学者王家湘也强调:小说应当
是美妙而遒劲有力的,同时也应当发挥社会作用,其中包含启
蒙效应,暗示矛盾焦点所在(王家湘,1988:76—86)。王守仁
和吴新云在审视莫里森的作品时,密切关注波澜壮阔的黑人历
史,肯定了作家莫里森的文化根基和深邃思想,以及她对美国
文学作出的卓越贡献(王守仁、吴新云,2004:25)。而谈及黑
人文化和历史,蓄奴制是无法回避的话题,莫里森融小说文理
和历史书写于一体,蓄奴制的阴影始终在其故事人物命运的演
绎中挥之不去。《最蓝的眼睛》虽然没有直接描摹奴隶的非人
遭遇,但是佩科拉一家在20世纪40年代的境况,就像中了魔
咒一般悲惨而宿命。这道符咒其实就是蓄奴制,它彻底摧毁了
这家人的自信和自尊,完全认同白人奴隶主为黑人奴隶贴上的
"懒惰、愚昧、残忍"标签,这是非裔美国族群面临的最为可
怕的挑战。在蓄奴制废除伊始,《秀拉》中的白人打破之前许
下的承诺,信口雌黄地宣称:位于高山上的才叫作"低地"

（低地肥沃而高地贫瘠，这是当时人所共知的事实），因为上帝高高在上俯视他们。这与蓄奴制时期主人对奴隶的予求予取、奴隶对主人的俯首听命模式，显然毫无二致。《所罗门之歌》中的杰克生长于蓄奴制期间，被剥夺了受教育的机会而成为文盲，奴隶解放后依然对白纸黑字的契约一窍不通，以至于在白人的哄骗下，把辛苦劳作积聚的土地和房产拱手相让，最后落到死无葬身之地的下场。《宠儿》更是一部不折不扣的黑奴叙事，这一体制下奴隶被迫妻离子散、居无定所的痛苦境遇，被刻画得力透纸背。在莫里森的笔下，历史不是凝固静止的过去，而是具有动态鲜活的特质，它不可阻挡地烛照现在、指向未来；它也不是单一的，而是多元性立体化的，对个人和群体的影响既潜移默化又恒久深远。

　　奴隶主和奴隶的关系具有众多鲜明特征。其一，黑奴们受到的身体和精神伤害令人发指。父母们恨不得全家一起死去，因为贩奴船上幸免于难意味着最终走向拍卖台。奴隶家庭被迫分离，日后团聚的可能性几乎为零。这一切所传递的信息相当明确：欢迎来到幸运而自由，却并非那么勇敢的人群中间，欢迎来到蓄奴制统治之下（Campbell，1999）。而一旦置身其中，"看到黑奴男人、妇女和小孩的背上横陈着红肿发炎的伤痕时，看到他们举着一条腿蹒跚而行，看到貌似树桩、实质上是一条褴褛的手臂时，千万不要觉得奇怪。看到他们的眼睛肿胀而紧闭、头颅固定在生锈的钢架上、骨头断裂时，听到某个活人已经死去时，都是相当普遍的事情"（Johnson and Patricia，1998:48）。除了在躯体上任人宰割之外，黑奴的人格和自尊也遭遇无以复加的践踏，莫里森就曾经描写过这样的情节：奴隶主只把奴隶当牲畜看待，肆无忌惮地嘲笑和夸大后者的所谓"动物特性"；奴隶主理所当然地视奴隶的孩子为私有财产，千方百计割裂与其母亲的血缘关系。

其二，奴隶主依靠奴隶的辛勤劳作获取舒适生活。拥有的奴隶越多，标志着奴隶主的财富越多，其身份的显赫与权威的宣扬齐头并进。很多黑奴终其一生服务于奴隶主，如果家庭成员能够在同一庄园长相厮守，那么，即使生活困苦精神委顿也是可以忍受的，甚至可以说是莫大的幸运，最痛苦的莫过于亲人间的天各一方生离死别。奴隶被活生生地拆散和折磨致死，是司空见惯的现象，莫里森就曾在近作《一点慈悲》中，刻画了一双儿女在面对仁慈新雇主的挑选时，奴隶母亲的内心挣扎和痛定思痛，以及被迫分离的女儿多年后仍然无法抹除的创伤情节。奴隶主坐享其成衣食无忧，有成群的黑奴为他们种植和收割庄稼，有专门的黑奴为他们操持家务。当时的国家法律是他们固若金汤的护身符，维护其不劳而获的各种利益。奴隶们做牛做马为主人创造财富，为主人盖起富丽堂皇的庄园，并维持他们在其中的锦衣玉食。然而身处同一屋檐下，奴隶与其主人的境况却大相径庭，衣不蔽体食不果腹是常态，哪里具备任何一点儿自由和独立的空间？

其三，奴隶被剥夺受教育的机会。按照蓄奴制时代的政令，奴隶学习读写是不合法的行为，是明文规定严令禁止的。多数黑奴不能得到书本知识和现代文明的有效启迪，也就无法打开视野摆脱蒙昧，因而错失了自我反抗和自我实现的可能性。有些奴隶意识到接受书本启蒙的重要性，只能采取"偷偷摸摸"的办法，在这一过程中他们和奴隶主斗智斗勇，心理上历经千辛万苦。在有关奴隶学习阅读的最新记载中，柯内列丝（Janet Cornelius）列举了一个名叫卡鲁瑟斯（Belle Ca-ruthers）的女奴经历：这名女奴的职责是给女主人扇风、给婴儿喂奶，婴儿在用字母积木玩耍并学习的时候，女奴才有机会偷偷学习字母。柯内列丝还讲述了另外一个女奴学习读写时不得不采取的"欺骗性"策略：摩西·斯洛特尔（Moses Slaughter）的母亲是管家，她常常对主人的女儿说："艾米莉，快来，妈咪给你占座位。"当小艾米莉阅读时，斯洛特尔的母亲趁机逐字逐句跟着学，直到有一天能够流利地阅读，还能够教她自己的儿女（Cornelius，1983：180）。著名黑人作家道格拉斯（Frederick Douglass）则提供了另一段相似的描述："当我遇见任何我所知道的会写字的男孩，我总是告诉他我能写得和他一样好。得到的反应无一例外是：'我不相信，你写给我看吧。'我于是写出那些在过去侥幸学到的字母，并请他们出示更高明的知识。用这种方法我掌握了写字技能，是其他任何方法都不能同日而语的。"（Douglass，1987：281）奴隶们在做这一切时，纵然内心对识文断字的需求十分迫切，表面上还要装作风平浪静，如果让奴隶主发现他们如饥似渴学习的秘密，那么十有八九会遭受严厉惩罚。为了更轻易地实行统治，庄园主理所当然希望奴隶处于永久愚昧之中，所以对奴隶学习读写的行为，是严加防范的，一旦有所察觉会动辄对奴隶实施身体摧残和精神折磨。只有极少数奴隶能够侥幸获取最基本的读写素质，绝大多数黑人家庭始终被知识和文明拒之门外，目不识丁的情形代代相传。

　　《柏油孩子》中的美国资本家瓦利连，与蓄奴制时期的奴隶主具有惊人的相似性。在资本主义制度的刺激下，一种等级制度悄然兴起，如果人们用阶级体制来观照《柏油孩子》，就会把瓦利连等同于国王、公司巨头、庄园管理者、奴隶主，这个家中的每个人都成为缩影，栩栩如生地存在于几百年来美国社会的等级制度之中。瓦利连和他生活在自我阴影中的妻子类似于贵族奴隶主夫妇，悉尼和昂丁很轻易就归入家务奴隶（house servants）一类，特蕾丝和吉迪昂属于田间劳作的阶层（field hands）。佩奇强调：瓦利连依山而建的豪宅彰显了对自然、黑人和女性的霸权统治，其不良后果揭示了那种体制造成的毁坏力量。"十字树林"真正的物质性存在代表了资本主义基本结构、基础设施，在物质结构之内是构成上层建筑（资本主义复杂性）的个体。瓦利连虽然生活在20世纪70年代，然而他的处世哲学和行事风格，都与奴隶主家庭构造如出一辙（Page，1995:109—129）。首先，他的宅邸酷似美国内战前充满陈规陋习的白人庄园，他本人一直推行吹毛求疵、刚愎自用的家长制。玛格丽特被称为"缅因州第一美人"，高中毕业八个月后就嫁给了人到中年的瓦利连，非凡的美貌令她轻而易举获取了物质的富足，却没人教会她如何做一名妻子和母亲。如同许多渴望实现财富梦的美国"急先锋"一样，瓦利连倾尽全力经营公司，而忽视了年轻的妻子和年幼的孩子。玛格丽特在寂寞和无助中，和家中的女佣昂丁建立了深厚友谊，她们在说说笑笑中一起做家务，日子过得愉快而轻松。但瓦利连却有着根深蒂固的等级观念，视昂丁为毫无智慧和品位的下等黑人奴仆，认为妻子与其交往有失体面，于是强行终止了这种同性间的来往。孤独使得玛格丽特美丽而苍白，仿佛变成了奴隶主庄园中神经质的白人女主人。她的精神渐渐发生了扭曲，竟然以刺伤和烫伤童年迈克尔来发泄心中的愤懑，给迈克尔留下终生难以愈合的心灵创伤。退休后的瓦利连，依然以奴隶主的派头自居，他终日待在花房里与音乐和鲜花为伴，既不与外界多加接触，其他家庭成员也很难得到与他沟通的机会。"瓦利连精心照料着花房，因为当他在里面移植、施肥、通风、栽种、浇水、干燥和剪枝时，那可是个他和他的鬼魂平心静气地交谈的好去处。他在花房中放了一只'白中白'小冰箱，一边呷着葡萄酒，一边阅读种子分类的书籍。其余时间，他浏览目录和小册子，与从东京到纽约州的纽堡的育种站进行电话联系。"（莫里森，2005:10）他在偌大的家中发号施令颐指气使，所有佣人整日围绕着他忙忙碌碌，一切都要以他的喜怒哀乐为出发点。他资助吉丁接受高等教育，其中的交换条件相当苛刻：一来悉尼和昂丁必须终生服务和效忠于他；二来吉丁必须尽力取悦于他。

瓦利连本人酷似奴隶主，而他的黑人奴仆悉尼和昂丁就是蓄奴制时代家务奴隶的翻版，而黑人勤杂工特蕾丝和吉迪昂则类似于田间奴隶。家务奴隶凌驾于田间奴隶又屈从于白人，悉尼和昂丁与他们有着相同的地位和特质。他们把一生都奉献给了瓦利连一家，30年来永不停歇地辛勤劳作，极大损坏了原本健康强壮的身体。在主人面前，他们从来都是言听计从，彰显出忠实奴仆的传统本分。由于对瓦利连轻易辞退黑人勤杂工的行为深感愤怒，他们在圣诞之夜与主人展开争执，瓦利连一直以来给他们"永久保障"的承诺顷刻间岌岌可危。如果被放置到内战前的美国南方，特蕾丝和吉迪昂就是不事张扬又徒劳无益反抗主流体制的田间奴隶。他们不像悉尼和昂丁那样对白人唯命是从，而是自始至终对美国社会抱着敌对和痛恨的态度，提起它总是极尽嬉笑怒骂之能事。由于在未经允许的情况下拿了主人的几个苹果，他们最后连勤杂工的位置都没能保住，遭到了资本家瓦利连毅然决然的解雇。在森的眼中，他们是可怜的弱势群体，身上凝聚着黑人族裔屈辱而隐痛的漫长历史，而瓦利连却对此熟视无睹。

那黑人就是他看到在房前屋后进进出出的人。他盯视着那人的背影。她叫他勤杂工。那便是勤杂工的背影。他了解背影，还研究过，因为后背能揭示一切。不是眼睛，不是手，也不是嘴，而是后背，因为后背就简单地明摆着，没有受到保护，也没法弄虚作假，如同这个勤杂工的后背，伸展得如同熏制厂的吊床，可供流浪工睡在上面过夜。这样一个后背是每处溃疡的痛楚、每根颈神经的夹痛、每颗牙痛、每列错过的返乡火车、空荡的邮筒、关闭的汽车站，自从上帝造人以来的"请勿打扰"和"此座有人"标志牌都可以用来休息的。他瞧着那老人脊柱的角度，就莫名其妙地能够想起老人饱含热泪的眼睛。（莫里森，2005:119）

　　姆巴利亚在仔细分析了《柏油孩子》后，也得出这样的结论：用任何标准来衡量，瓦利连都是富有之人，是美国资本家的典型代表，他通过剥削非洲人民的血汗、盗窃非洲人民的土地，来实现飞黄腾达的欲望（Mbalia，1991:69）。然而事实上，后现代资本家与奴隶主相比，其统治手段更加变本加厉。他们不仅竭力回归奴隶主权威，而且采取了更为隐秘而可怕的文化渗透策略，使白人世界的伦理观和道德观内化为黑人深层意识形态，并将这种奴性固定下来变成自觉行为。《柏油孩子》中的吉丁，是被白人主流价值同化得最为彻底的一员，她从主流体制创办的学校中，习得一整套西方上流社会的价值体系和处世哲学。森曾这样犀利地谴责过她的本质：

　　　　胖也罢，瘦也罢，蓬乱着头发也罢，戴假发也罢，当厨子或者做模特，你照看的都是白人的孩子——这就是你做的事情，在你没有白种男人的孩子可照看时，你就养一个——从黑种男人给你的孩子里找一个。你把小黑人婴儿

变成小白人婴儿；你把你的黑人兄弟变成白人兄弟；你把你的男人变成白种男人。（莫里森，2005:237）

吉丁秉持消费主义和本质主义理念，她在消费时尚中长大，把自我利益看得重于一切，根本不顾及他人的境遇和感受。她的叔叔和婶婶一生都在瓦利连家中帮佣，辛辛苦苦、任劳任怨，才换来瓦利连对吉丁的资助。然而吉丁却毫无知恩图报的想法，反而视之为理所当然：她买来婶婶根本无法穿的鞋子和衣服，对他们年迈体弱的现状不闻不问。她认为自己天生就是优越的，而悉尼和昂丁那样的黑人是生而为奴的。吉丁鄙视和痛恨黑人社区，她认为白人世界是文明而生气勃勃的，黑人世界则是愚昧而死气沉沉的。因此她不仅要让自己远离黑人社区，还要让森也跳出那个令人绝望的地方。"她觉得她在把他从那些夜间女人手中营救出来，那些女人为了一己之私想要他，想让他在摇篮里就有优越感，对他百般迁就；想让她这个女强人在争风中就范，想让她作养育子女的贤妻良母而不要她发挥创造性去建立自己的事业。"（莫里森，2005:236）白人资本家对黑人的思想进行同化，使他们自觉认同压迫者的意识形态，却对自我民族文化之根产生疏离和隔阂。这种文化奴役和清洗策略，体现了主流意识对黑人族群精神领域的占领，姆巴利亚就认为：黑人族裔的最大敌人是资本主义和帝国主义（Mbalia，1991）。

三　生态和伦理的双重救赎

《柏油孩子》中涉及包括朗姆酒、糖果、婴儿奶粉等多种食品，它们的原料均来自欠发达国家，不仅对当地劳动力造成严重盘剥，还破坏了生态平衡引起环境危机。小说中有这样一幅情景：

> "她（特蕾丝）原是个奶妈，"他（吉迪昂）告诉
> 森："靠给白人婴儿喂奶来过日子。后来有了婴儿食品配
> 方，她差点没饿死。只好靠抓鱼为生了。"
> "美赞臣奶粉！"特蕾丝说，用拳头猛砸了一下桌子，
> "怎么喂婴儿那种叫美赞臣奶粉的东西呢。听着就像是谋
> 害和坏名声。可我的奶水照样有，到今天还有。"（莫里
> 森，2005:131）

美赞臣公司创立于 1905 年，迄今为止已经拥有一百多年
的历史，是全球性规模的营养品生产基地，一直自诩为世界营
养权威。特蕾丝抨击它的坏名声，并非空穴来风，多年来该公
司婴儿奶粉不断陷入质量问题和非法促销的丑闻。而在《柏
油孩子》故事发生的 20 世纪 70 年代，还有两家公司在国际奶
制品市场上占据着举足轻重的地位：一个是 SMG 瑞士牛奶集
团；另一个是瑞士雀巢公司。SMG 是瑞士最大的奶粉公司之
一，长期以来引领着欧洲婴幼儿食品市场，它的广告招贴画常
常以瑞士的旖旎风光为背景，再配以一望无际草原上健壮的奶
牛，栩栩如生地展示出鲜奶的巨大吸引力。而雀巢公司在 19
世纪末开始用消毒牛奶产品占领市场，正如法国经典广告所演
示的那样：雀巢公司首当其冲发起运动，提倡消毒奶粉替代母
乳成为婴幼儿的理想食品。这些公司还利用第三世界国家妇女
来宣扬奶粉是婴儿的最佳营养食品，从而强势推行到全世界的
母亲们手中（Hawthorne，1988:97—107）。当各大公司在非洲
宣传牛奶是一种缓解饥饿的食品救济时，有媒体曝光了问题奶
粉的存在，致使国际社会一片愤怒（Schur，2004:276—299）。

雀巢公司除了以奶粉闻名于世之外，还是国际领先的糖果产品制造商，根据《柏油孩子》的文本线索推断，瓦利连在退休前极有可能将糖果产业卖给了雀巢公司。莫里森在作品中如此安排绝非哗众取宠，她实际上是把瓦利连当作个案展示出来，其背后是后工业资本家群体以及他们的运行机制。瓦利连是美赞臣、SMG、雀巢等企业巨头的典型代表，除了不择手段地促销产品和扩大市场，他们还无视生态伦理的重要性，为了经济效益而使第三世界国家的生态系统遭受严重破坏。以瓦利连的糖果公司为例，发达国家对加勒比海地区原料资源开采无度，致使环境和气候每况愈下，恶劣的气候反过来影响农业生产，食品匮乏情况愈演愈烈。"这样的环境很脆弱，极易损毁，农耕引发土壤腐蚀和枯竭，使山体滑坡、土地盐化和沙漠化加速。有趣的是，滥用土地造成的问题及其解决方案并非总是有形的，许多时候需要具体方法和社会经济因素结合在一起，生态问题的科学解决必须考虑到相关人员的历史文化语境，以便规劝他们合理使用土地。"（Gupta，1998:22）

《柏油孩子》中迈克尔和森这两个人物形象，在很大程度上代表了莫里森对生态伦理的严肃态度和理性思考。作为瓦利连唯一的孩子，迈克尔本可以成为庞大家族企业的接班人，顺理成章地继承万贯家财，然而他却不顾父亲的强烈反对，把保护环境资源和维护弱势群体作为终生事业。玛格丽特如此对别人描述迈克尔：

　　　　你知道他一直在干什么吗？最近这一年？他一直在一处印第安人保留地上工作。和那里的年轻人在一起，都是十几岁的孩子。十几岁的印第安孩子有很多自杀的。生活条件太差，你知道。你不会相信的。他在亚利桑那时，我去看望过他。唉，一些部落居民有钱，可他们就是——唉，他们没有真正地自助。大多数人生活条件糟糕透了，而他们是非常骄傲的民族，你知道，非常骄傲。迈克尔鼓励他们保持他们自己原有的传统。（莫里森，2005:172—173）

生态伦理由自然生态（人与物的关系）、社会生态（人与人的关系）、精神生态（人与自身的关系）共同构成。现代人对金钱和资本的过度热衷，忽视了生态伦理的方方面面，自然遭到严重的人为破坏。"套用经济学专有名词来说，经济发展的负面效应绝非是一种外在性，而是物力、人力和自然资源的增值消耗，追求经济而忽视生态，是无视生态的运行规则去驾驭环境，是竭力把人类法则具体化，而把自然法则抽象化。"（Williams and Columnist, 2005）迈克尔游离在资产阶级行列之外，却对少数族裔的生存境遇倾注了满腔恻隐之心，是"穷人环境保护论"（the environmentalism of the poor）的积极拥护者。"显而易见，我们所谓的环境治理总是忽略或贬低发展中国家穷人的经验，而这群人往往与生态危机最为接近。我们时常从发达国家的已有经验中照搬环境问题解决之道，误用与实际情况并不符合的方法论和认识论，这样做很危险。"（Redclift, 1987:133）迈克尔热爱犹太人聚居区和印第安人保留地，长途跋涉到讲西班牙语人的聚居区和季节工农场，自觉选择与大自然和平民为伍。他梦想成为环境保护律师，其终极使命是修复生态伦理机制。迈克尔是白人社会的富家子弟，他在保护环境的同时，也在维护生命的原初性和完整性。他远离都市和奢华生活，去到乡村边远地区为印第安人的福祉辛苦奔走，对父亲瓦利连所代表的资产阶级生活方式，给予了辛辣讽刺和有力颠覆。即使在圣诞节，他也不愿与父母团聚，宁愿保持距离，一方面是幼年时的心理创伤所致；另一方面他是在尽力维持自身的独立性。他不愿意像父亲那样唯利是图，成为金钱的奴隶；也不愿意有朝一日坐拥财富帝国，却无法给家人和他人带来真正的幸福。莫里森揭示的是资本主义体制下虚妄而伪善的意识形态，那些金碧辉煌的表面现象，掩盖不了社会大厦和家庭结构的千疮百孔。她将迈克尔塑造成同情弱势群体的有志之士，其实是从文化上解构资本主义等级制度和权力关系，体现她一贯坚持的和谐平等、共生共荣思想。

除了迈克尔，森也是一个与生态伦理有着密切关系的人物。森在小说中一直以"自然之子"的面目出现，他皮肤黝黑、体格健壮，仿佛刚从原始森林闯入文明社会。

> 他崇尚自然，身上有种自然之气，比如"空间、山峦、热带大草原——所有这些都在他的前额和眼睛里"；他的笑"像一阵沙沙作响骤起的风"；他的声音听起来"像树林"；而且他的名字"森·格林"亦强调了他与自然相亲的本性。他熟知动物、植物的脾性。他曾指导瓦莱里安（瓦利连）在花房门口装一面镜子以防备蚂蚁进来，因为蚂蚁"不靠近镜子"；他还让瓦莱里安摇动垂死的花枝，说偶尔摇动摇动，花才会开。森宣称："我对植物可熟悉了。"事实证明他的话并非自吹自擂，第二天花就开了，瓦莱里安惊喜之下称森有"黑色魔法"。用悉尼的话来说，森有本事"使那垂死的东西生长"。（王守仁、吴新云，1999:109）

森对浸润着白人价值观的社会教育体制深感不满，却对贫苦黑人充满友爱之心。吉丁就是一部反面教材，她对白人世界来者不拒、对黑人群体疏离隔膜，都是接受主流教化后泯灭天性的结果。为了让森获得社会认可，吉丁积极筹划森的入学事宜，准备推动其进入哈佛大学深造。然而森对这一切都兴味索然，他宁愿回到贫穷落后的南方黑人社区，也不肯落入现代文明的"圈套"。"这就是他们那个世界的唯一课程：如何制造废物、如何研究废物、如何设计废物、如何治疗因废物而生病的人，以便他们更能忍受，如何动员废物，使废物合法，如何轻蔑那种住帐篷、在远离吃饭的野地里拉屎的文化。"（莫里森，2005：177）在这里，作家莫里森再次触及资本主义工业体系的异化和同化主题，森这样一个传统文化的代言人，尽管言行举止有偏激之处，但总体上对主流社会无处不在的破坏生态和文化渗透现象做了有力回击。

马克思和恩格斯在《德意志意识形态》（*The German Ide-ology*）中强调：经济学提供了社会的基础设施，从那个基座上崛起的是由法律、政治、哲学、宗教和艺术等组成的上层建筑（Marx and Engels, 1970：88）。在特定文化语境中解读文本，是马克思主义文学批评理论的基本策略。将《柏油孩子》置于资本主义历史框架中加以审视，可以发现从殖民主义时代到晚期资本主义时代、从蓄奴制社会到后现代社会，发达国家对发展中国家、主流意识形态对边缘化弱势群体的统治和盘剥从未停止过。从土地掠夺到文化占领，从奴役身体到同化思想，欠发达地区在发达国家的强势入侵下，经济结构、民族自信和环境伦理等遭受严重危机。莫里森通过小说《柏油孩子》，挖掘了殖民主义和资本主义等历史背景，又通过人物群像展现其中的虚幻和欺骗实质。当主流意识形态和权力关系展露无遗之时，历史的主观性和建构性对于边缘化弱势群体来说，无疑具有警醒的功效。长期遭受"被客体化"命运的黑人群体，在书写和建设自我历史的过程中，赢得文化意义上的话语权。从这个层面上讲，《柏油孩子》成为莫里森又一部遒劲有力的政治宣言。

第三章　历史书写中的意识形态批判

在后现代理论框架下，一切社会实践都凭借意识形态，也存在于意识形态当中。传统的现实主义实践标准是"事物如何成为这样"，到了海登·怀特和琳达·哈钦等后现代主义者的视野中，无论是历史、哲学还是小说，其实践标准都转变成"事物应该怎样"。也就是说，现有的权力关系和权力结构掌控着社会意识形态，即使是弱势群体也能通过话语实践，从文化上消解强势一方的霸权统治，成为拥有话语权的言说主体。就艺术而言，自由人文主义认为它是普遍而永恒的，形式主义则强调它是完全自治的，两者都将艺术和历史、政治等社会因素割裂开来。然而在后现代艺术中，意识形态和审美密不可分，"我们在社会整体中如何扮演自身的角色，以及我们如何通过艺术来再现这一过程，这些既要受到意识形态的构建，反过来也构建着意识形态"。（哈钦，2009：241）小说这一体裁已经变为政治角斗场，呈现着意识形态之间的角力和搏斗；而历史书写元小说更是文本的形式革新和意识形态（政治性）的有机融合，"它们不是力图通过小说这个载体来说服其读者相信某种特定的阐释世界的方式正确无误。相反，它们是让读者质疑其自身（以及他人）的阐释"。（哈钦，2009：244）因此，从后现代文化角度来讲，意识形态始终处于解构和建构的过程之中，使得一切皆有可能。

《宠儿》中的本质主义、《爵士乐》中的消费主义、《天堂》中的美国例外论，都对美国黑人的文化归属和身份主体形成巨大冲击力，本章对这几种有违人性的主流意识形态展开批判，以此，进一步透视莫里森建立黑人族裔话语权的政治意图。

第一节　《宠儿》的后现代黑奴叙事

《宠儿》是莫里森最负盛名的作品，出版一周后即列入《纽约时报》书评畅销书排行榜第三名，并获全国图书评论奖提名。笔者认为，非裔美国文学史上的黑奴叙事源远流长，对内战以后的黑人文学产生重大影响。深受前辈作家熏陶的莫里森，在鸿篇巨制《宠儿》中，继承了黑奴叙事书写历史的传统，同时又融入后现代语境之中。作品对蓄奴制意识形态中的本质主义提出质疑，批判了"黑人动物性"的种族主义观点，从而解构了白人至上的历史书写模式。语言对黑人历史的建构至关重要：莫里森通过置换自我与他者的语言逻辑，实现主奴角色的转换；通过对"文化文本"的诠释，呈现"写在羊皮纸上的历史"；通过多重叙述视角，聚合历史的真正意义。

一　解读美国黑奴叙事

美国黑人的经历错综复杂，非洲生活、中间通道、蓄奴制、奴隶解放、从南方农村向北方城市大迁移、种族融合，以及 20 世纪 60 年代的黑人民权运动等，都深刻反映了社会的动荡和历史的变迁。蓄奴制时期，白人的自我经历第一人称书写叫做"自传"（autobiography），而黑奴关于自身故事的写作则叫做"叙事"（narrative）。时至今日，"黑奴叙事"（slave narrative）已经成为学术界的专业术语，特指南北战争之前的美国黑人自传。种族主义的盛行，使得黑人群体一直被社会主流拒之门外；黑人的双重意识，使他们的生存现实和由此演变而来的文学传统，与白人主流社会大相径庭。黑奴叙事被认为是美国黑人文学的源头，在形式上沿袭非洲口头传统，大量运用宗教、演讲、音乐、召唤—应答模式等，具有浓郁的民族文化特色。在主题上，黑奴叙事对黑人全盘客体化现状进行抵制与反抗，从种族、阶级、性别等多维度层面上，展现了黑奴主体意识的觉醒和对自由的追寻。

黑奴叙事的主人公多为黑白混血儿，在白人奴隶主的残酷压迫下，奋力抗争以便获得人的基本尊严。布朗（Williams Wells Brown）是第一位非裔美国小说家，他的《克洛特尔》又称《总统的女儿，美国奴隶生活的叙述》（*Clotel; or The President's Daughter, a Narrative of Slave Life in the United States*），于 1853 年出版于英国伦敦。克洛特尔被描述为美国前总统杰弗逊（Thomas Jefferson）与黑人女奴的私生女，文中多处引用圣经、杰弗逊的《独立宣言》和反蓄奴制演讲，形成强烈的反讽和戏剧化张力。威尔森（Harriet Wilson）是第一位在美国本土发表小说的作家，她根据自己作为一名契约仆役（indentured servant）的真实生活，写成了具有励志意义的自传体小说《我们的黑人》（又名《自由黑人生活素描》，*Our Nig; or, Sketches from the Life of a Free Black*, 1859）。同样是混血儿的弗蕾多，勇敢地直面种族和性别歧视，在针线活儿和书本知识中实现创造力和自主性。德拉尼（Martin Delany）的《布莱克》（或者《美国小屋：密西西比山谷、美国南方和古巴的故事》，*The Huts of America: A Tale of the Mississippi Valley, the Southern United States and Cuba*, 1859），堪称 19 世纪最激进的黑人小说，它一改黑奴叙事中混血儿充当主人公的传统程式，描摹了纯种黑人布莱克领导黑奴发动起义反抗蓄奴制的动人壮举。这部小说，对 20 世纪 60 年代和 70 年代表现波澜壮阔的黑人民权运动的文学主题，起到了铺垫作用。

黑奴叙事对内战后黑人文学的繁荣，尤其是"哈莱姆文艺复兴"，无疑产生了积极而深远的影响力。此后的几十年，重要的黑人作家如雨后春笋般层出不穷，他们的作品在语言上更加娴熟自如、在形式上更加精益求精、在主题上日益丰富和深邃。如果说悲惨的混血儿形象、《圣经》的引用、对种族歧视和阶级压迫的反抗，是早期黑奴叙事的主要表现内容，那么在其推波助澜下发展起来的 19 世纪末 20 世纪初的黑人文学，又呈现出许多独特而新颖的现代元素。首先，有些作家开始着眼于真实的历史事件，融个人经历和宏大历史于一体，彰显作品的现实厚重感。比如，被誉为第一位重量级非裔美国作家的切斯纳特（Charles Waddell Chesnutt），在他的第二部小说《传统的精髓》（*The Marrow of Tradition*，1901）中，就以北卡罗莱纳州东南部港口城市威尔明顿（Wilmington）1898 年选举期间的私刑为背景材料，描述了两个家庭之间旷日持久的悲欢离合，折射出具有划时代意义的主题：认同、宽容和爱才是南方新生活的和谐之道。其次，很多作品放眼于精神创伤和身份认同的问题，表明只有接近传统民族文化，黑人才能获得心灵解放和主体意识。《他们眼望上苍》（*Their Eyes Were Watching God*，1937）是赫斯顿（Zora Neale Hurston）的代表作，故事发生于 20 世纪 20 年代，人们称它为"哈莱姆文艺复兴时期被人遗忘的经典"。混血儿主人公经历了种种艰难曲折之后，终于幡然醒悟：物质的富有并不能带来真正的快乐，民族文化之根和自我真谛，是精神救赎的灵丹妙药。最后，许多人对

"美国梦"的神话产生质疑，因为当他们从南方农村迁移到北方大都市之后，不仅没能得到想象中的幸福生活，还跌进了万劫不复的噩梦和深渊。这种思想在赖特（Richard Wright）的《土生子》（Native Son，1940）中体现得淋漓尽致，作品运用自然主义写作手法，刻画了梦幻破灭的年轻人，在走投无路的情况下人格产生裂变，以至于犯下了谋杀罪。

黑人文学是在内战前的黑奴叙事基础上茁壮成长起来的，带有根深蒂固的民族文化烙印和鲜明的时代特色，对莫里森等现代黑人作家潜移默化的影响是显而易见的。正如毛信德所言："这就是托妮·莫里森产生创作激情的摇篮，她是在前辈黑人作家的思想、作品培育下走进文学殿堂的，假如我们一步步地进入她的生活历程和内心世界，就会明白：什么是托妮·莫里森追求的人生最大目标，什么是她献身于文学创作的伟大动力。"（毛信德，2006:10）

莫里森的诸多作品，与内战前的黑奴叙事和战后的黑人文学，形成互文和呼应的关系。布朗作品中的女黑奴克洛特尔，遭受万般屈辱之后，宁可选择自杀也不愿回归蓄奴制；莫里森《宠儿》中的塞丝，宁愿杀死亲生骨肉，也不肯让他们落到奴隶主的手中。切斯纳特等作家在文本中安置真实的历史事件，呼吁黑人群体用宽容和认同代替仇恨和争斗，实现本民族的欣欣向荣；莫里森的《天堂》通过极端的故事情节，把这一主题演绎得更加入木三分。赫斯顿的《他们眼望上苍》，深入挖掘黑人民族之根和自我价值，这一点与莫里森《所罗门之歌》中的奶娃形象如出一辙。赖特《土生子》的主人公托马斯，战后随着移民大潮来到北方城市，雄心勃勃地准备大展拳脚，却遭到命运的嘲弄以悲剧而告终；莫里森《爵士乐》中的乔，来到北方后同样无所适从，婚外恋和谋杀案使他陷入精神危机无法自拔。布鲁姆等后现代理论学家阐明，"互文性"概念是解读文本的重中之重，以诗歌为例："一首诗歌是对先前诗歌的深度误读。我们发现，在先前诗歌的表面，后辈诗歌虽然变成不在场，而不是在场，但是却仍然存在于前辈诗歌里，隐藏在那里，虽然没有显现出来，却实实在在地在那里。"（Bloom，1976:66—67）这里的"误读"是指独辟蹊径，尽量避开先前的作者意图和文本阐释，绝不亦步亦趋。国内有些学者也看到了《宠儿》和黑人历史之间的互文关系，认为把《宠儿》放到巴赫金的"对话理论"中解读，人们会发现该小说其实蕴含了两种文本，即隐含文本和表面文本；前者以魔幻小说的表现方式，建构了《宠儿》与白人和黑人之间的对话关系；后者建立了该小说与美国历史和文化之间的互动机制（严启刚、杨海燕，2004:16—20）。

《宠儿》就是这样"一部不守常规的黑奴叙事"（Fuston-White，2002:461—473）。它继承了早年黑奴叙事的一系列特点，比如非洲口头传统、黑人音乐、反抗奴隶体制从而实现生存主体性等。同时，它又具有现代和后现代文学的实验和创新特色，像意识流、多视角叙述策略、魔幻现实主义手法等。1856年1月29日，辛辛那提《资讯日报》（*The Cincinnati Daily Enquirer*）以《骇人听闻的故事》（*A Tale of Horror*）为标题，报道了玛格丽特·加纳（Margaret Garner）的杀婴事件，部分描述如下："但是一桩谋杀案已经犯下了，喉咙被齐耳切开，头几乎与身体分离，浸泡在血泊之中。地上躺着一个孩子，是这对年轻夫妇三岁的女儿。在后屋，另外两个男孩蹲在床底下，分别是两岁和五岁，在不停地呻吟，一个喉咙被割了两道深长的口子，另一个头上被切了一刀。当人们进入房间的时候，那位母亲正挥舞着一把沉重的铁锹，被制服之前，她向躺在地上的婴儿脸上死命地砸了下去。"（1856）《宠儿》的出现，离不开莫里森 1974 年在兰登书屋任高级编辑时的经历。黑人民族从 1619 年被迫离开非洲大陆，漂洋过海来到美国南方成为奴隶，遭受了惨绝人寰的种族压迫，其间涌现出众多气壮山河的感人场景，《黑人之书》（*The Black Book*）就是一套记录这些可歌可泣故事的大型史料总汇。身为编辑的莫里森，为加纳杀婴时那句"我不能让孩子们再像我这样生活"所深深震撼，用她的妙笔生花铺陈了《宠儿》荡气回肠的情节主线：18 年后，当年被杀死的婴儿以妙龄少女宠儿（Beloved）的形象重返人间，来到母亲塞丝所在的蓝石路 124 号，以永不餍足的姿态索取母爱；塞丝多年来饱受思念女儿之苦，宠儿的到来令她激动不已，而排山倒海的往事又让她痛苦万分欲罢不能。《宠儿》出版于 1987 年，一问世就呈现出洛阳纸贵万人空巷的热门趋势，1988 年获得美国文学普利策奖，为莫里森成为世界经典文学大师奠定了坚实的基础。而宠儿这一人物的塑造，无疑成为了莫里森魔幻现实主义手法的神来之笔。

　　全世界的各种文化中，命名是一种为政治所掌控的行为。在犹太教和基督教共同教义的认识论中，逻各斯（logos）意味着权力，既是社会政治权（亚当对动物的命名象征了对它们的统治权），也是创造权（"上帝说让那里有光，于是就有了光"，"天地开初有道，道就是上帝"）。海耶斯指出，在命名这样一个创造性行为中，命名者把被命名者（不管是人、空间还是物体）界定和标示为与众不同、独一无二、对宇宙中独立空间的占有者。命名也是索取统治权：命名孩子、奴隶、家禽家畜或房产，是被命名者所有权的一种非字面的、象征性的宣告，也是命名者和被命名者之间关系和感情的显示（Hayes，2004:676）。西非氏族文化中，命名被看作相当严肃而神圣的行为，因为它能使一个人存在，使命名前仅仅被当作奴隶或者非动物的"活体"变成实实在在的人。人们相信，在命名仪式中未被命名的婴儿实际上还没能以一个人的身份存在，只是属于"活体"的范畴（Handley，1995:677）。

在蓄奴制时代，黑奴的孩子并不真正为父母所拥有，而是受到奴隶主的支配，是奴隶主的法定财产。许多黑人终生为奴，一辈子没有正式名字，即使有也是奴隶主们随意为之脱口而出的产物，仅仅为了叫起来和用起来方便，缺乏深思熟虑的特别意义。命名系统的缺失，彰显出蓄奴制时代黑人群体自我存在的无足轻重和微不足道，以及他们在身份和归属问题上的混乱不堪和无所适从。宠儿被母亲锯断喉咙前只有一岁左右，并没有具体的名字，亲人们只是以"已经会爬的女孩"（crawling already girl）来指称她。一方面，血浓于水使塞丝给予儿女万般宠爱，嗷嗷待哺的宠儿对母亲无比依恋；另一方面，这样的爱又令人惊恐万分，生怕被"学校教师"（schoolteacher）活活拆散，演绎母子分离天各一方的噩梦。易立君认为，《宠儿》表现了黑人奴隶伦理缺失的惨状及其家庭伦理诉求。身为奴隶，他们被剥夺最基本的为人父母和子女的伦理身份，不能组建具有正常伦理属性的家庭。女性黑奴必须不断地生育，却被剥夺照顾、保护子女的权利；男性被不断转卖或随意杀戮，在家庭伦理角色中一直缺失。但是人的天性让他们不懈地维护人伦关系，小说中塞丝的杀婴行为，揭示了非裔美国人民在蓄奴制时期艰辛而漫长的伦理诉求与建构之路（易立君，2010:131—137）。宠儿下葬时，塞丝身无分文，通过出售身体获得一块墓碑和一句碑文"宠儿"，这几个表达悲痛欲绝母爱的字符，成为宠儿还魂人间后称呼自己的符号。无名的宠儿在水深火热的另一个世界里备受煎熬："无时无刻我不在蜷缩着

和观看着其他同样蜷缩着的人　我总在蜷缩　我脸上的那个男
人死了　他的脸不是我的　他的嘴气味芳香可他的眼睛紧锁
有些人吃肮脏的自己　我不吃……好烫　死人的小山包　好烫
没有皮的男人们用竿子把他们捅穿。"（Morrison，2000:214）
根深蒂固的身份危机，使得宠儿无论是生前还是死后，无论在
婴儿期还是成人期，都呈现出一种破碎化的形态。

　　在许多美国文学文本中，房子作为统一的象征结构屹立于
舞台的中心，代表和定义了中心人物彼此之间的关系。时时意
识到建构一个空间的必要性，也许就是美国黑人女性作家小说
通常对建筑空间、地理空间、心理空间和公共空间的描述乐此
不疲的原因之一，很久以来，房子被认为代表了居住其间的人
们，是他们建构的家庭空间。"房子（除了身体之外一个人最
私密的空间）与身份建构息息相关"这一论断，在心理学发
展初期就被心理学家们认可，在那之前几百年间就被作家们所
描摹。身份建构需要个体创造一个空间为自我所占据，或者定
义一个隐喻空间进行言说（Hayes，2004:671）。有学者用列斐
伏尔的一元论空间理论框架，分析了《宠儿》中的一系列
"空间实践"，如重命名、124号改造、林中空地传教等，指出
这些"空间实践"质疑了种族主义话语，挑战种族"空间表
征"，体现了黑人的去殖民化政治诉求。同时，由于强弱力量
悬殊以及黑人社区本身的缺陷，《宠儿》中的去殖民化"空间
实践"其实难以真正实现（赵莉华、石坚，2008:106—110）。
莫里森解构了空间概念的传统意义，使空间意象成为精神危机
的物质载体，显示了命名系统缺失之后个体身份的游移和破
碎。宠儿来到母亲居住的124号，先是以鬼魂肆虐的方式使家
人寝食难安：镜子一照就碎，蛋糕上显现两个触目惊心的小手
印，一锅鹰嘴豆堆在地板上冒着热气，苏打饼干被捻成碎末沿

门槛撒成一道线，活蹦乱跳的小狗莫名其妙地自己往墙上撞……原本风平浪静的房子成为了凶宅，不但邻居们退避三舍，而且连塞丝的两个儿子也因为忍受不了精神折磨而出走他乡一去不回。多年之后的狂欢节，宠儿又以年轻女子的形象现身于 124 号，塞丝欣喜若狂对她有求必应，而宠儿一腔怨恨，开始实施报复。她赶走与塞丝休戚与共的保罗·D.，在"林间空地"企图夺取塞丝的生命，在生活上对塞丝予取予求："她什么都拿最好的——先拿。最好的椅子、最大块的食物、最漂亮的盘子、最鲜艳的发带。"（Morrison，2000:241）124号代表了塞丝杀死的孩子宠儿，命名的房子是那些生前住在里头死后仍然逗留不走的无名妇女精神的物质外壳，里面充斥着恶毒的诅咒和刻骨的仇恨。124 号危机四伏、濒临崩溃的边缘。

二 本质主义批判：历史的重构

植根于西方启蒙思想的本质主义，认为本质先于存在，科学和哲学的任务就是发现事物的本质。如果说存在主义的"存在先于本质"理念，竭力推翻先天命运决定论，为众多边缘化的弱势群体和个人，开创了一片自我选择和奋斗的光明前景，那么，本质主义则执着于出生和身份的不可更改性，成为内战前几十年间白人至上主义者"蓄奴制合法性"的狡辩理论工具。德雷顿在 1836 年写道："个人观察不得不使每个正义的人相信：黑人生来是好逸恶劳和骄奢淫逸的，极易堕落；他们的头脑是迟钝、麻木和碌碌无为的，使所有国家各个年龄层的非洲人成为奴隶的命运，是他们性情低劣的自然结果。"（Drayton，1936:232）为了强化这一意识形态，主流社会在电视、电影中，竭力塑造出两类具有漫画色彩的黑人女性：一个是"黑妈妈"（Mammy），另一个是"耶洗别"（Jezebel）。黑妈妈是愚忠的黑人女仆形象，以肥胖、唠叨、头脑简单的模样出现，成为气质妩媚、崭露头角的白人年轻女演员的滑稽陪衬。她们恪尽职守、忠心耿耿，无论在经济上还是心理上都无比依赖主人，是父权制社会竭力推崇的黑奴标本。在《圣经·列王纪》中，耶洗别是以色列王之妻，以邪恶淫荡著名，白人主流媒体用这一名称，来指代道德败坏、具有机会主义特质的黑人女仆，她们往往通过和主人的性交易获取舒适的生活。主人的和颜悦色、美味佳肴、轻松的工作，甚至潜在的自由，都是情妇角色可能获得的优待，令许多女奴根本无法抵制其造成的巨大诱惑。在美国南方文化中，耶洗别作为一些不道德黑人女奴的固定形象而被保留下来。霍克斯就曾经回忆：在他的孩提时代，媒体常常会深化这些寡廉鲜耻的刻板形象（Hooks，1992:117）。

黑人低级、未开化的漫画形象，蕴藏着含义丰富的潜台词：白人是文明进化的，颇具人性；黑人是愚昧无知的，颇具动物性。然而，"到了1874年，白人依然无法无天，整城整城地清除黑人；仅在肯塔基，一年里就有八十七人被私刑处死；四所黑人学校被焚毁；成人像孩子一样挨打；孩子像成人一样挨打；黑人妇女被轮奸；财物被掠走，脖子被折断"（莫里森，2006:227）。蓄奴制被明令禁止后，社会还如此暗无天日，更何况在内战前盛行的时候呢？正是惨无人道的种族主义体制，使塞丝痛定思痛，用惊世骇俗的杀婴行为，来阻挡奴隶主的进一步为所欲为，从而保全奴隶孩子的人性和尊严。在《宠儿》这部小说中，莫里森借废奴主义者斯坦普·沛德（Stamp Paid）之口，道出了蓄奴制的实质和历史的真相：

　　白人们认为，不管有没有教养，每一张黑皮肤下都是热带丛林。不能行船的急流，荡来荡去的尖叫的狒狒，沉睡的蛇，觊觎着他们甜蜜的白人血液的红牙床。从某种意义上讲，他想，他们说对了。黑人越是花力气说服他们，自己有多么温柔，多么聪明、仁爱，多么有人性，越是耗尽自己向白人证明黑人的某种不容置疑的信念，他们体内的丛林就越是深密、纷乱。但它不是黑人们从另一个（可以忍受的）地方带到这个地方的丛林。它是白人在他们体内栽下的丛林。它生长着。它蔓延着。在生命之中、之间和之后，它蔓延着，直到它最终侵犯了栽下它的白人。触及他们每一个人。更换和改变了他们。让他们变得残忍、愚蠢，让他们甚至比他们愿意变成的样子更坏，让他们对自己创造的丛林惊恐万状。尖叫的狒狒生活在他们自己的白皮肤下；红牙床是他们自己的。（莫里森，2006：252—253）

　　学术领域和通俗文化中黑人性的本质主义表述，窒息了美国黑人探求主体性和能动性的热望。德波拉·怀特认为，为了获得独具特色的非裔美国批评理论，在主流社会的层层束缚之外赋予自我意义，人们必须消除霸权、瓦解中心，从而打破边缘化的格局（White，1999:32）。

在解构了白人对黑人的本质主义历史定义之后，莫里森是运用何种策略来建构黑人民族波澜壮阔的历史呢？在蓄奴制时代，奴隶主拥有至高无上的话语权，他们操控着语言所有权，是语言的定义者和阐释者。作为他者存在的黑奴，是既无权力又无权威的边缘化弱势群体，语言和逻辑都不属于他们所有。

莫里森发现，美国奴隶博物馆用奴隶制作的手工艺品来展现蓄奴制，而并非用手铐脚镣等奴役设施（Broad，1994：94）。这使她颇为感慨，宣称自己之所以写小说，是没有适当的文献存在，来纪念那些曾在美国蓄奴制下遭受苦难的黑人，对于那段可能会被遗忘的历史来说，《宠儿》充当了一座纪念碑。作家赋予小说中有名字的人物以言说的能力，使他们得以走出失语的尴尬局面，从而完成黑人历史的自我建构。在新历史主义视角下重新解读《宠儿》，人们通过反思《宠儿》产生的文化语境及其文本再现，可以洞察到莫里森的创作动机十分明显：反思美国蓄奴制的历史，改写被主流历史观所忽视与边缘化的黑人历史，还原他们的生存状态；同时莫里森拒绝人为地划分"虚构"与"历史"，而是关注"谁在述说过去的故事，以及这些故事如何决定当代人理解蓄奴制的方式"（王玉括，2007：140—145）。

莫里森首先通过置换自我与他者的语言逻辑，实现主奴角色的转换。"甜蜜之家"（Sweet Home）的奴隶主"学校教师"，断定黑奴西克索偷了庄园里的小猪，他们之间有一段令人忍俊不禁的对话：

> "你是说那不叫偷？"
>
> "对，先生。那不是偷。"
>
> "那么，是什么呢？"
>
> "增进您的财产，先生。"
>
> "什么？"
>
> "西克索种黑麦来提高生活水平。西克索拿东西喂土地，给您收更多的庄稼。西克索拿东西喂西克索，给您干更多的活儿。"（莫里森，2006：17）

巴赫金解释，对话各方能互相感知、互相反映……每一方话语都充满了他人的回声和混响，通过言语交际场的公有性与其相连（Bakhtin，1986：91）。通过模仿奴隶主的话语形态，西克索获得了语言的定义权，使原本属于奴隶主的逻辑为黑奴所拥有。他用主人的话语逻辑给主奴关系重新定位，用言说的形式，使处于中心位置的主体和处于边缘位置的客体，相互移动和替换，具备了用语言逻辑重新定义自我的胆量和能力。西克索至少在心理上争取到了主体性，依照安德鲁斯的观点，黑人奴隶能够做到这一点，说明他的自我意识在觉醒（Andrews，1986：274）。

莫里森还通过对"文化文本"的诠释，呈现"写在羊皮纸上的历史"。莫里森的小说《最蓝的眼睛》、《所罗门之歌》、《柏油孩子》中，都描绘了"树"的意象，而《宠儿》中塞丝背上的"树"，常常成为莫里森研究者们关注的焦点之一。其实，那只是一个硕大无比的疤痕，在奴隶主的鞭笞下曾经血肉模糊，貌似正在开花的"樱桃树"。波涅特指出：这棵"树"象征了塞丝对被奴役经历中那些不堪回首的往事和情感的压制，此外它也象征着家谱；"树"长在塞丝的背上，与前胸正好相对，反映了塞丝的为母之道（因为爱，所以杀死孩子也不让其遭到奴隶主的蹂躏），与树的原则（因为爱，所以枝繁叶茂）背道而驰（Bonnet，1997：46—48）；科瑞把塞丝背上的"树"解读为怪诞性意象（Corey，2000：34）；斯比勒斯坚持"树"是被压迫躯体上负载的能诠释文化价值的"文化文本"（Spillers，1987：67）；米切尔把塞丝的疤痕理解为耶稣的十字架（Mitchell，1991：174—176）。笔者认同塞丝身上的疤痕是"文化文本"，是一种"写在羊皮纸上的历史"，"树"和疤痕只是表象，黑人民族苦不堪言的漫长历史才是真相。如果说塞丝是莫里森苦心孤诣营造的民族代言人，那么"文本"中充斥的，是塞丝用无声语言编织的诉求。它的每一次展示（无论是向贝比·萨格斯、保罗·D.，还是向爱弥），都像在呐喊，给人留下无比震撼、永不磨灭的印象。

除此之外，莫里森通过多重叙述视角，聚合历史的真正意义。作为统领全篇的主要情节，惊心动魄的杀婴事件，前后由四个不同的人物进行陈述。其中，塞丝是当事人，其他三位是目击证人，他们分别是贝比·萨格斯、斯坦普·沛德和白人抓捕者。在白人的眼中，塞丝的行为疯狂而不可理喻，黑人拥有黑熊般的动物性，如果没有白人的监督和指导，很容易走上自相残杀的穷途末路；塞丝坚持自己的行为是正当的，当白人像饿狼扑食一样赶来时，她只有牺牲孩子的生命作为保护手段，此外别无选择；贝比·萨格斯理解塞丝的心路历程，却又因为过度悲伤而深感绝望；斯坦普·沛德误解和谴责过塞丝，但后来明白了事情的实质，终于得出结论：对杀婴行为应该负责的，不是手无寸铁的女黑奴塞丝，而是罪孽深重的美国种族主义社会体制。爱丽丝·沃克在《寻找我们母亲的花园》中，这样来阐述真相的问题："任何主体的真相，只有在故事的方方面面被聚合到一起，所有不同的意义形成一个新意义时，才能被呈现出来。"（Walker, 1983:49）人们在使用语言时，不可避免地带有各自的文化印记、经验意识和言说意图，语言的主观性在所难免。因此，单一的故事讲述是不存在的，文本唯有在多元化的视野中，才能让读者作出正确的道德评判，才能建构真正的历史意义。

较之于美国内战前的黑奴叙事，以及"哈莱姆文艺复兴"以来的黑人文学，《宠儿》中的黑奴叙事更加引人入胜。它鞭辟入里地批判了本质主义理论，指出白人至上主义者关于

"黑人天生低劣"和"黑人等同动物"的言论是荒诞不经的，从而义无反顾地对其实行解构。在主流社会虚构的历史中，黑人始终处于沉默和失语状态，莫里森通过赋予小说人物以言说的权力，使黑人族群走出他者注视造成的困惑和迷失，重新书写历史，建立自我主体性。从这个意义上讲，莫里森的黑奴叙事和历史书写，具有独树一帜的后现代魅力。

第二节 消费主义意识形态中的《爵士乐》解读

《宠儿》为作家赢得了巨大的声誉，成为评论界炙手可热的研究素材；而《爵士乐》就少了一份趋之若鹜的态势，研究成果也避免了铺天盖地的情形。笔者试图从消费主义意识形态及其理论模式来解读《爵士乐》，探讨在消费主义占主导地位的社会里，人性和情感不可避免地遭到异化和物化，致使乔和维奥莱特这对曾经患难与共的夫妻，在发财致富的道路上日渐疏远和隔膜；只有爱和宽容，才能抵抗消费主义的强大威力，获取久违的自我主体性，回归梦寐以求的幸福生活。

一 消费主义："进步"的时代浪潮

19世纪末20世纪初，消费主义思潮首先在美国兴起。铁路和电等现代科学技术的突飞猛进，为生产主义向消费主义发展奠定了坚实的基础；经营权和所有权分离的现代企业管理模式、福特主义流水线的高效率生产方式，使大众具有了消费能力和消费闲暇；都市化倾向、个人主义和实用主义的盛行，使人们从思想意识形态上全盘接受消费主义的理念（张文伟，2008:104—109）。《爵士乐》的故事背景是1926年的纽约哈莱姆黑人聚居区，这一时期在美国历史上被称作"喧嚣的20年代"（1918—1929）。

> 这便产生了"爵士时代"，一个斯塔兹熊猫的时代，一个浣熊毛皮大衣的时代，一个臀部口袋装酒瓶的时代，一个青年人的时代，一个道德变革的时代……在禁酒令于1920年生效以后，全国鸡尾酒会则风靡一时，酒业兴旺，大大增加了酒业的消费量。这时，在妇女当中也形成了饮酒习惯，玩世不恭之风越刮越烈，假酒生意导致了诈骗与犯罪。另外，股票市场发展迅猛，交易活跃，一夜间便可以发大财。这一切形成了美国历史上纵酒狂欢而日食万钱的时代。（吴富恒、王誉公，1999:8）

乔和维奥莱特当年在弗吉尼亚的魏斯伯尔县相遇，他们一见倾心，在随后的共同劳动中建立了相濡以沫的深厚感情。蓄奴制废除后，南方的种族矛盾并没有烟消云散，白人对黑人的压迫和剥削依然根深蒂固。就在这时，人们奔走相告着激动人心的消息：大都会纽约为黑人提供了众多的生存机遇。即使是酒店的服务生，在门口轻轻松松地站着，给客人开开出租车的门、拎拎行李、送送食物、擦擦鞋子，就能获得大把的钞票！为了逃避水深火热的生活，远离贫困和暴力，黑人向北方迁徙的浪潮在19世纪70—90年代达到了高潮。随着这股大潮，乔和维奥莱特于1906年从农业经济占主导地位的南方，搬到了工商业迅速崛起的北方。大都市生气勃勃的繁荣景象，让年轻的他们热血沸腾，"他们用一只手提箱提着全部家当到达的时候，两个人都立即明白，完美这个词不够恰当。它比完美更棒"（莫里森，2006:112）。

乔的化妆品销售生意经营得风生水起，而维奥莱特给妇女们美发的工作也广受欢迎，莫里森给两位主人公选取了这样的职业，是相当意味深长的。斯特拉姆伯格在《美国消费主义意识形态》（*The Ideology of American Consumerism*）中指出：公众的消费观念有如宗教般虔诚，即相信自我将会被商品改变和拯救，从而到达全新的彼岸。如果消费了某种产品，人们坚信一定会像广告中描绘的一样幸福快乐。以美容业为例，一个普通女性被挑选出来，美发师、化妆师和服装师一齐上阵为她打造新形象，杂志上登载着美容前后的不同照片，以证明神奇的效果。女性形象的美化并非化妆品的唯一目标，它还与电影大片中使用该产品、美轮美奂的女演员相提并论，暗示着平凡女性也可以在外貌上脱胎换骨，在事业上声名显赫（Stromberg，1990：11—19）。

斯图尔特·埃文认为这种消费形态可以追溯到 20 世纪 20 年代（Ewen，1976：37）。这个时代美国的经济突飞猛进、文化出版业蓬勃发展，正如《爵士乐》所描写的那样，自动售报机、彩票销售机、美容院、台球厅、电影院充斥街头。乔和维奥莱特的职业，让他们置身于消费浪潮的旋涡中心，接触到形形色色浮夸而喧嚣的人群。一方面，由于跟这些消费群体打交道，他们从初来乍到时的一穷二白，跃身为衣食无忧的中产阶级；另一方面，他们不可避免地吸收和内化了功利主义和实用主义思想，遭到了彻头彻尾的同化。"个人的工作愈来愈多地被看作只不过是获取消费资金的手段而已，为了生产而劳动不再被认为是个人生活的目的了……在美国个人主义神话的现代转变过程中，消费意味着美国梦的实现。"（罗伯逊，1992：243—244）"其实美国文化从很早开始就分为两岔，一是以富兰克林思想为代表的实用主义的大众文化，另一是以爱默生的超验主义为代表的精英文化。20 世纪初，美国文化向前者猛烈倾斜，把百万富翁捧为美国英雄。这势必使文化的另一头失去平衡。"（虞建华，2004:100）乔和维奥莱特跟随大都会一起成长，在追逐物质财富、实现美国梦的路上，逐渐忘记了乡村赋予他们的简单和淳朴，忘记了关心和热爱别人的滋味。他们热衷于在街头巷尾辛苦忙碌，在浩瀚的都市中追名逐利。

二　消费神话的失落

《爵士乐》被称为结构严谨、意义恢弘的"诗剧"，是不无道理的。早在1995年，学者方红就指出《爵士乐》在一定程度上令读者费解，但这不是由语言文字本身造成的，而是由文本的结构所决定的：用传统小说的标准衡量《爵士乐》，其中的主干故事与插入故事相互交叉，叙述的场景与时间频繁变换，小说中的人物忽隐忽现、琢磨不定，似乎充满了不和谐；但人们如果撇开线性陈述和因果关系等传统文学的影响，就会发现不和谐中隐含着和谐，因为文本中设置了众多呼应和互文结构（方红，1995:14—20）。从叙事学角度解读《爵士乐》，人们会发现它的结构和主题都不同一般：作品在细节叙述中显示了"效果延迟"的特点，对表达小说主题——理解黑人生存现状必须认识他们的历史——起到了重要的作用。第一人称叙述声音背后叙述者身份的递进式变化，又显示出作者对于小说创作本身的思考，给《爵士乐》打上了"元小说"的印记，而第三人称叙事视角的变化则丰富了小说内容的表达（刘向东，2003:88—91）。《爵士乐》还遵循了《尤利西斯》的情节框架，主人公终其一生在奔波和变革中动荡，终极目标是回归家园（Carolyn，1997:481—496）。除此之外，它在呈现一段司空见惯的三角恋谋杀案之后，挖掘的是跌宕起伏的宏大历史意蕴。作为美国社会的黑人群体，乔和维奥莱特都有一段不堪回首的沉重记忆，是文化身份和家族身份的双重孤儿。乔从生下来起就不知道父亲是谁，母亲是个浪迹荒野的疯女人，尽管养父母待他不薄，但他对母爱的渴望仿佛熊熊燃烧的火焰，一刻也没有停止过：

> 很重要的东西，比如黄昏时分小河边的木槿闻起来是什么味道；在那样的光线里，他几乎连自己的膝盖从裤子的破洞里露出来都看不见，又怎么可能看见她的手呢，就算她真的决定了从树丛中伸出手来，最后一次向他证实她千真万确就是他的母亲；就算得到证实将让他感到耻辱，他还是会成为弗吉尼亚最幸福的孩子。（莫里森，2006:37）

维奥莱特的父亲年轻时参加黑人自由运动，致使家庭饱受牵连，一家人被扫地出门，母亲罗丝终于不堪精神屈辱而跳井自杀。那口深不见底的井，从此成为维奥莱特噩梦般的记忆和无法愈合的创伤。这样两个历经沧桑的人，都是种族主义的牺牲品，本应该息息相通心心相印，却因疏于交流而使心灵之间的距离越来越大。维奥莱特只跟家里的鹦鹉讲话，对乔不闻不问漠不关心，乔在缺乏温情的情况下，一改温文尔雅中年好男人的形象，移情别恋于18岁的高中女生多卡丝。多卡丝的变心让乔勃然大怒，冲动之下开枪打死了她。此时的维奥莱特已经处于神志昏聩的边缘，她常常有失体统地一屁股坐在大街上，引得路人侧目而视；她从别人的摇篮里偷走初生婴儿，还理直气壮地矢口否认；更有甚者，她闯入教堂大闹多卡丝的葬礼，企图用刀子划破死者的面孔！很显然，乔和维奥莱特迷失在了消费主义和物质主义的滔天巨浪里，在都市生活中背离了爱的初衷，遭遇到了前所未有的精神危机和人格异化。都市生活对于"新黑人"的异化作用是毋庸置疑的：美国工业化和城市化时代的黑人男女虽然已经获得了人身自由，但是在社会和经济变革大潮中，他们寻找自我与实现人生价值的道路依然曲折艰难；一方面，先辈们苦不堪言的历史已经变成"集体无意识"，使他们深陷阴影无法自拔；另一方面，工业文明和白人文化的侵蚀，又使他们无法找到疗伤的精神家园（杜志卿，2002:48—50）。早在 1844 年，马克思就用他的政治经济学，对现代社会的异化现象和本质进行了尖锐的批判；而鲍德里亚在当今发达资本主义处于"消费主义"这一时代背景下，以消费为中心深入现代社会的整个异化结构中，深刻剖析了现代技术社会中人的存在状态（徐琴、曾德华，2007:22）。《消费社会》阐明道：现代发达资本主义经济结构中，人们购买商品不再是为了满足需求，而是以此显示社会地位和名望，彻底异化成了一种符号消费。这种文化符号是身份的象征和富有的标志，是等级差异心照不宣的彰显（鲍德里亚，2000:396—411）。

在《用德里达解构主义理论分析托妮·莫里森〈爵士乐〉》一文中，佩奇把多卡丝对乔的背叛，归结为乔的男权意识。乔因为母爱的缺失，以为在多卡丝身上得到了补偿，但佩奇认为他错了，就像失去的礼物无法弥补一样，人也永远无法被替代。乔对母爱的追寻过于自私自利，对自己的决定一意孤行，完全印证了德里达所说的"逻各斯中心主义"思想。而多卡丝投入阿克顿的怀抱，是因为阿克顿尊重她的个性（Page，1995:59）。对此观点，笔者不敢苟同。其一，如果说乔对多卡丝言听计从关怀备至的话，那么阿克顿刚好相反，他从来没有送礼物给多卡丝，不仅常常爽约，还对多卡丝的言行举止吹毛求疵。把这样的人说成"尊重多卡丝的个性"，显然言过其实。其二，多卡丝之所以对阿克顿心驰神往，很大程度上是由于阿克顿年轻迷人，擅长交际和娱乐，博得众多年轻女孩的青睐；多卡丝在与他翩翩起舞时，能感受到其他女孩的羡慕和嫉妒，这极大地满足了她的虚荣心。由此可见，消费主义泛滥成灾的现代社会，连纯真的爱情都无法幸免地遭到异化和物化，变成了文化符号的表征。这种"商品符号"和"商品拜物"现象，极大地刺激了公众的消费欲望，并且赋予他们虚假的满足感。然而这种心满意足毕竟建立在海市蜃楼上，转瞬之间消失得无影无踪，而人性的物化和情感的枯竭，导致了无穷的空虚和失落、暴力和争端。

《爵士乐》对消费主义意识形态的批判，显示了哈钦的历史书写元小说特质。它在语言上突破现实主义平铺直叙的传统，融入众多创造性和试验性的元素；它同时又吸取现实主义文学直面历史和政治的书写策略，从后现代角度来讲，这既是一种"双重言说"，也是一种"同谋性批判"。

《爵士乐》既有后现代主义小说的某些试验性特征，又同时保留了传统小说讲故事和人物刻画的特点。为了使自己的作品"动听迷人"，莫里森没有像有些后现代主义作家那样热衷于文字游戏，把世界描述成一堆破碎凌乱的碎片，让读者迷失于语言迷宫之中而无所适从，而是以一个异故事讲述者的声音统领全局，同时解构了第一人称叙述和第三人称叙述，使个人的声音作者化，作者的声音个人化，从而创建了比西方白种人权威的叙述更为神圣的叙述声音。这种用"后现代"意识重新组合叙事权威的叙事形态，不仅在政治上，同时也在形式上包容并反映了白人文化主流。这些特点既体现了后现代主义通俗化的倾向，又表现了传统现实主义小说突破"内容单一的标签"逐渐走向多元的趋势。（焦小婷，2005:25—28）

莫里森曾说：黑人有着必须代代相传的种族历史，在印刷业出现之前在口头文学中流传，这一使命由民间说唱艺人来完成。艺人传播历史，观众倾听历史，小说中有个大家都能听到的声音，意识到这一点至关重要（McKay，1994:28—36）。她致力于历史痕迹的追踪，意识到过去的历史留给生活于其中的人们某种记忆和印象，它们成为一种有效途径，去重现个人记忆，探索被宏大叙事遗忘和贬低的内心世界（Jones，1997:486）。乔枪杀多卡丝之后，这起不同寻常的婚外恋被传得沸沸扬扬，尽人皆知。心烦意乱的维奥莱特，造访多卡丝曾经就读的学校、经常光顾的美容店，阅读她生前读过的时装杂志，更不厌其烦地频频拜访多卡丝的姨妈爱丽丝。这一系列不可理喻的行为背后，隐藏着维奥莱特气急败坏的决心：她倒要看看，这个把乔弄得神魂颠倒又心灰意冷的年轻女孩，究竟是个什么样的人？正是与爱丽丝的一次次交谈，维奥莱特重新认识了多卡丝，并重新审视了这段表面看起来伤风败俗的事件。原来，多卡丝也是个孤儿，也是种族冲突和种族暴力的直接受害者，在1917年的东圣路易斯市暴乱中，她的父母双双死于非命。这场惨绝人寰的暴乱源于水火不容的种族矛盾：成千上万的黑人移民来到北方工业城市，无论是就业机会还是住房安置，都给当地白人带来了竞争压力和心理挑战。种族斗争进一步升级，当该市持有政府合同的工厂雇用黑人时，立即遭到白人工人的强烈不满和抗议，于是令人发指的暴乱一触即发。这场暴行，使得6000多名黑人无家可归，40多名黑人和6名白人失去生命

（毛信德，2006:114—115）。

然而，爱丽丝相信自己比谁都更知道真相。她的姐夫不是退伍兵，而且在大战以前就住在圣路易斯东区。他也不需要一份白人提供的工作——他拥有一个台球厅。实际上，他甚至没有参与暴乱；他没有武器，没在大街上跟人狭路相逢。他被人从一辆有轨电车上拖下来活活踩死了。爱丽丝的姐姐听到了这个消息，就回到家里尽量忘掉他内脏的颜色，这时，她的房子被点燃，她在火焰中被烧焦了。她唯一的孩子，一个叫多卡丝的小女孩，在马路对面的好朋友家睡觉，没有听见消防车从街上呼啸而过，因为人们呼救的时候它没有来。（莫里森，2006:59）

一手把多卡丝带大的爱丽丝，以种族代言人的身份贯穿作品始终，她对维奥莱特说："我来给你说一句。用你所剩的一切去爱，一切，去爱。"（莫里森，2006:118）爱丽丝喜爱读报明察秋毫，她看到了消费社会物欲横流、人心不古的现象，也看到了历史记忆对现实观照的重要意义。多灾多难的黑人民族，不应该在自相残杀和内耗中继续往日的噩梦，而应该走出历史的泥沼和人性的枷锁，着眼于未来福祉的建设。由于同病相怜，维奥莱特把多卡丝想象成早年流产的女儿，对她充满了同情和理解。在消费主义和物质主义的时代大潮中，人们遭受到前所未有的强烈冲击，"爱和宽容"的精神拯救理念，修补了乔和维奥莱特支离破碎的自我，使他们前嫌尽释、重归于好，同时也为各民族和谐相处生生不息的发展指明了方向。《爵士乐》从毁灭自我的暴力到治愈创伤的自我重建，使人们用一种博爱和完整的姿态和现实达成和解（Jones，1997:485）。

"时尚助长了纵欲、享乐和奢华的社会风气，因此，经常有人说消费主义与禁欲、节俭、勤劳等传统观念是相冲突的，它会导致精神贫乏空虚，追求享乐型的利己主义，而这恰恰是当代西方社会的主流价值和观念。"（张卫良，2004:39）《爵士乐》利用一个通俗而简单的三角恋凶杀案故事，描绘了消费主义社会世风日下、人性沉沦的现实。在这样的环境中，消费浪潮制造出金碧辉煌的假象，以物质财富作为衡量成功与否的重要标准，诱导人们不顾一切地"积极进取"。而这种所谓的与时俱进的意识形态，充满了虚假性和欺骗性，导致人际交往异常困难，道德伦理严重扭曲。莫里森匠心独运，让人物重返过去，回归"爱和宽容"的自我主体性，在厚重的历史层面寻找现实的意义。可以毫不夸张地说，她用即兴、嘹亮的音符，演奏了一曲荡气回肠、震撼人心的爵士乐！

第三节　《天堂》的历史编码和政治隐喻

"莫里森三部曲"标志着作家鼎盛时期的卓越成就。《爵士乐》的故事发生在 1926 年，与《宠儿》情节设置的 1873 年相距 50 年左右，《天堂》的故事背景是 1976 年，与前一部小说也整整相差了 50 年的岁月。从蓄奴制到"爵士时代"再到民权运动，黑人在北美大陆的生存和斗争历史，既曲折艰辛又气贯长虹。莫里森把这段历史加以凝练和浓缩，巧妙地编织进了三部小说之中，她对文化的关注、对政治的干预，始终"诗意"地渗透在文本的方方面面。

笔者在细读小说之后发现，《天堂》的文本建构和历史书写具有异曲同工之妙，它呈现了一个关于文本写作、阅读和阐释的完整模式，这个模式具有后现代书写的鲜明特征。它深入探讨了书写者在文本创作中的地位问题，消解了现实主义传统中作者至高无上的权威；它通过互文情节、不可靠叙述、多声部多视角等方式，呼吁读者积极参与文本意义的建构；它精心设计出"鬼魂章节"让读者填补意义的空白，论证了读者对文本内涵的重要阐释作用。《天堂》具有历史书写元小说的显著特征，在新历史主义理论框架下，它按照美国历史发展脉络来编织和架构故事进程，批判了由"美国例外论"衍生出来的种族主义和性别主义意识形态。在对外关系上，美国偏重现实主义，绝大多数时候将理想主义束之高阁，在国家利益和权威高于一切的前提下实行军事干预主义政策。《天堂》中的主流集团挪用了这一模式，把榜样主义置之度外，用暴力和杀戮来消除异己力量，其"救世主"形象掩盖下的权力本质展现得淋漓尽致。

一　文本的自我指涉特征

对于读者而言，《天堂》并非通俗易懂的文本，相反，初读之下无论是结构还是主题都显得纷繁复杂而令人费解。比如梅南德就发现：与《所罗门之歌》或《宠儿》相比，《天堂》的写作对读者要求颇高，让读者费时费力（Menand，1998:78—79）。希尔兹称《天堂》是冗长、繁复、流畅的小说，在叙事上向四周延伸或扩展，表现得十分散乱（Shields，1998:16）。对艾德来说，阅读莫里森作品就仿佛迎战奥林匹克摔跤能手，我们自信地靠近，背上却遭到猛地一推，立即转过了身（Eder，1998:2）。在中心事件上表露出许多令人费解的细节，这在莫里森的小说中并非《天堂》一例，实际上《最蓝的眼睛》《宠儿》《爵士乐》等都具有类似情形。从某种意义上讲，《天堂》的故事情节和框架结构是作家苦心经营的结果，其目的是为了呈现一个关于文本写作、阅读和阐释的完整模式，这个模式超越了源远流长的现实主义传统，具有后现代小说的鲜明特质。

首先，《天堂》深入探讨了作家在文学创作中的地位问题。以线性叙事、因果论等为主要特征的现实主义作品，早已形成某种程式（convention），约定俗成地迎合读者的阅读习惯。然而到了后现代时期，以约翰·巴思、唐纳德·巴塞尔姆、罗伯特·库弗等为代表的作家，对现实主义文风展开了激烈批判，认为那种多少年来一成不变的俗套，助长了中产阶级读者的惰性，养成他们麻木不仁的情绪，使他们对资本主义社会的弊端和痼疾视而不见，因而，大大消磨了人们的反抗意志和斗争激情。后现代小说往往离经叛道，以挫败读者的阅读期待为乐事，在文本中设置许多障碍，来考验读者的知识结构和洞察能力，从而挑战整个社会体制及其意识形态。《天堂》讲述了一个祖祖辈辈艰难创业和守业的故事：在 19 世纪末那股席卷全美国的移民大潮中，由于受到白人和浅肤色黑人的拒绝和驱逐，撒迦利亚并没有像其他人那样奔向北方大都市，而是带领一批黑人向西行进。重建家园的工程艰苦卓绝，从一无所有到衣食无忧，显示了这个群体的坚定决心和非凡毅力，然而却也铸就了他们自我封闭的极端主义倾向。把白人和浅肤色黑人拒之门外的习俗代代相传，到了 1976 年，鲁比镇上的"八层石头"家族成为了最高统治集团，他们拥有纯正的黑人血统，掌控着小镇的政治、经济、文化发展方向。其中撒迦利亚的后人摩根双胞胎兄弟又最具话语权，他们是鲁比镇的经济命脉，同时对祖先的历史把持着无人能及的阐释权。

> 他们一次又一次地、很自然地从他们的故事包里掏出他们老人的事，他们的祖辈和曾祖辈的事；他们的父亲和

母亲的事。危险的对峙，机灵的躲闪。承受、智慧、技巧和力量的证明。交好运和遭凌辱的故事。可是为什么没有他们自己的故事可讲呢？对于他们自己的事，他们闭口不谈。没什么可说的，已经过去了。仿佛往昔的英勇事迹已经足够靠它度进将来了。仿佛，他们想要的是复制品而不是孩子。（莫里森，2005:180）

　　鲁比镇祖先的光辉历程演变成了一部毋庸置疑的宏大叙事，既绝对排外又在内部禁止一切改变的格局，成为一部不折不扣的封闭文本。罗兰·巴特把文学作品分为截然不同的两种类型：一种是传统文本或封闭文本，遵守根深蒂固的阅读期待和阅读程式；另一种是现代文本或开放文本，完全特立独行不守常规。在《愉悦的文本》中，他宣称前者让人们体会到愉悦，后者却带给人们狂喜（Culler，2002:191）。与罗兰·巴特"作者死了"的宣言一脉相承，后现代开放型文本具有不确定和模棱两可的特性，要求读者积极参与意义的建构和意义的阐释，把阅读和评判视作文学创作不可或缺的统一整体。在这一过程中，读者的人生体验和知识结构、时代意识形态的变幻和更替等，都对文本的意义和价值起到拓展和延伸的作用，唯其如此文本才具有历久弥新的生命力。然而《天堂》中鲁比镇上的当权者们，把先辈的历史故事当作了亘古不变的教条，只许传承不许发展，致使现实和理想发生严重偏差，与当年"共建幸福未来"的信条背道而驰。鲁比镇的历史叙事赋予作者绝对权威和优先权，这样一来，这段历史俨然成为了没有前途可言的"僵死"文本。主流男性集团一意孤行地将鲁比打造成封闭性城镇，是创伤经历造成的结果，莫里森对历史追根溯源，在批判其孤立主义危害的基础上，倡导精神家园的开放性理念（朱云，2011:19—26）。

其次，《天堂》呼吁读者积极参与文本意义的建构。戏仿、互文、复调结构、反侦探小说模式、不可靠多重声音叙述等，都是深受后现代作家青睐的创作手段。莫里森的几乎每一部小说，都与狄更斯、托尔斯泰、巴尔扎克等现实主义文学大师带来的阅读感受迥然不同。对于似是而非充满纠结的后现代文本来说，要达到令人满意的阅读效果，读者必须付出努力和辛苦，这样才能像作者和书中人物一样，完全融为虚构小说的一部分。有人认为如此做法颇具风险，因为读者可能并不愿意费尽心力去反复研究文本，而宁愿一走了之（Page，2001:639）。莫里森承认这种巨大冒险，但她强调需要读者参与，而不仅仅是读者欣赏（Rose，1998）。斯多蕾丝这样来剖析莫里森与读者的关系：

> 莫里森不像众多小说家那样以不明智的方式对待读者，把他们当作作者的创造和一无所知的被动接受者；相反，她视读者为故事的并列主体，当他们阅读时，一个生龙活虎的人在梦想、说谎、共鸣、抉择、费力地探求真理之路。莫里森倾力打造与读者的新型关系，邀请他们一起搜寻一种新的批评语言，使之能够描述读者如何阅读文本和解读自我，能够表现感觉、知识、不确定之间实验性的动态关联，尽管这是传统批评规范所不赞同的。（Storace，1998:64—69）

《天堂》的互文情节来自但丁、弥尔顿、福克纳等前辈文豪：在其最负盛名的史诗《神曲》中，但丁通过与地狱、炼狱、天堂里的各色人等展开对话，坚决反对中世纪蒙昧主义，表达出执着追求真理的坚定信念；弥尔顿在《失乐园》中以气势磅礴的笔触，展现了反叛斗士撒旦在天堂复仇的故事，他对自由公正的渴望和追寻，点燃了一代又一代人的坚强斗志；《喧哗与骚动》中的黑人女仆迪尔茜见证了康普森家族的兴衰历史，用她的坚韧和豁达等品质造就了一座丰碑，和《天堂》中康瑟蕾塔"精神教父"的形象如出一辙。不可靠多重声音叙述的运用，使小说在众声喧哗中呈现出多元化视角。《天堂》的中心事件是修道院袭击和谋杀案，然而直到读完了整个文本，读者仍然无法明了哪些人被杀死了，甚至最后连尸体都消失得无影无踪。

> 他（米斯纳神父）和安娜是袭击女修道院女人事件两天之后回来的，他又花了四天时间听取事情的始末。帕特给了他官方说法的两种版本：一个是，九个男人去和女修道院的女人谈话，劝说她们离开或者改过自新；发生了斗殴；那些女人变化身形便消失在空气中了。第二个是（弗利特伍德·久瑞的说法），五个男人去驱逐那些女人；另外四个——这种说法的作者——去阻拦或制止他们；这四个人受到那些女人的攻击，但成功地把她们赶走了，他们是开着她们那辆"卡迪拉克"走的；但不幸的是，那五个男人中有人昏了头，杀死了那个老妇人。帕特让理查德自己去选择倾向于哪种说法。她没有对他讲的是她自己的版本：九个八层石头谋杀了五个无辜的女人，（一）因为那些女人不纯（不是八层石头）；（二）因为那些女人不圣洁（至少是私通，最多是为人堕胎）；（三）因为他们能够——这是当个八层石头对他们所意味的权利，而且也是"交易"所要求的。（莫里森，2005:332）

　　由此看出，人们在使用语言时，不可避免地带有各自的文化印记、经验意识和言说意图。因此单一的故事讲述是不存在的，文本唯有在多元化的视野中，才能让读者作出正确的道德判断，才能建构真正的历史意义（荆兴梅，2011:142）。

　　最后，《天堂》分析了读者对文本内涵的重要阐释作用。书中的"鬼魂章节"（即在跳跃的情节之间留下空白，留给读者去思考和想象，从而彰显言下之意）设置可谓精彩纷呈，文本叙述安插了众多空白和盲点（holes and spaces），来验证和提升读者的智力水平。和以前的作品一样，莫里森在小说《天堂》中也期待读者能够努力沉浸到文本的肌理和脉络之中，用自己的知识体系和理解能力去填补那些空白。小说表现了一些不可思议的魔幻现象，比如撒迦利亚带领族人西进途中走投无路之时，便停下来开始祈祷，这时奇迹突然出现了：

> 　　父子俩同时看到了他。一个小人，身材矮小与脚步声极不相称。他正从他们身边走开。他身穿一套黑色西装，右手食指挑着上衣搭在肩头……那个走路人还在那儿，把一些东西从口袋里取出来，又把别的东西放回去。就在他们的盯视之下，那人开始退去。当他彻底消失时，他们重又听到那种脚步声，重重地走向他们无法确定的方向：时而在背后，时而忽左忽右。也许是在头上吧？后来便突然静了下来。（莫里森，2005:105—106）

　　这个引导他们走向光明、建立最初聚居点黑文镇的人，文本线索并没有交代他的来龙去脉。小说的另一个黑人女性人物多薇，常常在寂寞的时候和一个素不相识的年轻人促膝交谈："事实上，每次他来时，她都要说废话。那些存在她脑子里可是并不懂的事情。高兴的事、烦恼的事，与世界大事无关的事。不管她说什么，他都聚精会神地听着。出于无法解释的理由，她鬼使神差地知道，一旦问起他的姓名，他就不会再来了。"（莫里森，2005:99）多薇是鲁比镇首领摩根兄弟之一斯图亚特之妻，在年过半百仍然没有子嗣的情况下，在斯图亚特越来越专横跋扈而镇上道德风尚每况愈下之时，多薇热衷于向一个陌生人娓娓倾诉，她的困惑应该说同样传达给了读者，令他们用理性和智慧来解读文本的空白意义。此外，汇聚在修道院的女性们来自四面八方，她们都曾遭受过刻骨铭心的精神危机，来到这个与世隔绝的地方是为了免受进一步伤害。在康瑟蕾塔的引导下，她们在地下室展开一种驱逐心灵创伤的仪式，类似于《宠儿》中贝比·萨格斯召集众人来到"林间空地"拯救自我灵魂。"梦中宣泄"（loud dreaming）是疗伤仪式的主体，大家都开始分享彼此的故事，不仅卸下自我的创伤记忆和心理负担，还能进入对方故事之中产生强烈共鸣。人人都陶醉在相互认同、相互理解的氛围里，他们用这样的方式找到了自我归属感，从而治愈了创伤。这个仪式消解了现实和理论、生与死、自我与他者之间的对立关系，对他人的完全认同和彻底理解超越了世俗经验。如果上升到文学层面，文本只有进入人们的具体历史语境、个人体验中时，阅读才会达到融会贯通的境界，这一切说明读者阐释和文本创作确实是密不可分的（Page，2001:645）。

《天堂》中的鲁比镇历史变迁，与后现代小说建构形成互动和映衬关系，文本的自我指涉意义不容忽视。第一，它不厌其烦地探讨作者、文本、读者之间的关系，是一部不折不扣的"关于小说的小说"，同时它又指向鲁比镇实际经验的过去、现在和未来，将文本的虚构性和现实的物质性结合起来，因此，它的历史书写元小说特征不容忽视。第二，历史事件只有经过编撰和叙事，才能以文本的形式接近大众，而人们只能以文本的方式了解历史。正如怀特所声称的那样：一切历史叙事以形象的方式表现事件的主要部分，将这些作为叙事主要指涉对象的"事件"转化为能暗示意义模式的因素，倘若再现这些"事件"时拘泥于原样……则永远无法做到这一点（White，1984:22）。关于人们是否有别的办法去了解过去，怀特指出：我们在历史编写和小说里所承认的"事实"和"真相"都是戴着意义的面具，我们只能完整、充分地想象它，却永远无法完整、充分地体验它（White，1980:24）。第三，语言形式的自我指涉和意识形态紧密联系，巴赫金强调："研究语言艺术能够而且必须克服一个问题，就是抽象的'形式'法与同样抽象的'意识形态'法之间的脱节。"（Bakhtin，1981:259）历史书写元小说认为语言有众多用处，也有很多误用，人们尤其要对意识形态语言表征中的欺骗性保持警惕，从而对各种隐藏的意识形态展开理性批判。帕特丽莎负责撰写鲁比镇的族谱，承担着既是作者又是读者的重要角色。作为作者，她要将杂乱无章、相互冲突的事件分门别类加以整理，以一种条理清楚、因果分明的方式呈现出来，并附以遣词造句自然流畅的注释。作为读者，她首先必须要了解鲁比镇的权力结构和权力关系，对它排除一切不同声音和异己力量的内在原因实行解码。在文本和历史的建构中，莫里森十分看重读者不可或缺的作用，因而采用开放性、创造性和多元化的书写策略。帕特丽莎苦心孤诣地搜索证据，企图以确凿无疑的事实和细节来展开文本和历史的编写工程，从而确立作者的绝对阐释权，也就是确立主流意识形态至高无上的权威性，其结局注定要以失败而告终，因此，帕特丽莎只能把未完成的小镇族谱付之一炬。

二　美国例外论

小说《天堂》中鲁比镇统治集团所遵守的价值体系和伦理标准，与美国一贯奉行的对外政策是一脉相承的，其核心就是源远流长的"美国例外论"（exceptionalism）思想。在历史上的欧洲，国际政治中充满了尔虞我诈、巧取豪夺，人民的自由权利不断被暴君扼杀，强权政治成了国家间关系的准则。美国诞生于殖民主义年代，这是欧洲列强之间军事冲突持续时间最长的时期，各个王国、帝国、公国和亲王领地之间持续不断的战争成为当时世界生活中的现实（旦尼，1988:37）。为了逃避欧洲官方政治迫害而逃往美国的民主主义者潘恩，曾经做过这样犀利的评述："旧世界的所有政府如此根深蒂固，暴政与世俗如此制服人心，以致无从在亚洲、非洲或欧洲着手改革人类的政治条件。对自由的迫害遍及全球；理想被视为叛逆；而屈服于恐惧的心灵已经使得人们不敢思考。"（潘恩，1989:22）清教徒从16世纪欧洲宗教改革运动中脱颖而出，他们秉持着"上帝选民"（the Chosen People）的坚定信念，期待着在欧洲大陆一展宏图，使基督教精神发扬光大。然而，英国王室深恐这场运动将动摇他的统治根基、威胁他的统治利益，因此，毫不犹豫地对其实施了镇压和迫害政策。大批清教徒背井离乡，先后在宗教改革家布雷福德（William Bradford）和温斯罗普（John Winthrop）的率领下，穿越北大西洋远赴北美地区。根据如兰德（Richard Ruland）和布莱德伯里（Malcolm Bradbury）的描述，欧洲人老早就勾画出某个理想的地理环境，赋予其乌托邦的丰富想象，这种地理想象无一例外来源于《圣经》,尤其来源于它的开宗明义之篇《创世记》和《出埃及记》;对于清教徒来说,"上帝选民"和"希望之乡"(the Promised Land)的故事几乎家喻户晓,主要讲述了教徒们四处流浪所遭遇的艰难困苦,以及他们在上帝的指引下对崇高目标和千年历史的追寻(Ruland,1992:9)。在这种意识背景之下,清教徒们坚信自己在征途中是与上帝签订过契约的,那么,登临未知西部海岸就意味着上帝选择他们来承担重任,即在新世界的不毛之地前沿创建上帝王国。

"美国例外论"强调的是美国人独一无二的优越性。温斯罗普把新建立的美国称为"山巅之城"(a city upon a hill),清教徒们设想自己被赋予了特殊的道德责任,相对于世界其他地区居民来说身份更为优越。"在上帝的特许下履行使命"的信念在第一代移民中尤其牢不可破,这使得他们不辞劳苦地辛勤耕耘,以便建立硕果累累和兴旺发达的崭新局面(Dalsgard,2001:233—248)。麦尔维尔为美国的光明前途高唱赞歌:"我们美国人是独特的选民——我们时代的上帝选民,必须为人们提供获取自由的避难所。上帝为我们的民族预先确定了丰功伟业,人类也从我们的民族中期望着卓越功勋,我们的灵魂感受到了辉煌前景,而其他民族必将落后于我们。对救世主是否来临我们心存怀疑已久,而他确是降临到了人间,并和我们融为一体。"(Arther,1986:15)还有些学者则为美国的政治体制歌功颂德:

> 这个新大陆不像欧洲那样由拥有一切的大贵族和大量一无所有的人民构成,这里没有贵族家庭、宫廷、国王、主教、教士的统治,没有赋予一些人无形而至高无上的权力,没有雇用数千人的大制造商,没有奢侈的讲究,穷人

和富人之间的悬殊并非一成不变。这种种现象都不同于他们迄今为止所看到的现代社会，当然会引起无尽的思考和省悟……美国是一个新人，他靠着新原则行事，形成新的主张。（Evecoeur，1957:35—40）

如果对《天堂》的文本加以细读和探究，就会发现它其实是按照美国历史来编织和架构的。无论是撒迦利亚带领一众黑人逃离苦难和迫害的情节，还是黑文镇和鲁比镇建立之初的团结一心共渡难关，抑或是来自"美国例外论"的铲除异端、"拯救"他者理念，都烛照出美国人由来已久的国家主义思想。莫里森的政治干预意图是显而易见的，在20世纪90年代她曾经把克拉伦斯·托马斯（Clarence Thomas）听证会和辛普森（O. J. Simpson）审判案编成文集，这样一来，进步的种族和性别批判被置于了公众视线之下，因为在这两个案子中，政府机构和主流媒体对真理和律法的呼吁完全处于混淆视听的状态。《天堂》中的袭击修道院事件也并非空穴来风，它取材于1692—1693年的美国马萨诸塞州萨勒姆（Salem）巫术案（charges of witchcraft），当时的清教僧侣政治集团仰仗着自以为是的道德优越论，把内部叛乱、农业歉收和英国王权以及美国土著居民的争端等世俗问题，统统归结于年轻一代对先辈神圣使命掉以轻心。而且，《天堂》并非第一个以"美国例外论"为创作源泉的文本，且不说白人经典文学家爱默生、梭罗、惠特曼、亨利·詹姆斯、菲茨杰拉德等或多或少地表现了这一观点，连道格拉斯、埃里森、马丁·路德·金等黑人作家也都无法避免地触及这一话题，莫里森更是早在第一部长篇小说《最蓝的眼睛》中，就以隐晦的方式印证了"美国例外论"观念无处不在。

莫里森在《天堂》中体现出比以往任何其他文本更反对"美国例外论"的姿态。美国社会种族歧视和性别歧视的根源，实际上就是这种独特性和优越论的异化形态，身处其中的边缘化弱势群体深受其害。莫里森首先解构了"黑人男子等同于野蛮暴力"的种族想象。《天堂》的第一句话是这样的："他们先朝那个白人姑娘开了枪。"（莫里森，1998:1）在流传甚广的白人叙事中，黑人男子对白人妇女实施暴力几乎是司空见惯的事，它呼应了几百年来主流媒体的广泛宣传。依据这一刻板印象，黑人男子要么以忠诚的奴仆形象出现，要么以色胆包天的野兽形象示人，猎杀的目标总是白人妇女。从由于强奸的虚假指控而被处以死刑的黑人男性们，到辛普森案件的审判，都显示出这种表述的深入人心。朱小琳在《托妮·莫里森的暴力世界》一文中阐述道：

> 谋杀和乱伦、强暴则出现在另外一些场景中，施暴者为男性。莫里森小说中的男性角色大多是不作为的，他们作为父亲和丈夫的权威被母亲和妻子的强势所掩盖，但是男性施暴者的破坏力对原本脆弱的家庭造成了灾难性的打击，甚至毁灭。（朱小琳，2009:170）

历史苦难与现实压力之间的矛盾、避免伤害他人的意志与受到他人伤害的事实之间的矛盾，始终存在于非裔美国人的生命中。这是所有悲剧的本质：一方面，人对尊严和理想的追求不可遏止；另一方面，人在现实中受到限制，人性的脆弱和生命的短促使得预期目标难以达到。在研究非裔美国人的暴力禁忌行为时，如果不承认这样的矛盾，对其心理的解释就会导致误读。（朱小

琳，2009:176）

《天堂》中的黑人男性行为，沿袭的是白人清教徒的"美国例外论"思维，也就是说，他们盲目追随"种族纯净"的法则，而这种法则是当初的先辈们所极力逃脱和规避的。正如米斯纳神父得出的结论："他们以为用计谋击败了那个白人，实际上却是在仿效他；他们以为在保护妻子儿女，实际上却对其造成严重伤害……人类希冀永久幸福的愿望是多么美妙，而不顾一切追逐它的时候想象力又变得多么遥不可及……"（Morrison，1998:306）连鲁比镇权力体系中的黑人男性第肯最后也幡然醒悟："对于变成了先辈们诅咒的人而深感遗憾，以居高临下的气势对那些穷困潦倒、毫无防备、与众不同的人进行评判、抨击甚至毁灭。"（Morrison，1998:302）

莫里森还解构了"男性比女性优越"的性别主义倾向。历史及其重构是小说《天堂》的重要主题，作家通过两条线索描述了鲁比镇的男性和女性对历史不同的认识，以及历史被神圣化之后对现在造成的影响。小说由此揭示出历史会被男性按照自己的需要改写、重构并强加于人。作家指出女性应参与历史的评价与建构，并在现实生活中发挥积极作用，成为消解男性沙文主义的重要力量（冯平、朱荣杰，2005:91—95）。《天堂》中的大炉灶是鲁比镇的标志性建筑，对于主流团体的黑人男性来说其重要性堪比教堂。当先辈们在黑文镇安家立业时，它是用来充当公共炉灶和进行洗礼的设施，在向鲁比镇搬迁的过程中，摩根兄弟不顾女人们的感受，对安身立命的家当熟视无睹，却首当其冲安置好大炉灶。莫里森通过鲁比镇女性们的反应，采取多视角表现方式，来展示这一现象的深刻内涵和象征意义。索恩对此的评论是："除去洗礼之外大炉灶别无真正价值，黑文镇早年岁月所必需的东西鲁比镇根本不需要……当男人们把炉灶拆开、包装、运输、重新安装时，女人们表示赞同，但是私底下她们怨恨它占据了卡车上过多的空间……哦，男人们多么热衷于把它重新拼接起来，那使得他们无比骄傲并且全力以赴。她想，它越来越成为好东西了，但是却离了谱，公用设施变成了朝拜神社，就像任何冒犯了上帝的事物那样，最终毁了它自身。"（Morrison，1998:103—104）多薇则认为：对炉灶上的铭文斟词酌句条分缕析是在做无用之功。摩根兄弟领导下的黑人男性集团，在鲁比镇精确复制了黑文镇的伦理体系和文化传统，认定他们自己才是先辈历史准确无误的继承者。为了照搬黑文镇的统治模式，鲁比镇权力体系中的男性们必须牢牢掌控往昔岁月的阐释权，他们对历史记载的解说天衣无缝，视年轻一代的责问和挑战为异端邪说。作为外来者的米斯纳神父对这些很不以为然，批评他们想要的不是创新，而是堂而皇之的复制。迪莉亚一语道破了鲁比镇上的权力实质："所有争斗并非关乎婴儿的生命或新娘的名节，而是关于叛逆，这当然是指种马为控制母马和马驹而不懈战斗。"（Morrison，1998:160）帕特丽莎更是用寥寥数语，一针见血地指出了镇上的男性霸权统治："困扰他们的一切都源自女人们。"（Morrison，1998:217）由此，鲁比镇上的男尊女卑性别关系展露无遗，由"美国例外论"变异而来的男权中心主义思想，理直气壮地宣称男人是理性聪慧的，从而高人一等；女人是感性愚笨的，需要他人的指导和引领才能完成力所能及的工作。莫里森通过小说中的各种视角毫不客气地解构了这种陈腐的性别想象，用多元、漂移的女性叙事主体来代替固定单一的男性话语体系。在《黑人妇女、写作、认同》中，戴维斯提出建立一种"流动主体性"（migratory subjectivity）的概念，不仅要建构主体，在建构过程中还具有互不协调的多重身份……主体移动表示黑人女性写作场地的不断变更，而且意味着黑人女性主体拒绝被征服的决心。因此，黑人女性主体不应当被赋予统治、服从或者矮化（subalternization）等定义，而应当定义为"滑动"（slipperiness）和"他处"（elsewhereness）。戴维斯特别选用"移动"（migration）这个术语应用于黑人妇女，它代表了非洲离散族裔历史上的妇女迁移，把加勒比黑人妇女和美国黑人妇女等量齐观，它集中考察的是过程和移动，而不是起源和身份（Davies，1994:36）。

三 现实和理想、榜样和干预

鲁比镇对外来者和异己因素毫不心慈手软的做法，与美国外交政策传统是一脉相承的。归纳起来，美国的外交政策可以分为现实主义和理想主义两大范畴，在漫长的政治、经济、文化等领域的对外关系中，两者交相呼应，共同推动和制约着美国和国际上其他国家的关系发展。西伯里提出这样的见解："在哲学意义上，现实主义和理想主义是看待事物本质的两种相互对立的方法。现实主义以事物本来的面目来看待它和接受它。理想主义具有理想化的习惯，倾向于用理想的形式来描述事物，或渴望事物采取这种理想形式。"（Seabury，1978:856）这两种相互冲突和矛盾的方法，彼此之间并没有清晰的界限，不能说某个时期纯粹是现实主义在发挥作用，而另一些时期理想主义成为唯一意识形态。即使是理想主义占据主导方向的年代，国家的实际利益被抛诸脑后的情况也是不存在的，相反，国家利益始终高于一切，这在任何一届总统执政期间都是不可动摇的金科玉律。而在现实主义引领风骚的时代，美国政府对外采取种种举措，其终极目标无非是把美国的理想和信念在全世界广为传播。所以，现实主义和理想主义虽然表面上看似水火不容，实质上却是密不可分此消彼长的。尽管如此，国际关系理论中还是尽可能地对这两种理念加以区分，把围绕"国家安全"实施的对外战略称为现实主义，把以"国际和平"和"国际体系"为核心的总体部署称为理想主义，本章遵循的就是这种逻辑归类。

　　理想主义政治思潮曾经在美国历史上拥有一席之地。最早的理想主义先驱当属托马斯·杰弗逊，他于1790年进入华盛顿政府之后为"自由平等"高唱赞歌，不仅渴望亲手建立一个民主和谐的理想社会，还梦想在国际关系中与其他国家携手并进患难与共，变成珍贵的友谊之邦。然而内阁成员之一的亚历山大·汉密尔顿却大唱反调，他反驳杰弗逊的理由是：人不为己天诛地灭，国家和国家之间也是如此，为了政治利益和经济财富等展开残酷竞争和殊死搏斗，是再正常不过的事情。在本质上务实的美国人中间，汉密尔顿的立场赢得了大片声援和支持，在巨大的压力下，杰弗逊不胜负荷最终偃旗息鼓。威尔逊总统是最坚定不移推行理想主义的政治家，他一以贯之持之以恒，尽管生前饱受冷落结局惨淡，但他的治国方针在一战期间和战后的很长一段时间内，都起过不容忽视的主导作用。

　　　　威尔逊设计的国际新秩序包括：贸易自由、停止军备竞赛，禁止同盟国之间的秘密外交，禁止大屠杀，废除王权，其中最重要的是在全欧洲实行民族自决。德国、俄国以及刚从奥匈帝国奴役下解放出来的一些国家，都将实行温和的、民主的、符合宪法的革命。一旦这些国家以及其他追求民主和平的国家联合起来组成一个"国际联盟"，世界上的恐怖、专政与侵略活动将从此绝迹。（周琪，2000:86）

　　威尔逊的最大贡献在于建立"国际联盟"的主张，在他看来，相对于"国家安全"而言，"国际安全"的形势更加刻不容缓，更应该提到议事日程上加以考虑和策划。他不仅在战时演说中发出强烈呼吁，还在战后的"巴黎和会"上提出了著名的"十四点计划"。第二次世界大战结束之时，建立联合国成为很多外交家和政治家的重任，显示出"集体安全"的理想主义风潮；然而冷战的阴云呼啸而至，现实主义旗帜高高飘扬，"国家利益"成了需要全力维护的目标。

　　纵观美国的历史发展和外交政策，现实主义传统一直处于压倒一切的局面。无论是建国初期还是第二次世界大战期间的罗斯福政策，抑或是冷战期间的尼克松和基辛格政府，又或者是打着"人权"旗号侵略他国的布什总统，无一不把本国的利益放在首位。小说《天堂》开篇就直截了当地呈现出了"修道院"袭击案这一中心事件，八层石头家族的男性集团扣动扳机，"引人注目的黑夏娃们没有得到玛丽的拯救，她们如同受惊的母兽似的朝前跃向太阳，而太阳在完成了烧光晨霭的同时，又将其圣油洒向了猎物的后腿"（Morrison，1998:20）。女人们朝前跃动的姿态就此定格，接下来的200多页文本调转笔锋，对小镇漫长的演变历史和修道院女人们一言难尽的故事开始娓娓道来。不得不承认，这种后现代范畴的延迟效果体现了莫里森炉火纯青的创作技巧，同时也把读者带入了洞察和重新审视前因后果的历史空间。在蓄奴制废除后不久，鲁比镇的先祖们为了逃避仍然暗无天日的种族迫害现状，一路西进建立了黑文镇；又在第二次世界大战结束、外人入侵肆意践踏他们的文化和尊严之时，继续西进建立了鲁比镇。可以说，"集体安全"是族人们趋于一致的考虑，是他们安身立命的前提和保障。

在所有的地方中这是唯一的。他的镇子独特又闭塞，无可非议地自得其乐。那里既没有也不需要监狱。他的镇子就没出过罪犯。偶尔有一两个人行为不轨，有辱于他们的家庭或者威胁到镇上的观念，都得到了良好的关照。那里当然绝没有懒散邋遢的女人，他认为原因是一清二楚的。从一开始，镇上的人们就是自由自在和受到保护的。一个难以成眠的女人总可以从床上起来，在肩上围上披肩，坐在月光下的台阶上。如果她愿意，还可以走出院子，在街上溜达。没有路灯，但也没有恐惧。从街边传来的嘶嘶啪啪的响声绝不会吓着她，因为不管那声响是怎么弄出来的，反正不会是什么要扑到她身上的东西。在方圆九十英里之内，没有什么东西会把她当成猎物。（Morrison，1998:8）

莫里森的言下之意相当清楚：理想主义观点对于族裔集体身份的建构是大有裨益的，这与美国在历史上曾经几次三番要求建立国际社会体系的呼吁是相同的。然而随着时间的推移，鲁比镇观念落后、行为保守、不思变革的弊端暴露无遗，致使年轻人蠢蠢欲动，渴望用新生力量摧毁旧有堡垒。主流集团把这一切归咎于修道院的女人们，把她们当作替罪羊，因而发动了气势汹汹的声讨和杀戮行径。打着冠冕堂皇的"集体安全"名目，他们不惜代价保全的实际上是个人私利，用杀一儆百的方式向全镇居民宣告自己无人撼动的权威。维护"血统纯正"和"道德纯正"不过是掩人耳目的借口，他们真正担心的是话语权旁落到别人手中，从而失去无人能够望其项背的崇高地位。美国假借"人权"的名义对其他国家实行领土扩张、经济掠夺、政务干涉的事例可以说屡见不鲜，杰弗逊时代的内阁成员汉密尔顿就宣扬过："可以肯定地说，一般的原则是，各个国家的优秀官员的主要动机是追求利益或国家的优势。"（Seabury，1978:860）应该说美国人无论对内对外都始终离不开现实主义法则，当这种主流价值观内化成公民的潜意识时，一贯处于弱势状态的黑人群体也不能幸免，他们反其道而行之，用矫枉过正的方式推行黑人种族主义思潮，显示出法西斯主义的潜在威胁。《乌托邦理想与〈乐园〉的哀思》一文，从小说《乐园》的主题和创作背景出发，结合美国历史文化传统分析指出：莫里森通过回溯非裔美国人获得解放后百年间，为创建自由家园进行的艰难实践，反省了非裔美国人乃至美国精神中的弱点，从而超越了单纯族裔文学的探讨，赋予了作品深刻的现实意义和文学价值（朱小琳，2005:90—94）。

《天堂》中的所有冲突都源于对权力和权威的倾心追逐，这与"美国例外论"中包含的二元对立思维定式有着千丝万缕的联系。二元对立观念在基督教传统中可谓固若金汤，它坚持认为：如果一方是正义美好的，是上帝的"选民"，那么，另一方必然是邪恶丑陋的，是上帝的"弃民"。

　　　　基督教教徒只信奉上帝为唯一真神，上帝给世界带来福音。对于虔诚的基督教徒来说，传播上帝的福音、皈依异教徒自然就成为他们在尘世中所承担的最重要的使命，也成为他们能够进入天堂的最终回报。因此，在历史上基督徒很难容忍与异教徒长期共存，特别热衷于教化他人信奉上帝，他们中的许多人对在完全陌生和条件艰苦的异国从事传教活动更是乐此不疲……所以，不管基督教中有多少派别林立，也不管这些派别的观点有何不同，一般来说，他们身上体现出一种把异教徒从苦海中"拯救"出来的强烈使命感。在现代社会，如果没有任何政治目的，拯救"异教徒"的做法通常是劝说他们皈依基督教，成为上帝的子民。（王晓德，2006:147）

佩恩也对这一议题做过精辟阐述："美国不能容忍差异，当他常常是不情愿地卷入世界事务时便会试图把其他国家转变成自己的形象。"（Payne，1995:84）美国从建国初期到后来的称霸世界，"同化他者"一直是其孜孜以求的终极梦想，它自诩为榜样和标杆，现实中却大肆推行干预主义政策。以朝鲜战争和越南战争为例，美国政府曾经做过大量的舆论宣传工作，把这两次侵略行为标榜为匡扶正义、铲除邪恶，令国内一些居民义愤填膺群情激昂。这种政治煽动让美国人相信，他们又要为世界和平展开宏伟画卷，他们的士兵将为真理和荣誉而战。美国军队在朝鲜战场上的表现，让国内民众更加相信"美国是救世主"的神话，而十几年后美国在越南战争中的惨败，却让人们对其声势浩大的"人权"宣言产生了怀疑。《天堂》中第克和索恩的两个儿子战死沙场，成为越南战争的牺牲品，索恩的伤痛久久不能平复："她傻乎乎地相信，她的儿子们会平安无事。比起鲁比之外俄克拉荷马的任何地方都安全。在军队比在想过复活节的芝加哥安全。比伯明翰、比蒙特戈莫里、西尔玛，比瓦茨安全。比1955年密西西比的曼内，1963年密西西比的杰克逊都安全。比纽瓦克、底特律、首府华盛顿安全。她原以为出国打仗要比在美国的任何城市安全。"（Morrison，1998:109）由此可见，美国的榜样形象只不过是一纸谎言，鲁比镇的权威集团也一样，对异己力量始终无法容忍，总是毫不犹豫地采取干预手段。他们对年轻一代的内心诉求严厉打击，对镇上妇女的不平意见充耳不闻，对修道院女人们的自主行为严加镇压。动用暴力和军事策略来消除不同声音和政见，显示了干预主义的残酷性，成为美国政治无法治愈的痼疾。

《天堂》以一个黑人团体在摆脱歧视、构建新乐园的过程中，由胸怀开阔的自由斗士变成故步自封、唯我独尊的顽固派为中心话题，申明其转变历程是对美国主流社会的意识形态，尤其是种族主义进行了讽刺性模仿。作家将美国主流社会的历史和意识形态浓缩到这一黑人群体上，夸张地勾勒出美国人种族观念中的血统优越论、历史观念中的上帝选民意识、逻辑思维中的二元对立和自我意识中的自高自大（陈法春，2004:76—81）。在小说结尾，米斯纳神父用开放、动态、多元的眼光来解读修道院袭击事件，超越了二元对立思想的窠臼，体现了作家莫里森非同一般的后现代视野。如果说《所罗门之歌》中的奶娃用纵身一跃、《柏油孩子》中的森用撒腿奔跑、宠儿用离奇失踪的方式，来宣告父权制教条的刻板、僵化、不合时宜，那么，《天堂》与之相比更是有过之而无不及。它们都彰显了莫里森对历史文化的高度关注，对社会政治的有力干预，其指向未来的重大意义是毋庸置疑的。《天堂》的故事背景设置在美国《独立宣言》发表200年后的1976年，其中的良苦用心不言而喻，对于美国和全人类的发展来说，不啻一声响亮的警钟。

结　论

后现代元小说以小说为载体，通过各种激进甚至极端的手段，达到语言的狂欢化效果，以此来呈现小说虚构现实的过程。正如有些理论家所断言的那样：元小说是关于小说的小说。莫里森强调记忆和讲述故事是一种想象力的游戏，揭示出语言的自觉性和虚幻性，她在不同时期创作的不同小说，其自我指涉、自揭虚构的方式也不尽相同。莫里森作品具有元小说特质，却又摒弃了先锋派实验主义元小说的孤芳自赏和晦涩难懂，而是从现实主义传统中汲取营养，把语言革新和现实世界天衣无缝地嫁接到一起。它们扎根于历史和文化的沃土之中，使作品在厚重的根基上崛起并延伸，大大拉近了与现实世界和读者的距离。这类元小说揭示出：主流正统历史不像表面上所看到的那样无可争议，而是具有阶级性和利己性，其意识形态倾向不可避免。历史的建构性暴露出深藏于文本中的话语逻辑和权力结构，确立了作品力图批判和解构的目标。从这个意义上讲，主流历史书写的一言堂格局应该被颠覆，普通弱势人群数不胜数的多元化"小历史"应该得到尊重和建构。笔者以海登·怀特的新历史主义和琳达·哈钦的历史书写元小说为主要理论框架，来探讨莫里森系列作品的后现代历史书写特色，挖掘作家的文化政治意图和策略。本书涵盖了指涉、互文、主体性、意识形态等后现代核心概念，尽管不同章节对这些理论各有侧重，但整体而言，它们又共同涉及莫里森的每部作品。

　　"迪克和简"的插入式文本，从中规中矩的现实主义形态，到打破常规的现代主义意识流，再到仿佛"天书"的后现代实验主义先锋派艺术，以不同形态反复出现在作品中间，揭示出《最蓝的眼睛》的自我反省和自我指涉特征。小说通过频繁调用历史事件而在元小说的基础上直面现实，与20世纪上半叶美国好莱坞电影工业的蓬勃发展历史进程形成互文关系；通过佩克拉、波琳等人的悲剧事实，凸显宏大历史和主流价值观的虚妄性和欺骗性。"金头发、白皮肤、蓝眼睛"的意识形态，暴露出人为性和建构性的本质。小说对官方历史的重访和解构，使得弱势族裔重构自我历史和主体性成为可能。《秀拉》的小说文本，与美国历史上的"种族隔离制度"、"祖父条款"、"反文化运动"等展开直接对话，体现出厚重的现实意义。作品对"疯癫"意象进行描摹，引导读者在真理和虚构的关系问题上展开思考，作家的自我意识展现得一览无余。这样一来，西方理性主义、美国种族主义等主流意识形态，便清晰地呈现在了公众面前，让人们洞察到其中的权力关系和政治角斗，而莫里森就是用这种叙事策略，实现黑人民族的自我确立。

　　《所罗门之歌》侧重于表现话语权争夺和主体性建构。作品回溯了蓄奴制前后"白人依然无法无天"的历史事件，表明生活在北方资本主义语境下的第二代黑人，都渴望恢复父辈的荣耀和权威，他们有的力图通过唯利是图的手段建立财富帝国，有的用"弱者"的姿态抢占家庭话语权，有的则借助于布鲁斯音乐等黑人民族传统凝聚人心。莫里森将历史书写和小说创作放置到同一视域中加以考察，证明它们都是意识形态和权力关系的产物，是一场文化和政治意义上的角逐。《柏油孩子》的故事情节与殖民主义、蓄奴制等历史阶段遥相呼应：晚期资本主义社会中的工业家们生活在后现代名利场中，遵循金钱主义和拜物主义，靠掠夺坐享其成，这种模式酷似历史上的殖民者和奴隶主。这种享乐主义意识形态，造成生态环境和伦理维度的双重危机，它的"进步"和"辉煌"假象，是霸权体制想象和建构的文化符号，归根结底是违背人性的。

本书对莫里森三部曲的解读，主要聚焦于其中的意识形态批判。《宠儿》将黑人历史文献中的玛格丽特·加纳作为原型，描绘了奴隶母亲为保全儿女尊严而不惜将其杀害的故事。多视角叙述声音呈现出截然不同的所谓"真相"，却又在似是而非的状态下遭到消解，由此发掘出历史书写中的权力分布和政治格局。《宠儿》竭力消除主流社会的本质主义观念，探究这种意识形态的巨大危害力量，倡导黑人民族用话语逻辑等手段，建构言说主体和自我认同机制。《爵士乐》把矛头指向工业社会的消费主义意识形态，证实它对人性的腐蚀和异化效果，从而彰显少数族裔身份建构之路的复杂性。作品被置于19世纪末20世纪初的美国黑人"移民大潮"、1917年东圣路易斯市种族暴动等历史背景之中，具有指涉现实的重要作用；同时，文本中即兴跳跃的音乐叙事形式、众多不可靠陈述的安置，又暴露出后现代元小说的虚构性特征。《天堂》批判了"美国例外论"思想的局限性，以及它所包含的黑人种族主义和法西斯主义特质。在这种模式中运行的黑人社区，宛如故步自封的传统文本，无法调动读者参与意义建构和阐释的积极性，在后现代语境中显而易见是不合时宜的。作品对美国的建立和发展以及其后的一系列对外政策进行历史性观照，显示统治集团的权力话语和主观意志。通过揭示文学话语的历史意义和历史话语的文学意义，莫里森明确了黑人民族以及所有弱势群体建构文化身份的有效途径。

　　本书在以下三个方面对莫里森研究的已有成果进行了创新和突破：第一，就研究主题而言，它首次将莫里森系列作品放置到后现代历史书写的语境中考查，从整体上探讨文本中的自我指涉、意识形态、权力关系和主体性等后现代概念，以及它们之间相互依存和促进的密切关系。当人们对莫里森其人其作进行阐述时，种族主义总是无法轻易绕开的话题，本书以此为基石，却又有所超越，在"文学的历史性"和"历史的文学性"理念中，拓展并提升作品的阐释空间和研究高度。第二，就论证方法而言，本书表明：莫里森有些作品的叙述架构与美国政治架构一脉相承，因此，只有将黑人社区的运行规则放到后现代文本结构之中，人们才能洞察其中的政治性；某些女性人物以"自我贬低"的方式夺取话语权，从而超越传统女性主义程式；《宠儿》的后现代黑奴叙事，是在源远流长的美国黑奴叙事基础上演绎和创新的结果。在迄今为止的国内莫里森研究中，以上几个方面从未曾出现过。第三，就历史层面和中心概念而言，本书大量挖掘文本中的历史素材，既力证作品的现实意义，又对宏大历史冠冕堂皇的虚构性加以展示。在论述莫里森长篇小说时，其他学者鲜有对美国反文化运动等历史事件进行重访和探究。而本书中的"浸润叙事"、"文化干预"等，基本上也是其他莫里森研究者缺乏深度关注的中心概念。

　　笔者通过查阅有关莫里森历史书写的研究文献、莫里森访谈录、散文、诗歌以及美国黑人历史史料等，获取莫里森历史书写研究的总体认识。到目前为止，莫里森的长篇小说在中国国内基本上都出版了英文原著，其历史书写和政治介入模式渗透在每部著作的方方面面，笔者在细读原文文本的基础上展开研究，尽量避开中文译本中异质文化的侵入和干扰。尽管如此，由于时间和视野的局限，本书的"莫里森作品后现代历史书写"议题，仍然留下许多未能涉及的阐释空间，尚可在未来的研究中从以下几个层面展开进一步探索：第一，年事已高的莫里森笔耕不辍，近年来又相继推出《爱》（*Love*，2003）和《慈悲》（*A Mercy*，2008）两部长篇小说。尽管国内学者对此已有所涉猎，但还没有人将它们纳入到后现代历史书写的框架中考虑。第二，历史书写元小说既关注语言的自我指涉特征，又走出文本主义的狭小天地，那么用博大精深的叙事学体系，来把握莫里森作品的主题意蕴和整体脉络，未尝不是一项挑战性和突破性并存的工作。第三，在传记和自传缺失的情况下，最能体现莫里森成长轨迹和创作历程的，当属莫里森访谈录。日后对它进行后现代历史书写研究，窥视作家的意识形态和身份主体等，并与她的写作实践产生勾连，可以大大拓展研究空间。第四，莫里森笔下的黑人群体，可以和美国犹太人、印第安土著居民、华裔美国人等量齐观，相关的文学书写都涉及创伤叙事、离散身份等主题，彼此之间具有惊人的相似性。这类比较研究，以及将莫里森哲学理念观照中国当下语境，用来廓清中国历史文化进程中的焦虑和浮躁等方面，都可以成为很有意义的切入点和深入解读的领域。

参考文献

1. Andrews, William, *To Tell a Free Story*: *The First Century of Afro-American Autobiography*, 1760 – 1865, Urbana and Chicago: University of Illinois Press, 1986.

2. Anne, Marie & Deyris Paquet. "Toni Morrison's *Jazz* and the City." *African American Review* 35 (Summer 2001).

3. Arther Schlesinger. *The Cycles of American History*. Boston: Houghton Mifflin Company, 1986.

4. Atkinson, Yvonne & Philip Page. "'I Been Worried Sick about You, too, Macon': Toni Morrison, the South, and the Oral Tradition." *Studies in the Literary Imagination* 31 (1998).

5. Badt, Karin Luisa. "The Roots of the Body in Toni Morrison: A Mater of 'Ancient Properties'." *African American Review* 29 (Winter 1995).

6. Bailyn, Bernard. *On the Teaching and Writing of History*. New Hampshire: University Press of New England Hanover, 1994.

7. Baker, Alyce. *The Presence, Roles and Functions of the Grotesque in Toni Morrison's Novels*. Pennsylvania: Indiana University of Pennsylvania, 2009.

8. Baker-Fletcher, Karen. *Tar Baby* and Womanist Theology. *Theology Today* 50 (April 1993).

9. Baker, Houston A. , Jr. *The Journey Back: Issues in Black Literature and Criticism.* Chicago IL: University of Chicago Press, 1983.

10. ——. *Blues, Ideology, and Afro-American Literature: A Vernacular Theory.* Chicago: Chicago University Press, 1984.

11. Bakerman, Jane S. "Failures of Love: Female Initiation in the Novels of Toni Morrison." *American Literature* 52 (1981).

12. Bakhtin, Mikhail. "Discourse in the Novel." *The Dialogic Imagination: Four Essays by M. M. Bakhtin.* Trans. Caryl Emerson and Michel Holquist. Austin: University of Texas Press, 1981.

13. ——. "The Problem of Speech Genres." *Speech Genres and Other Late Essays.* Trans. Vern W. McGee. Ed. Caryl Emerson and Michael Holquist. Austin: University of Texas Press, 1986.

14. Barth, John. "The Literature of Exhaustion." *Metafiction.* Ed. Mark Currie. New York: Longman, 1995.

15. Becker, Gary S. *The Economics of Discrimination.* Chicago: University of Chicago Press, 1957.

16. Berger, James. "Ghosts of Liberalism: Morrison's *Beloved* and the Moynihan Report. " *PMLA* 111 (1996).

17. Blight, David W. , *Race and Reunion: The Civil War in American Memory*, Cambridge, MA: Belknap Press of Harvard University Press, 2001.

18. Bloom, Harold. *Kabbàlah and Criticism.* New York: Seabury Press, 1976.

19. Bonnet, Michèle. "To Take the Sin Out of Slicing Trees ··· The Law of the Tree in *Beloved.* " *African American Review* 31 (1997).

20. Brenner, Gerry. *Song of Solomon*: Morrison's Rejection of Rank's Monomyth and Feminism. *Studies in American Fiction* 15 (1987).

21. Broad, Robert L. "Giving Blood to the Scraps: Haunts, History, and Hosea in *Beloved*." *African American Review* 28 (1994).

22. Brown, Carolyn. "Golden Gray and the Talking Book: Identity as a Site of Artful Construction in Toni Morrison's *Jazz*." *African American Review* 36 (Winter 2002).

23. Bruck, Peter. "Returning to One's Roots: The Motif of Searching and Flying in Toni Morrison's *Song of Solomon*." *Afro-American Novel since* 1960. Ed. Peter Bruck and Wolfgang Karrer. Amsterdam: B. R. Gruner Publishing Co., 1982.

24. Brunt, P. A. *The Fall of the Roman Republic and Related Essays*. New York: Oxford University Press, 1988.

25. Bourdieu, Pierre. *Distinction: A Social Critique of the Judgment of Taste*. Cambridge, MA: Harvard University Press, 1984.

26. Campbell, Sean. "Struggling with a History of Capitalism in Toni Morrison's *Tar Baby*." http://www.class.uidaho.edu/banks/1999/articles/struggling_ with_ a history. html.

27. Carruth, Allison. "'The Chocolate Eater': Food Traffic and Environmental Justice in Toni Morrison's *Tar Baby*." *Modern Fiction Studies* 55 (2009).

28. Caruth, Cathy. *Unchanged Experience: Trauma, Narrative, and History*. Baltimore, MD: Johns Hopkins University Press, 1996.

29. Coetzee, John Maxwell. "The Novel Today." *Upstream* 6 (1988).

30. Columbus, Christopher. "Letters of Columbus to Various Persons Describing the Results of His First Voyage and Written on the Return Journey." *The Four Voyages of Christopher Columbus*. Ed. J. M. Cohen. London: Penguin, 1969.

31. Corey, Susan. *The Aesthetics of Toni Morrison: Speaking the Unspeakable*. Ed. Marc Conner. Jackson: University Press of Mississippi, 2000.

32. Cornelius, Janet. "'We Slipped and Learned to Read': Slave Accounts of the Literacy Process, 1830 – 1865." *Phylon* 44 (1983).

33. Cottone, Rocco & Greenwell Robert. "Beyond Linearity and Circularity: Deconstructing Social Systems Theory." *Journal of Marital and Family Therapy* 18 (1992).

34. Culler, Jonathan D. *Structuralist Poetics*. New York: Routledge, 2002.

35. Currie, D. P., *The Constitution of the United States: A Primer for the People*. Chicago, IL: University of Chicago Press, 1988.

36. Dalsgard, Katrine. "The One All-Black Town Worth the Pain: American Exceptionalism, Historical Narration, and the Critique of Nationhood in Toni Morrison's *Paradise*." *African American Review* 35 (2001).

37. Davidson, Rob. "Racial Stock and 8 – rocks: Communal Historiography in Toni Morrison's *Paradise*." *Twentieth Century Literature* 47 (2001).

38. Davies, Carole Boyce. *Black Women, Writing and Identity: Migrations of the Subject*. New York: Routledge, 1994.

39. Denard, Carolyn C. "Blacks, Modernism, and the American South: An Interview with Toni Morrison." *Studies in the Liter-*

ary Imagination 31 (Fall 1998).

40. Derrida, Jacques. *Of Grammatology*. Trans. G. C. Spivak. Baltimore: The Johns Hopkins University, 1997.

41. Desai, Meghnad. *Marx's Revenge: The Resurgence of Capitalism and the Death of Statist Socialism*. London: Verso, 1983.

42. Douglass, Frederick. "Narrative of the Life of Frederick Douglass." *The Classic Slave Narratives*. Ed. Henry Louis Gates Jr. New York: Signet, 1987: 281.

43. Drayton, William. *The South Vindicated from the Treason and Factionalism of the Northern Abolitionists*. Philadelphia: H. Manly, 1936.

44. Duvall, John Noel. T*he Identifying Fictions of Toni Morrison: Modernist Authenticity and Postmodern Blackness*. New York: Palgrave Macmillan, 2000.

45. ——. "Doe-hunting and Masculinity: *Song of Solomon* and *Go Down, Moses*." *Arizona Quarterly* 47 (1991).

46. Eder, Richard. "Paradise Lost." *Los Angeles Times Book Review* 1 (Jan. 1998): 2.

47. Evecoeur, Hector. *Letters from an American Farmer: An 18th Century Thoreau Writes of the New World*. New York: E. P. Dutton, 1957.

48. Ewen, Stuart. *Captains of Consciousness*. New York: McGraw Hill, 1976.

49. Ferguson, Rebecca. *Rewriting Black Identities: Transition and Exchange in the Novels of Toni Morrison*. California: Peter Lang, 2007.

50. Fischer, David Hackett. *Historian's Fallacies: Towards a Logic of Historical Thought*. New York: Harper & Row, 1970.

51. Foucault, Michel. *Discipline and Punish: The Birth of the*

Prison. Trans. A. Sheridan. New York: Vintage, 1979.

52. Fulton, Lorie Watkins. "Hiding Fire and Brimstone in Lacy Groves: the Twinned Trees of *Beloved.*" *African American Review* 39 (2005).

53. Fultz, Lucille P. *Toni Morrison: Playing with Difference.* Bloomington-Normal: University of Illinois Press, 2003.

54. Furman, Jan. *Toni Morrison's Fiction.* Orangeburg: University of South. Greenville: Carolina University Press, 1999.

55. Fuston-White, Jeanna. "'From the Seen to the Told': the Construction of Subjectivity in Toni Morrison's *Beloved.*" *African American Review* 36 (2002).

56. Giles-Sims, J. *Wife-beating: A Systems Theory Approach.* New York: Guilford, 1983.

57. Gillan, Jennifer. "Focusing on the Wrong Front: Historical Displacement, the Maginot Line, and *The Bluest Eye.*" *African American Review* 36 (2002).

58. Grewal, Gurleen. *Circles of Sorrow, Lines of Struggle: The Novels of Toni Morrison.* Baton Rouge: Louisiana State University Press, 2000.

59. Goldner, Virginia, Peggy Penn, Marcia Sheinberg & Gillian Walker G. "Love and Violence: Gender Paradoxes in Volatile Attachments." *Family Process* 29 (1990).

60. Goodrich, Thelma, Cheryl Rampage, Barbara Ellman & Kris Halstead. *Feminist Family Therapy: A Handbook.* New York: Norton, 1988.

61. Gossman, Lionel. "History and Literature: Reproduction or Signification." *The Writing of History: Literary Form and Historical*

Understanding. Eds. Robert Canary & Henry Kozicki. Madison: U-niversity of Wisconsin Press, 1978.

62. Gupta, Avijit. *Ecology and Development in the Third World. London:* Routledge, 1998.

63. Handley, William R. "The House a Ghost Built: Nommo, Allegory, and the Ethics of Reading in Toni Morrison's *Beloved.*" *Contemporary Literature* 36 (1995).

64. Harris A. Leslie. Myth as Structure in Toni Morrison's*Song of Solomon. MELUS* 7 (1980).

65. Hawthorne, Evelyn. "On Gaining the Double-Vision: *Tar Baby* as Diasporean Novel." *Black American Literature Forum* 22 (1988).

66. Hayes, Elizabeth. "The Named and the Nameless: Morrison's 124 and Naylor's the Other Place as Semiotic Chorae." *African American Review* 38 (2004).

67. Heuman, Gad. *The Caribbean.* London: Oxford University Press, 2006.

68. Hewitt, Avis & Robert Donahoo. *Flannery O'Conner in the Age of Terrorism: Essays on Violence and Grace.* Knoxvill: Tennessee University Press, 2010.

69. Hooks, Bell. "The Oppositional Gaze: Black Female Spectators." *Black Looks: Race and Representation.* Boston: South End Press, 1992.

70. Hovet, Grace Ann & Barbara Lounsberry. "Flying as Symbol and Legend in Toni Morrison's *The Bluest Eye*, *Sula* and *Song of Solomon.*" *CLA Journal* 27 (1983).

71. http://www. cwrl. utexas. edu/maria/beloved/enquirer. html

72. Hutcheon, Linda. *Irony's Edge*: *The Theory and Politics of Irony*. New York and London: Routledge, 1995.

73. ——. *Splitting Images*: *Contemporary Canadian Ironies*. Don Mills: Oxford University Press, 1991.

74. ——. *The Politics of Postmodernism*. New York: Routledge, 1989.

75. Johnson, Charles & Patricia Smith. *Africans in America*: *America's Journey through Slavery*. New York: Harcourt Brace & Company, 1998.

76. Jones, Carolyn M. Traces and cracks: Identity and Narrative in Toni Morrison's *Jazz*. *African American Review* 31 (Fall 1997).

77. Keizer, Arlene. "Beloved: Ideologies in Conflict, Improvised Subjects." *African American Review* 33 (1999).

78. Klarman, Michael J. , *From Jim Crow to Civil Rights*: *The Supreme Court and the Struggle for Racial Equality*. Oxford: Oxford University Press, 2004.

79. Koenen, A. , " 'The One out of Sequence' : An Interview with Toni Morrison. " *History and Tradition in Afro-American Culture*. Ed. G. H. Lenz. New York: Campus Verlag, 1984: 207 – 221.

80. Krumholz, Linda J. , "Reading and Insight in Toni Morrison's Paradise. " *African American Review* 36 (Fall 2002).

81. LeClair, Thomas. "That Language Must Not Sweat: A Conversation with Toni Morrison. " *The New Republic* 184 (1981).

82. Lee, Dorothy H. "Song of Solomon: To Ride the Air. " *Black American Literature Forum* 16 (1982).

83. Lucente, Gregory L. *Beautiful Fables*: *Self-consciousness in Italian Narrative from Manzoni to Calvino*. Baltimore, Md & Lon-

don: Johns Hopkins University Press, 1986.

84. Lukacs, Georg. *The Historical Novel.* Trans. Hannah & Stanley Mitchell. London: Merlin, 1962.

85. Mailer, Norman. "The White Negro: Superficial Reflections on the Hipster. " *Advertisements for Myself.* Cambridge: Harvard University Press, 1992.

86. Marcuse, Herbert. *One-Dimensional Man: Studies in the Ideology of Advanced Industrial Society.* cartoon. iguw. tuwien. ac. at/ christian/marcuse/odm. html.

87. Marks, Kathleen. *Toni Morrison's* Beloved*and the Apotropaic Imagination.* Columbia: University of Missouri Press, 2002.

88. Marx, Karl & Friedrich Engels. *The German Ideology.* New York: International Publishers Co, 1970.

89. Matus, Jill L. *Toni Morrison.* Manchester: Manchester University Press, 1998.

90. Mayberry, Susan Neal. "Something Other Than a Family Quarrel: The Beautiful Boys in Morrison's *Sula. " African American Review* 37 (Winter 2003).

91. Mbalia, Doreatha D. *Toni Morrison's Developing Class Consciousness.* Selinsgrove: Susquehanna University Press, 2004.

92. Mcpherson, James Alan. *Railroad: Trains and Train People in American Culture.* New York: Random, 1976.

93. McKay, Nellie. "An Interview with Toni Morrison. " *Conversations with Toni Morrison.* Jackson: University Press of Mississippi, 1994.

94. Menand, Louis. "The War between Men and Women. " *New Yorker* 12 (Jan 1998).

95. Mitchell, Carolyn. "I Love to Tell the Story: Biblical Revisions in *Beloved.*" *Religion and Literature* 23 (1991): 27 –42.

96. Montgomery, Maxine Lavon. "A Pilgrimage to the Origins: The Apocalypse as Structure and Theme in Toni Morrison's *Sula.*" *Black American Literature Forum* 23 (1989).

97. Morrison, Toni. *The Bluest Eye.* New York: Washington Square Press, 1970.

98. ——. *Sula.* New York: Vintage Books, 1973.

99. ——. *Virginia Woolf's and William Faulkner's Treatment of the Alienated. Master's Thesis Prison.* Cornell University, 1955.

100. ——. *The Norton Anthology of African American Literature.* Eds. Henry Louis Gates Jr & Nellie Y. McKay. New York: Norton, 1997.

101. ——. "Rootedness: The Ancestor as Foundation." *Black Women Writers* (1950 – 1080): *A Critical Evaluation.* Ed. Mari Evans. New York: Doubleday Anchor Books, 1984.

102. ——. *Conversations with Toni Morrison.* Ed. Danille Taylor-Guthrie. Jackson: University Press of Mississippi, 1994.

103. ——. What Moves at the Margin: Selected Nonfiction. Ed. Denard, Carolyn C. Jackson: University Press of Mississippi, 2008.

104. ——. *Beloved.* Beijing: Foreign Language Teaching and Research Press, 2000.

105. ——. *Paradise.* New York: Knopt, 1998.

106. Moynihan, Daniel Patrick. *The Negro Family: The Case for National Action.* Washington D. C. : U. S. Government Printing Office, 1965.

107. Murdoch, Iris. *Knowing the Void*: *Review of the Notebooks of Simone Weil*. London: Spectator, 1956.

108. Oakley, Giles. *The Devil's Music*: *A History of the Blues*. New York: DaCapo, 1997.

109. Palazzoli, Mara Selvini, Stefano cirillo, Matteo Selvini, & Anna Maria Sorrentino. *Family Games*: *General Models of Psychotic Processes in the Family*. New York: Norton, 1989.

110. Page, Philip. *Dangerous Freedom*: *Fusion and Fragmentation in Toni Morrison's Novels*. Jackson: University Press of Mississippi, 1995.

111. ——. Traces of Derrida in Toni Morrison's *Jazz*. *African American Review* 29 (Fall 1995).

112. ——. "Furrowing all the Brows: Interpretation and the Transcendent in Toni Morrison's *Paradise*. " *African American Review* 35 (2001).

113. Payne, Richard J. *The Clash with Distant Cultures*: *Values, Interests, and Force in American Foreign Policy*. New York: State University of New York Press, 1995.

114. Polednak, Anthony P. *Segregation, Poverty, and Minority in Urban African Americans*. New York: Oxford University Press, 1997.

115. Redclift, M. R. *Sustainable Development*: *Exploring the Contradictions*. London: Taylor & Francis, 1987.

116. Ricoeur, Paul. "Life in Quest for Narrative. " *On Paul Ricoeur*: *Narrative and Interpretation*. Ed. David Wood. London and New York: Routledge, 1991.

117. Rigney, Barbara Hill. *The Voices of Toni Morrison*. Columbus:

Ohio State University Press, 1991.

118. Rose, Charlie. *A Conversation with Toni Morrison* (1998). www. charlierose. com/view/interview/9464.

119. Ruland, Richard & Malcolm Bradbury. *From Puritanism to Postmodernism: A History of American Literature.* New York: Penguin, 1992.

120. Schreiber, Evelyn Jaffe. "Reader, Text, and Subjectivity: Toni Morrison's *Beloved* as Lacan's Gaze qua Object." *Style* 30 (1996).

121. Schur, Richard L. "Locating *Paradise* in the Post-Civil Rights Era: Toni Morrison and Critical Race Theory." *Contemporary Literature* 45 (2004).

122. Scruggs, Charles. "The Nature of Desire in Toni Morrison's *Song of Solomon.*" *Arizona Quarterly* 38 (1982).

123. Seabury, Paul. "Realism and Idealism." *Encyclopedia of American Foreign Policy*, *Studies of the Principle Movements and Ideas.* Ed. Alexander DeConde. New York: Charles Scribner's Sons, 1978.

124. Shields, Carol. "Heaven on Earth." *Washington Post Guardian Weekly* 25 (Jan, 1998):16.

125. Smitherman, Geneva. *Black Talk: Words and Phrases from the Hood to the Amen Corner.* Boston: Houghton Mifflin, 1994.

126. Spender, Stephen. *The Struggle of the Modern.* Auckland: University of California Press, 1963.

127. Spillers, Hortense. "Mama's Baby, Papa's Maybe: An American Grammar Book." *Diacritics* 17 (1987).

128. Storace, Patricia. "The Scripture of Utopia." *New York Review of Books* 11 (June 1998).

129. Storhoff, Gary. "Anaconda Love: Parental Enmeshment in Toni Morrison's Song of Solomon." *Style* 31 (1997).

130. Stromberg, Peter. "The Ideology of American Consumerism." *Journal of Popular Culture* 24 (Winter 1990).

131. Taylor-Guthrie, Danille. *Conversations with Toni Morrison.* Jackson: University Press of Mississippi, 1994.

132. Turner, Darwin. "Theme, Characterization, and Style inthe Works of Toni Morrison." *Black Women Writers* (1950 – 1980): *A Critical Evaluation.* Ed. Mari Evans. New York: Doubleday, Anchor Books, 1984.

133. Vega-Gonzalez, Susana. "Memory and the Quest for Family History in *One Hundred Years of Solitude* and *Song of Solomon.*" *CLCWeb* 3 (2001).

134. Verdelle, A. J. "Paradise Found: A Talk with Toni Morrison about Her New Novel." *Essence* 28 (1998).

135. Walker, Alice. *In Search of Our Mothers' Gardens.* San Diego: Harcourt, 1983.

136. Walker, Lenore. *The Battered Women's Syndrome.* New York: Springer, 1984.

137. White, Hayden. "The Question of Narrative in Contemporary Historical Theory." *History and Theory* 23 (1984).

138. ——. "The Value of Narrativity in the Representation of Reality." *Critical Inquiry* 7 (1980).

139. White, Deborah Grey. *Female Slaves in the Plantation South.* New York: W. W. Norton & Company, 1999.

140. Williams, Rowan & Guest Columnist. *Economy and Ecology Go Hand in Hand.* http://www.seattlepi.com/local/opinion/arti-

cle/Ecology-and-the-economy-go-hand-in-hand – 1171484. php.

141. Williams, Dana A. "Playing on the 'Darky': Blackface Minstrelsy, Identity Construction, and the Deconstruction of Race in Toni Morrison's *Paradise.*" *Studies in American Fiction* 35 (2007): 181 – 200.

142. Woolf, Virginia. *A Room of One's Own.* San Diego: Harcourt, 1989.

143. 彼得·奥斯本:《时间的政治:现代性与先锋》,王志宏译,商务印书馆 2004 年版。

144. 让·鲍德里亚:《消费社会》,刘成富、全志钢译,南京大学出版社 2000 年版。

145. 陈法春:《〈乐园〉对美国主流社会种族主义的讽刺性模仿》,《国外文学》2004 年第 3 期,第 76—81 页。

146. 陈俊松:《当代美国编史性元小说中的政治介入》,《英美文学研究论丛》2011 年第 1 期,第 380—387 页。

147. 陈后亮:《历史书写元小说:再现事实的政治学、历史观念的问题学》,《国外文学》2010 年第 4 期,第 3—10 页。

148. 布鲁斯特·旦尼:《从整体考察美国对外政策》,范守义译,世界知识出版社 1988 年版。

149. 雅克·德里达:《解构之维》,陆杨译,华中师范大学出版社 1996 年版。

150. 都岚岚:《空间策略与文化身份:从后殖民视角解读〈柏油娃娃〉》,《外国文学研究》2008 年第 6 期,第 76—82 页。

151. 杜志卿:《〈秀拉〉的死亡主题》,《外国文学评论》2003 年第 3 期,第 34—43 页。

152. 杜志卿:《国内托妮·莫里森作品的译介述评》,《上海翻译》2005 年第 2 期，第 78—81 页。

153. 杜志卿：《托妮·莫里森研究在中国》，《当代外国文学》
2007 年第 4 期，第 122—129 页。

154. 杜志卿：《爱与死的悖谬——试析〈爵士乐〉中乔·特雷
斯的悲剧及其心理意义》，《四川外语学院学报》2002 年
第 1 期，第 48—50 页。

155. 方红：《不和谐中的和谐——论小说〈爵士乐〉中的艺术
特色》，《外国文学评论》1995 年第 4 期，第 14—20 页。

156. 冯平、朱荣杰：《当烤炉成为圣坛——评〈乐园〉中历史
的重构》，《解放军外国语学院学报》2005 年第 2 期，第
91—95 页。

157. 西格蒙德·弗洛伊德：《精神分析导论讲演》，周泉等译，
北京国际文化出版公司 2000 年版。

158. 郭亚娟：《〈我与曼蒂博小姐〉中的符号系统和权力结
构》，《外国文学》2009 年第 5 期，第 3—8 页。

159. 琳达·哈钦：《加拿大后现代主义——加拿大现代英语小
说研究》，赵伐、郭昌瑜译，重庆出版社 1994 年版。

160. 琳达·哈钦：《后现代主义诗学：历史·理论·小说》，
李杨、李锋译，南京大学出版社 2009 年版。

161. 海登·怀特：《后现代历史叙事学》，陈永国、张万娟译，
中国社会科学出版社 2003 年版。

162. 海登·怀特：《元史学：19 世纪欧洲的历史相像》，陈新
译，译林出版社 2004 年版。

163. 黄芸：《论海登·怀特的后现代主义叙事学对新历史主义
小说批评的意义》，《人文杂志》2009 年第 2 期，第
127—31 页。

164. 卡尔文·霍尔：《弗洛伊德心理学与西方文学》，包富华、

陈昭全等编译，湖南文艺出版社 1986 年版。

165. 纪颖、张晓敏：《黑色声音的呐喊——解析〈所罗门之歌〉中的女性意识》，《吉林师范大学学报》2008 年第 2 期，第 56—58 页。

166. 焦小婷：《身体的残缺与文化断裂》，《天津外国语学院学报》2005 年第 5 期，第 51—55 页。

167. 焦小婷：《托尼·莫里森小说中"诗"与"真"》，《外国语文》2009 年第 4 期，第 71—76 页。

168. 焦小婷：《爵士乐》的后现代现实主义叙述阐释。《四川外语学院学报》2005 年第 1 期，第 25—28 页。

169. 荆兴梅：《〈宠儿〉的后现代黑奴叙事和历史书写》，《国外文学》2011 年第 2 期，第 137—144 页。

170. 道格拉斯·凯尔纳、斯蒂芬·贝斯特：《后现代理论：批判性的质疑》，张志斌译，中央编译出版社 1999 年版。

171. 李公昭、朱荣杰：《20 世纪美国文学导论》，西安交通大学出版社 2000 年版。

172. 李美芹：《用文字谱写乐章：论黑人音乐对莫里森小说的影响》，浙江大学出版社 2010 年版。

173. 李美芹：《"伊甸园"中的"柏油娃娃"——〈柏油孩〉中层叠叙事原型解析》，《外国文学评论》2007 年第 1 期，第 77—84 页。

174. 刘惠玲：《国内托妮·莫里森〈秀拉〉文学批评和接受的特点及成因研究》，《外国文学研究》2009 年第 3 期，第 52—57 页。

175. 刘慧敏：《〈毛猿〉的福柯式解读——在扬克疯癫背后》，《国外文学》2008 年第 4 期，第 105—111 页。

176. 刘炅：《〈所罗门之歌〉：歌声的分裂》，《外国文学评论》

2004 年第 3 期，第 91—98 页。

177. 刘向东：《〈爵士乐〉的叙事特点及意义》，《解放军外国语学院学报》2003 年第 4 期，第 88—91 页。

178. 查尔斯·鲁阿斯：《托妮·莫里森访谈录》，斯默译，《外国文学动态》1994 年第 1 期，第 34—37 页。

179. 伊莎贝尔·鲁热：《当代艺术》，罗顺江译，四川文艺出版社 2005 年版。

180. 詹姆士·罗伯逊：《美国神话，美国现实》，贾秀东等译，中国科学社会出版社 1992 年版。

181. 安德烈·罗宾耐：《模糊暧昧的哲学——梅洛·庞蒂传》，宋刚译，北京大学出版社 2006 年版。

182. 毛信德：《美国黑人文学的巨星——托妮·莫里森小说创作论》，浙江大学出版社 2006 年版。

183. 托妮·莫里森：《最蓝的眼睛》，陈东苏、胡允桓译，南海出版公司 2005 年版。

184. 托妮·莫里森：《所罗门之歌》，胡允桓译，译文出版社 2005 年版。

185. 托妮·莫里森：《柏油孩子》，胡允桓译，南海出版公司 2005 年版。

186. 托妮·莫里森：《宠儿》，潘岳、雷格译，南海出版公司 2006 年版。

187. 托妮·莫里森：《爵士乐》，潘岳、雷格译，海南出版公司 2006 年版。

188. 托妮·莫里森：《天堂》，胡允桓译，上海译文出版社 2005 年版。

189. 托马斯·潘恩：《潘恩选集》，马清槐译，商务印书馆 1989 年版。

190. 邵凌：《库切与创伤书写》，《当代外国文学》2011 年第 1
     期，第 36—44 页。

191. 孙红洪：《试论〈所罗门之歌〉的符号界与象征界》，
     《外语研究》2010 年第 5 期，第 103—108 页。

192. 唐红梅：《〈所罗门之歌〉的歌谣分析》，《外国文学研
     究》2004 年第 1 期，第 109—114 页。

193. 田亚曼：《母爱与成长：托妮·莫里森小说》，中国社会
     科学出版社 2009 年版。

194. 王家湘：《黑人女作家托妮·莫里森作品初探》，《外国文
     学》1988 年第 4 期，第 76—86 页。

195. 王烺烺：《托妮·莫里森〈宠儿〉、〈爵士乐〉、〈天堂〉
     三部曲中的身份建构》，厦门大学出版社 2010 年版。

196. 王黎云：《评托妮·莫里森的〈最蓝的眼睛〉》，《杭州大
     学学报》1988 年第 4 期，第 143—147 页。

197. 王宁：《诺贝尔文学奖获奖作家谈创作》，北京大学出版
     社 1987 年版。

198. 王守仁、吴新云：《性别、种族、文化——托妮·莫里森
     与 20 世纪美国黑人文学》，北京大学出版社 1999 年版。

199. 王晓德：《"美国例外论"与美国文化全球扩张的根源》，
     《世界经济与政治》2006 年第 7 期，第 46—52 页。

200. 王玉括：《莫里森研究》，人民文学出版社 2005 年版。

201. 王玉括：《在新历史主义视角下重构〈宠儿〉》，《外国文
     学研究》2007 年第 1 期，第 140—145 页。

202. 吴富恒、王誉公：《美国作家论》，山东教育出版社 1999
     年版。

203. 吴金平：《自由之路》，中国社会科学出版社 2000 年版。

204. 吴康茹：《回归还是超越——解读托妮·莫里森小说〈所

罗门之歌〉的主题》,《首都师范大学学报社科版》2001
年第 2 期,第 79—87 页。

205. 伍蠡甫:《西方文论选》,上海译文出版社 1979 年版。

206. 习传进:《魔幻现实主义与〈宠儿〉》,《外国文学研究》
1997 年第 3 期,第 106—108 页。

207. 习传进:《论〈宠儿〉中怪诞的双重性》,《外国文学研究》2003 年第 5 期,第 68—74 页。

208. 徐琴、曾德华:《波德里亚对技术社会的后现代主义批判》,《上海大学学报》2007 年第 1 期,第 18—23 页。

209. 严启刚、杨海燕:《解读〈宠儿〉中蕴含的两种文本》,《四川外语学院学报》2004 年第 3 期,第 16—20 页。

210. 格奥尔格·伊格尔斯:《20 世纪的历史学——从科学的客观性到后现代的挑战》,何兆武译,山东大学出版社 2006年版。

211. 易立君:《论〈宠儿〉的伦理诉求与建构》,《外国文学研究》2010 年第 3 期,第 131—137 页。

212. 虞建华:《"迷惘的一代"作家自我流放原因再探》,《外国文学研究》2004 年第 1 期,第 98—103 页。

213. 曾艳钰:《"兔子"回家了?——解读莫里森的〈柏油孩子〉》,《外国文学》1999 年第 6 期,第 79—82 页。

214. 弗雷德里克·詹明信:《晚期资本主义的文化逻辑:詹明信批评理论文选》,陈清侨等译,三联书店 1997 年版。

215. 张慧荣:《分裂观与整体观——〈典仪〉中的精神创伤治疗》,《国外文学》2011 年第 2 期,第 145—151 页。

216. 章汝雯:《托妮·莫里森研究》,外语教学与研究出版社2006 年版。

217. 张卫良:《20 世纪西方社会关于"消费社会"的讨论》。

《国外社会科学》2004 年第 5 期，第 34—40 页。

218. 张文伟：《美国"消费主义"兴起的背景分析》，《广西师范大学学报》2008 年第 1 期，第 104—109 页。

219. 赵莉华、石坚：《贝比·萨格斯的去殖民化"空间实践"》，《当代外国文学》2008 年第 3 期，第 106—110 页。

220. 周琪：《"美国例外论"与美国外交政策传统》，《中国社会科学》2000 年第 6 期，第 83—94 页。

221. 朱梅：《托妮·莫里森笔下的微笑意象》，《外国文学评论》2007 年第 2 期，第 55—63 页。

222. 朱荣杰：《伤痛与弥合：托妮·莫里森小说母爱主题的文化研究》，河南大学出版社 2004 年版。

223. 朱小琳：《作为修辞的命名与托妮·莫里森小说的身份政治》，《国外文学》2008 年第 4 期，第 67—72 页。

224. 朱小琳：《托妮·莫里森小说中的暴力世界》，《外国文学评论》2009 年第 2 期，第 168—176 页。

225. 朱小琳：《乌托邦理想与〈乐园〉的哀思》，《北京第二外国语学院学报》2005 年第 4 期，第 90—94 页。

226. 朱新福：《托尼·莫里森的族裔文化语境》，《外国文学研究》2004 年第 3 期，第 54—60 页。

227. 朱云：《疏离、记忆与倾诉——解读〈乐园〉中的"创伤之家"》，《当代外国文学》2011 年第 1 期，第 19—26 页。

附录

Summary of the Dissertation in English

1. Literature Review: Studies on Toni Morrison's Novels at Home and Abroad

Awarded the Nobel Prize for literature in 1993, Toni Morrison became well-known across the world. She was the first black writer who won such a great honor. With 9 novels published (*The Bluest Eye* in 1970, *Sula* in 1973, *Song of Solomon* in 1977, *Tar Baby* in 1981, *Beloved* in 1987, *Jazz* in 1992, *Paradise* in 1998, *Love* in 2003, *A Mercy* in 2008), she was acknowledged universally by readers and critics alike to be one of the most outstanding postmodernist writers.

Morrison's series of novels, attracting numerous concerns and evaluations, prove themselves to be profound in themes and diverse in narratives. Overseas literary criticism of Morrison's writing is fruitful. *Voices of Toni Morrison* (1991) by Barbara Hill Rigney interprets history in Morrison's works as a mixture of myths and truths characterized by innovative language. Feminine desires and speaking subject are reassessed to unveil Morrison's own vision and voices. Defying conventional linear narratives and applying historically-oriented events such as slavery, the Depression and wars, in Rigney's eyes Morrison links her writing with postmodern politics and reality. In *Dangerous Freedom: Fusion and Fragmentation in Toni Morrison's Novels* (1995), Philip Page places Morrison's books onto the forefront of American culture, African American culture and current thoughts. He believes that Morrison has faithfully conveyed the double consciousness which is also expressed in some other black contemporaries' writings. All Morrison's themes are associated with fragmentation and plurality-in-unity by which characters are greatly influenced. Morrison's figures undergo ups and downs in order to shake off the traumas of the past and escape from the predicaments of today, to achieve cultural belongings at last. In *Toni Morrison* (1998), Jill Matus focuses on historical memories in blacks almost obscured and erased by the mainstream whites. In the political and historical context, the inspired memories in Morrison's works are filled with lyrics and richness on terrible scenes so as to reveal the relationships between pains and pleasure. Jan Furman's *Toni Morrison's Fiction* (1999) makes an exploration of Morrison's characterization of themes, settings together with their reveberation on contemporary literature. In this sense, it is reiterated that novelists should comprehend and pass on culture and history. *Circles of Sorrow, Lines of Struggle: The Novels of Toni Morrison* (2000) by Gurleen Grewal regards Morrison as a black writer in the domain of American literature, where Morrison describes history in an attempt to narrow the gap between the middle-class blacks and their former enslavement in order to reconstruct social memories and national identities. Morrison contributes greatly to the redefinition of the complex relationship between individuals and societies. Traumas are removed when readers are invited to participate in the process of rewriting history and politics.

The Identifying Fictions of Toni Morrison: Modernist Authenticity and Postmodern Blackness (2000) by John Noel Duvall examines how Morrison depends on and differs from Linda Hutcheon's poetic schema in a typical postmodernist context. In her historical writings, Morrison does not reify the splitting and fragmented persons who go against such protagonists as Todd Andrews in John Barth's The Floating Opera, Oedipa Maas in Thomas Pynchon's The Crying of Lot 49, Jack Gladney in Don DeLillo's White Noise. History of ethnical groups in novels is doomed to contain differences postmodern identities try to evade. Therefore, Morrison is difficult to be categorized into any school of mainstream writers unless Linda Hutcheon's poetics are modified by Bell Hooks' postmodern blackness. By Toni Morrison's Belovedand the Apotropaic Imagination (2002), Kathleen Marks traces back to ancient times for exploring Apotropaic history Sigmund Freud uses to explain Medusa and the castration complex, and Jacques Derrida takes to find the Apotropaic logic of self-mutilation. Sethe along with the black community in Beloved considers Apotropaics an effective solution to traumatic problems. Sethe's infanticide is characteristic of ceremonial performances that, combined with original sins, relieve her own fears, so chances are that black people can get through the amnesia. In Toni Morrison: Playing with Difference (2003), Lucille Fultz, regarding Morrison's novels as a well-designed structure, reveals the interaction between differences: love and hatred, masculinity and femininity, blacks and whites, past and present, the rich and the poor. Morrison creates a rectangular schema full of images and wordplays, subsuming racial differences and conflicts in the macrograph for further consideration. Differences control the progression of characters and narratives and novels can contest with racialism and sexism at the ideological level. In *Toni Morrison's Developing Class Consciousness* (2004), Doreatha Mbalia looks into the development of Morrison's social class awareness. Morrison, in Mbalia's analysis, unveils how the descendants of Africans were exploited and surpressed and discusses the ways to walk out of the predicaments. *The Bluest Eye* points out the great harm of racialism to African American women and children. *Sula* alleges the way for female self-fulfillment while neglecting the national culture Sula is immersed in since her girlhood. *Song of Solomon* depicts the great impact of historical memories on black community. *Tar Baby* implies that capitalism is the most vicious enemy to blacks. *Beloved* indicates ways to black people's liberation by collective efforts. *Jazz* states history in America and other regions is devastating for women in particular. *Paradise* rectifies the misleading notion that whites rather than capitalism are the greatest rival for the blacks. Rebecca Ferguson discusses African Americans' cultural recognition and identities in *Rewriting Black Identities: Transition and Exchange in the Novels of Toni Morrison* (2007). From the theoretical perspectives like feminism and poststructuralism, Morrison lays emphasis on themes about historical and cultural transitions: separation and displacement caused by slavery, the Reconstruction and its aftermath, the impact by the great migration, neo-blacks, sexual differences and conflicts, the Civil Rights Movement, black segregation politics and so on.

Morrisoncame into the critical ken among domestic scholars since 1990s with over 15 research books being published in recent years. In *Gender, Race and Culture: Toni Morrison and Black Literature in the 20th Century* (1999), the first book commenting on Morrison's literary achievements and artistic features in China, Wang Shouren and Wu Xinyun find that, as a novelist taking writing seriously as a kind of ideological expression, Morrison refuses to separate realism from myths and legends, and reconstructs a history that is larger than reality. Fresh perspectives and first-hand references make it a well-received book since its publication in spite of numerous studies on Morrison today. *Pain and Healing: A Study of Maternal Love in Toni Morrison's Fiction* (2004) by Zhu Rongjie is an English version viewing Morrison's creation from the perspectives of feminism and postcolonialism. It stresses that maternity is critical for black females to fight against mainstreams. Racial and sexual prejudices also result in American black people's endless sufferings. Wang Yukuo's book (2005) draws on new historicism for its theoretical framework and combines textual analysis and reference justification in defining Morrison's cultural stance. In the context of American and African American literature, Morrison's novels deconstruct white hegemony and rewrite black history by means of theories such as body politics, parody and fictionality. Zhang Ruwen's academic research on Toni Morrison (2006) bases its discussions on discourse theories by Michel Foucault and Norman Fairclough, systematically interpreting Morrison's nationality, feminism, politics, aesthetics as well as her attitude to black culture and modernist techniques.

In *The Giant in African American Literature*: *Toni Morrison's Novels* (2006), Mao Xinde traces literary achievements by Frederic Douglass, Langston Hughes, Richard Wright and Ralph Ellison, presenting an insight look into black people's living and struggle in American society. Morrison's writing, in Professor Mao's opinion, is clearly illustrated in a structure where one chapter covers one of Morrison's works. *Maternal Love and Growth*: *Toni Morrison's Fiction* (2009) by Tian Yaman begins from the contexts Morrison's works are based on. The book proceeds to make remarks on multiplicity and complexity of maternal love from the angles of psychoanalysis, ethics, narratology and new criticism. In *Identity-Building in Toni Morrison's Trilogy*: *Beloved, Jazz and Paradise* (2010), Wang Langlang applies postcolonialist and cultural theories by Hall, Said, Homi Baba to studying identity issue in Morrison's writing. How do marginalized people negotiate for possible subjectivity and recognition in postmodern society characterized by cultural differences? How do ethnic groups and diasporean writers face the embarrassing reality with double and multiple consciousness? By challenging extremism in politics and singularity in culture, Morrison revisits obscured black history and deconstructs the otherness of black people in an effort to build their personhood. Li Meiqin takes into consideration black music in her attempt to probe into the question as how Morrison's works are influenced by blues and jazz. She argues that music is particularly important for African Americans' self-definition and explores, on the one hand, the psychology of marginalized blacks and the way that music alleviates their sense of loss and alienation; and on the other hand, the contribution of African music to black people's spiritual redemption by deconstructing white logocentrism.

To sum up, the studies on Morrison's works that have been briefly cited have some features in common. First, they put emphasis on nationality and collectivity in constructing subjectivity. Second, they foreground the significance and revelation of history to reality. Third, as a prevailing trend in the researches on foreign literature, historical and cultural reading in the postmodern context expands critical approaches to Toni Morrison. Despite the fact that such critical theories as new historicism, Hutcheon's poetics, parody and fictionality are employed by some scholars to make breakthroughs in this field, no book-lengthy in-depth study has yet been done in this regard. Thus, broad spaces are left for further interpretation. This dissertation mainly aims at discussing historical writing in Toni Morrison's novels according to postmodernist theories by Hayden White and Linda Hutcheon. In the meantime, it also sets up dialogues with other representative postmodernists like Foucault, Derrida, Marcuse, Jameson, Baudrillard to explore the possibility of fresh perspectives.

2. Toni Morrison's Historical Writing in the Postmodern Context

Born in the black community, Morrison was quite familiar with national history and heritage including folktales, blues and jazz. The 20th century was an extraordinary period with historical memories like two world wars, Korean and Vietnamese wars, Women's Movement and Civil Rights Movement in 60s. These are not only

absorbed by American history but also become historical sources of
the black people. Morrison got known by readers and critics with
the publication of *The Bluest Eye* in 1970, when postmodernist theo-
ries were flourishing across the intellectual world, sweeping across
the literary arena and deeply affecting the perception of critics and
writers alike with their new revolutionary outlook and approaches.
The metafiction was still booming with its carnival and radical lan-
guages when historiographic metafiction stepped onto the stage with
a mixture of realism and self-reflexivity, which had great influence
on Morrison's overall writings.

(1) **Hayden White's and Linda Hutcheon's Theories Ap-
plied in Toni Morrison's Works**

It is greatly significant to study Morrison's novels from the the-
oretical perspectives of Hayden White and Linda Hutcheon. As a
representative of new historicists, Hayden White prefers building
systematical theories based on critical practices other theorists like
Stephen Greenblatt and Don Wayne were not aware of. Old histori-
cism adheres to constraints and limitations while new historicism
strengthens liberation and freedom. In 1973 White published *Meta-
history*: *The Historical Imagination in Nineteenth-Century Europe*,
which is referred to as the most important historical philosophy in
late 20th century and the milestone for language transformation in
western historical studies. It holds that history is amazingly similar
to literature in terms of narrative and interpretative aspects. White's
historical poetics, connecting history and literature, exerts a wide
influence over both fields of studies. Firstly, constructed by lan-
guage which is neither objective nor neutral, history is actually the

embodiment of some intentions and conventions. Secondly, histori-
cal narratives represent ideology and power rather than simply de-
scriptive forms. New historicism emphasizes the significance of his-
tory to current people, which is seen as its theoretical core and
foundation. Historians select different events and narratives to con-
vey conflicting values in the face of complex and fragmented histori-
cal documents. In this perspective, historical writing is in essence a
battlefield competing for political authority. Thirdly, new histori-
cism assures ethnic minority groups discourse power through cultural
and political invention. As far as those oppressed by white America
are concerned, they can become alert to their disadvantageous posi-
tion in society and deconstruct power structure of dominant classes.
Postmodernists demythologize and denaturalize official history peo-
ple took for granted in the past to prepare the civilians for establis-
hing their own cultural belongings and identities.

Linda Hutcheon, a Canadian theorist deeply influenced by
Hayden White, presents historiographic metafiction in *The Poetics of
Postmodernism* that merges realism into metafiction and opens up a
new window on literary creation and criticism. Upon the publication
of *The Name of Rose* by Umberto Eco and *The French Lieutenant's
Woman* by John Fowles, readers and critics were excited to see a
return from the absolute language play to realism. However, after a
careful examination things are not so simple because of the obvious
traces of self-reflexivity people can not ignore at all in the reading
process. Hutcheon characterizes this type of novels as historiogra-
phic metafiction, bearing characteristics of self-consciousness of
metafiction on the one hand, and referring to reality on the other.

Such characteristics manifest themselves firstly in the redefinition of the relationship between fiction and history and the deconstruction of the authenticity within this framework. Binary opposition is out-of-date in postmodern times as truths are seen as diversified and multiple. The ultimate goal for traditional historical novels is to confirm authenticity while historiographic metafiction attempts to exchange marginality with center by interrogating official ideology. Secondly, historiographic metafiction reconstructs the connection between fiction and reality by deconstructing narrative conventions in realism. In the eyes of postmodernists, realism catering to readers' interest and expectations, strips itself of critical function. Thirdly, the relationship between fiction and readers is rewritten by means of deconstruction of language labyrinth. Radical texualism deprives readers of communication with texts while historiographic metafiction bridges the gap between textuality and reality.

(2) **Toni Morrison's Historical Perspective and Its Postmodern Significance**

Morrison inherited and developed the tradition of African American literature which is distinguished by a long history. The Harlem Renaissance in the 1920s initiated the rise of black literature in which Langston Hughes (1902 – 1967), Zola Neale Hurston (1891-1960), Claude McKay (1899 – 1948), Jean Toomer (1894 – 1967) and others voiced their own voice as one ethnic group. Richard Wright (1908 – 1960), Ralph Ellison's (1914 – 1994) and James Baldwin (1924 – 1987) worked together to elevate the Black Writing. Morrison succeeded her black predecessors and finally surpassed all of them as Nobel Prize laureate. She always depicts the physical and spiritual world of black people who have a difficult past and are struggling for a bright future. In her works strengths and weaknesses of humanity are discussed to show her optimism towards harmony and equality among all races.

As a broad system encompassing a rich panoply of approaches and theories, postmodernism is applied by Morrison to point out that human beings have the same ability to understand the practical world, which is called empathy. This communal knowledge makes it possible for all races to communicate and collaborate with each other. Furthermore, Morrison advocates that males and females are equal and rights should be shared by the public. If people are lost in the ideology established by the mainstream society, they will be deprived of subjectivity and independence. In this condition, communities and individuals will inevitably suffer from all types of pains. From Morrison's perspective, subjectivity is one of the key words for postmodernist theories, which cover a large number of critical approaches with complexity and multiplicity. For example, the theory of myth and archetypal criticism by Northrope Frye employs mythical types to fictional texts while the deconstruction by Jacques Derrida suggests that all centers and authorities be decomposed, and the marginalized people be endowed with cultural identity. Pandora is a household name utilized to subvert the absurd belief that women's beauty is the effective weapon to dominate men and the world, and to clarify the access to women's subjectivity. Morrison also discusses destroyed nature and oppressed females to examine marginality, patriarchy and anthropocentrism in postmodern times. Only when these injustices are eliminated, can subjec-

tivity in women and nature be realized, and can a harmonious soci-
ety be expected.

From historical perspective, Morrison's novels are character-
ized by broadness and profundity. Firstly, they try to explore and
interrogate slavery that still haunts contemporary African Ameri-
cans. Morrison states it is irrational for the blacks to take evasive
attitudes toward history which is closely related to present and fu-
ture. Instead, People should face it bravely so as to get rid of spirit-
ual crisis and to lead a more healthy life in reality. Secondly, al-
though African Americans were liberated after the abolition of slav-
ery, some of them have been internalized by white ideology to such
a large extent that they push forward black racialism. Under this
circumstance, marginalized black communities are also obsessed by
fascism which is tremendously dangerous to the development of the
whole society. Thirdly, large numbers of black Americans began to
migrate from the South to the North at the end of 19th century.
With great efforts some succeeded to certain extent and stepped into
those middle classes that people respect. However, some of them
may lose the wholeness of their souls as a result of prevailing com-
mercialization in northern cities. Thus, the original cooperation and
collaboration among blacks are regretfully displaced by hostility and
alienation.

Morrison's works depict the development of American black
communities during a 100 – year period, a long history black people
experienced. Meanwhile, varied modes of narratives are employed
by Morrison to reveal fictionality as well as the mainstream values in
historical writing. Postmodernist reformists and novelists like John

Barth, Donald Barthelme and Robert Coover take novels as the media to demonstrate how reality is fictionalized by means of parody, irony, collage, wordplay, etc. These unconventional techniques also convey Morrison's self-reflexivity in literary creation. Linear and cause-and-effect patterns in traditional writing are replaced by improvisational and fragmented parts. Besides, Morrison tends to compose anti-detective stories, in which texts start from a bloody murder and end with unsolved mysteries. The author seems not to be concerned with who the murderer is and how the killer is punished. Rather, readers are guided to probe into historical and social factors in the murder. In this creative way readers' expectations of conventional aesthetics are deconstructed. Morrison's multiplicity in perspectives and voices accords with Bakhtin's dialogic structure which explains that in postmodernist contexts diversity rather than singularity sustains the world. Embedding and unreliability in the narrative voice are frequently used by Morrison to show how the novels are fabricated. Narrators make remarks on the characters and progression in the books, or display contradictory opinions that go against the textual arrangements. Morrison's self-consciousness in literature exposes the essence of white historical writing constructed by language logic, and the ideology and power relations of dominant classes as well. In this regard she attempts to subvert mainstream history by offering conflicting "little narratives" of the black individuals which typify Morrison's fiction, which in turn, manifests a perfect combination of poetics and politics.

Morrison contends that love, understanding and tolerance are crucial for solving racial problems. With the elimination of racial and sexual conflicts, humans are likely to possess a harmonious state of mind in the future. Morrison's beliefs are linked to postmodern concepts like globalization and sustainable development. How to deal with historical memories left behind bySlavery in American South or by Hitler's massacre during the Second World War? How to solve political conflicts between Palestine and Israel? What are the effective ways for all nations on the planet to live in equality and prosperity? In the transitional era when China turns from an agricul-tural society to the industrial one, how do rural migrant workers build their cultural roots economically and spiritually in cities to a-chieve their happiness? All these serious issues are obvious in Morrison's historical writing. In a word, it is both theoretically and practically important to make studies on her works, particularly from the perspective of postmodernism.

(3) **The Theme of Fictionality and Traumatic Memories in *The Bluest Eye* and *Sula***

The body of this dissertation is composed of three parts. Chapter One covers Morrison's first two works she acknowledged in an interview to be her experimental writing. One of the most significant historical backgrounds in*The Bluest Eye* is black migration from the rural south to the urban north, which had a profound effect on African Americans. Although the First World War was fought in Europe, southern economy in America was seriously affected as cotton, the mainstay of Southern economy, couldn' t reach European market blocked by Britain. In addition, the blacks were living painfully in the south due to racial tension and constant lynchings. Shortly after, the production of cotton decreased drastically and cotton prices fell due to blocked market and natural disaster. Crowds of blacks migrated to the north to seek new lives out of economic and psychological distress. Nevertheless, those migrant blacks were burdened with economical and emotional pressure in the northern cities which offered little opportunity for the former field laborers.

In *The Bluest Eye* Pauline could not endure the boring and hostile reality so that she went to cinema frequently for spiritual consolation. Thus, movie industries of Hollywood in early 20th century became another important historical backdrop. Film companies released varieties of movies attracting countless audiences in 1940s when movie industry was booming. Exposed to pictures that exaggerate whites' neatness and intelligence while debasing blacks' dirtiness and stupidity, the white mainstream ideology was thus internalized in Pauline. What is worse, she passes the hatred towards black community on to her family members, in which Pecola is affected most. Alienated by fictional mass media, Pecola dreamed of blond hair and blue eyes, the marks of white superiority and supremacy. Such people as Pauline and Pecola are lost in hegemonic discourse for lack of ability to distinguish authenticity from fictionality. Dragged into a vicious circle of self-denial and self-debasement, they accept the racialist belief that blacks are by nature inferior and ugly. In contrast, another group of people in *The Bluest Eye* take rational attitudes toward fictionality and authenticity. Claudia and Frieda in McTeer Family draw on fictional songs to gain self-recognition. Sisterhood among black females, tremendously valuable for national future construction, is Morrison's favorite topic. Prostitutes China, Poland and Marie are also optimistic about life though they are despised by the public. In the predicament caused by white media and cultural semiotics they are courageous enough to resist the destructiveness from racialism and sexism.

Sula is a story set in a black community named Bottom where Sula and Nel grow up together with close ties between one another. After 10 years of traveling and learning far away from home, Sula becomes a woman addicted to sexual affairs and hated by the neighborhood. In contrast, Nel never violates conventional rules established for women by society and is seen a model wife and mother. Traumatic narratives are applied to analyzing Sula to account for historical writings such as Jim Crow Laws, Grandfather Clause and Counter-culture Movement. At the outset of the novel, a white farmer breaks his promise to give his slave freedom and a piece of low land, which corresponds vividly to Grandfather Clause in American history. And Nel's journey to the south with Mother in her girlhood reflects Jim Crow Laws, which fabricates excuses to deprive black people of their civil rights. It is ironical that law and religion become the legitimate vehicle for hegemonic speeches and cultural permeation.

The bloody scenes of the First World War frighten Shadrack into madness Michel Foucault claims to be produced not only pathologically but socially in *Madness and Civilization*. When differences and dynamics are denied universally, western rationalism oppositional to nature and life leads to spiritual crisis and ethical dilemma. That Shadrack is considered insane for his isolation from others as well as his National Suicide Day illustrates how rationalism suppresses liberty and independence. Madness uncovers political intentions and power structure the pathological definition does not show. Foucault asserts society is a prison where mainstream ideologies try to eliminate differences by cultural domination. In this sense, what is oppressed is truth. When it comes to Sula, she can be characterized as an American existentialist, a term coined by Norman Mailer in *The White Negro*: *Superficial Reflections on the Hipster*. Sula intends to find meaning in her sexual indulgence to ensure her existence in reality, but what she can register is the present, but not history or future. Isolated from black community, she lacks determination and enthusiasm to build cultural identity. More importantly, by presenting Sula's predicament, readers are invited to look into American Counter-culture Movement that allows marginalized people to gain discourse power. Unfortunately, for the overly radical means in political reforms and also for lack of popular support this movement faded away at last, which is thematically and aesthetically similar to Sula's death.

(4) **Capitalist Context and Power Structure in *Song of Solomon* and *Tar Baby***

Although inferior to Morrison's trilogy, *Song of Solomon* and *Tar Baby* are more mature than the two novels discussed above. They reveal capitalist ideology and power structure in the establishment of the marginalized people's subjectivity. In *Song of Solomon* Morrison's determination to intervene politics is manifested through the protagonists' competition for discourse power. Jake and Doctor Forster, the representatives of the first black generation in the novel, consolidate their authority economically and spiritually by their hard work and contribution to the black community. The second generation takes different measures in the hope of realizing the dream to recover their fathers' past glory and superemacy. Assimilated into capitalist values, however, Macon wrongly places his hope of self-establishment on the possession of wealth. Different from Macon's self-aggrandizement, Ruth takes self-debasement as her weapon to fight for family authority, which transcends traditional feminist vision. Pilate succeeds in breaking through racial and sexual constraints by singing blues that calls for black unity and collectivism. As the third generation, Milkman finds confidence in immersion narratives when he returns to the South seeking ancestral roots. Morrison juxtaposes historical writing and literary creation, noting that they are both filled with official ideologies for political and cultural contest.

In the capitalist context, *Tar Baby* uncovers alienation of humanity and ecological crisis. Commodities are reduced from the originally practical utility to absolute signifiers for showing people's cultural and economic status. Despite living in late 20th century, Valerie behaves similar to a white master in the institution of slavery, where kitchen slaves and field slaves are at his service. In addition, the third world suffers imbalance in ecology as a result of excessive exploitation by industrialized nations. Michael and Son are depicted as the saviors who by attacking on the late capitalism, take redemptive action to protect environment and ethics.

（5） **Ideological Criticism of Historical Writing in Morrison's Trilogy**

Beloved, *Jazz* and *Paradise* are undoubtedly Morrison's most successful works for which the author was awarded a Pulitzer and

Nobel Prize. Slave narrative, which can date back to antebellum A-merica, had a profound influence on the development of black literature. In *Beloved*, a postmodern text, slave narrative is applied to rewriting history, in which essentialism in slavery is interrogated and the belief that Negroes are characteristic of animality is subverted. Thus, the historical writing of white superemacy is deconstructed. Language is vital in constructing black history: Language and logic are replaced between Self and Other to invert the roles of master and slave; "cultural text" is interpreted to show Halimpsest History; and truths in history are demonstrated by multiple narratives. The story of *Jazz* takes place in the Jazz Age of America, when consumerism and materialism were prevailing. This part of dissertation is intended to explore Toni Morrison's criticism on consumerism: The ideology that personal success is standardized by wealth is full of falsity and fraudulence, leading to the distortion in humanity and morality. Morrison seems to believe that the effective way to escape from materialization and alienation caused by consumerism is to probe into history for active guidance, and to regain subjectivity featured by love and tolerance.

The similarity betweenthe textual composition and the historical writing of *Paradise* constitutes the basic pattern of the novel so as to uncover fictionality in both history and novels. The book provides a critique of American exceptionalism even black people imitate. Haunted by historical memories of racialism and fascism, the black community is reluctant to accept any people and ideas from the outside world. *Paradise* calls for readers' participation in constructing textual and historical meaning through intertextuality and from multiple perspectives. It also confirms readers' active role in interpreting texts and history by filling in spatial blanks with significance. In accordance with Barth's declaration that the author is dead, the writers' supreme authority is deconstructed in *Paradise*. Morrison points to the effective ways for the oppressed to build their personhood by unveiling power structure in ideologies and by illustrating historical significance in literature and aesthetic implication in history.

3. Conclusion: New Perspectives in this Dissertation and Possible Exploration in the Future

The dissertationattempts to break away from the past approaches to the study of Morrison's works from three aspects. First, it puts Morrison's series of works into the postmodern context for historical reconsideration. An overall examination is achieved with such postmodern concepts as self-reflexivity, ideology, discourse power and subjectivity. As far as Morrison and her novels are concerned, racialism is a topic critics are hard to avoid. Though the topic is unavoidably still one of the main concerns, this dissertation does more than the stereotypical perspective of racial criticism by expanding interpretive spaces through historical horizon in literature and literary angles in history. Second, it is affirmed in this dissertation that American politics are mirrored in Morrison's works as some narratives and diplomatic policies are associated closely. Third, large numbers of historical records and documents are navigated in this dissertation to reflect reality and to reveal fictionality in official history. When speaking of Morrison's novels, other scholars seldom revisit the specific facts like Counter-culture Movement and American exceptionalism. As for some key concepts such as immersion narratives and cultural permeation, few critics use them to make in-depth explorations in the past studies on Morrison.

Studies in this dissertation are extended on the basis of careful reading of the original versions of Morrison's works for avoidance of cultural interference. Despite this, possible spaces still deserve probing into for newer perspectives. For instance, the striking simultaneity between black community and other ethnic groups such as American Jews, indigenous Indians and American Chinese can be further explored. Additionally, Morrison's attitude and philosophy can be borrowed to deal with anxieties and perplexities that we also face in contemporary China.

后 记

　　第一次和导师虞建华教授展开托妮·莫里森这一话题时，尽管当时我已经在做江苏省教育厅的相关课题，然而对未来前景的疑虑，仍然从心中滋生出来并蔓延开去。所以我便直接把困惑抛给了老师：莫里森研究是个热门课题，也是我一直以来关注和感兴趣的领域，但国内成果早已形成铺天盖地之势，在这种情况下如何实行突破和创新？又如何才能开创出具有自我特色的一片天地呢？虞教授循循善诱、侃侃而谈：当我们对莫里森这样的作家展开研究时，的确面临难以突破的困境，以往的大量成果形成一堵高高的墙，就看你是否有勇气和能力越墙而过。在这一过程中，理论视角起着相当重要的作用，新颖的研究角度往往会产生令人惊喜的效果。另外，当你在细读有关资料的时候，要特别注意那些被一带而过的信息，看看是否可以为你所用，是否可以展开来成为你研究的突破口。

　　我是通过阅读许多优秀的期刊论文，才"认识"了国内的众多学者；等到在某一场合见到"真人"时，常常会又惊又喜，忍不住将幸福之情溢于言表。当我首次与虞教授谋面时，已经读过他的很多文字，总以为对他有了一定程度的了解；然而我所不了解的是，他在给博士生上课的时候会那样妙趣横生，和学生的关系会那样亲密无间，简直让人们忘记了他的学术大家身份。在做博士学位论文期间，他会谈笑风生地提及他某些弟子的才情，我们赞叹不已，无形中增添了推动力，过后会更加拼命地看书，更加用心地打磨论文。他反复强调学术论文的整体观、逻辑性与精确表达，随时调整学生的思维偏差，把握我们的写作方向。因此，我首先要感谢的就是虞建华教授，感谢他的大师风范和胸怀。他严于律己、宽以待人的生活态度，在我们漫长的教师生涯中将永远起到指示和启迪作用。

我其次要感谢上海外国语大学的李维屏教授和乔国强教授，坐在教室里听他们的课真是如沐春风般的享受，课后短短的交谈和咨询，又拓展了我的视野，提升了我的智慧。我也要感谢南京大学的王守仁教授、杨金才教授，南京师范大学的傅俊教授、苏州大学的朱新福教授、徐州师范大学的邹惠玲教授、东南大学的刘须明教授，他们在我的研究生涯中，曾经给予不少无私的帮助和指点，增强了我走学术之路的信心和勇气。感谢同门周敏博士、廖昌胤教授、王弋璇博士、陈广兴博士、代晓丽博士、田亚曼博士、李丽华博士等，在与他们相聚的日子里，我真正感受到了友谊的力量，感受到了他们在学术领域中锲而不舍和孜孜以求的精神。我还要感谢江南大学外国语学院的领导和教授们，他们为学院创造了严谨而开放的学术氛围，让青年教师们能够健康地成长。

最后，我想把同样浓郁的感激之情送给我的家人，儿子一贯好学而独立，一直以来都用实际行动支持我外出求学；先生虽然是计算机专业的博导和教授，但他常常在宏观上对我悉心指导，令我终生受益匪浅。

作者

2014 年 5 月